谷治宇

Haruka Tani

さなとりょう

太田出版

さなとりょう

装画　沙村広明
ブックデザイン　鈴木成一デザイン室

登場人物紹介

千葉さな　北辰一刀流道場主・千葉定吉の娘
坂本（楢崎）りょう　坂本龍馬の妻
久蔵　大工
田島与四郎　旧幕臣
橋本慎八郎　車夫。旧幕臣
勝　海舟　明治政府参議。旧幕臣
山岡鉄太郎　明治天皇侍従。旧幕臣
西郷隆盛　明治政府参議。旧薩摩藩士
坂本龍馬　土佐脱藩浪士。幕末、京都で暗殺される

1

日本橋を南に下り、広小路から通りを一本入った裏店《うらだな》に、大家の格兵衛がひょろりとした体を前後に揺らして駆け込んできたのは、ちょうど久蔵が簡単な昼餉《ひるげ》の用意に取りかかった頃のこと。

木戸をくぐって、すぐ右手にある腰高障子を思い切りよく開けた格兵衛が、

「久蔵親分、大変《てえへん》だっ！」

叫んだ瞬間、九尺二間の薄暗い部屋の真ん中から、何やら白いものが縦に回転しながら飛んできた。

「あっ⁉」

かつっと澄んだ音を立て、月代《さかやき》を剃り上げた格兵衛の額に突き立ったのは、なんとしゃもじの柄の先である。

「馬鹿野郎、俺をそんな風に呼ぶなと、何度言やわかるんだ」

畳の上から胡麻塩の混じった散切《ざんぎ》り頭が、土間に尻餅をついた格兵衛を見下ろしていた。額

を押さえた格兵衛は、いい年をして拗《す》ねた子どものように口を尖《とが》らせた。

「だってえ、親分は親分だったんだろ」

「俺に子分なぞいねえ。それともおめえは一人も店子《たなこ》がいなくても大家だって威張ってられるのか？　そもそも俺は大工だぞ。親方と呼ぶならまだしもだ」

「だけどあたしゃうちの親父に聞いたよ。久蔵さんて安政の頃は……」

「いってえ何の用だ」素足で土間に降りた久蔵は、拾い上げたしゃもじの土を払いながら会話を断ち切った。「店賃《たなちん》なら明後日払うと言ったはずだ」

「昨日は明日払うって言ったじゃないか」

「馬鹿野郎。一晩経てばその昨日は今日になったろうが。つまり昨日言ってた明日も一晩延びるから明後日になったんだよ」

「よ、よくわからねえが……そうなのかい？」

「そんな簡単な算術もできねえならもっぺん手習いからやり直せ。さ、帰《けえ》った帰《けえ》った」

立ち上がると同時に戸口に追い立てられた格兵衛は、外に踏み出す寸前の右足を踏ん張って、久蔵を振り向く。

「あ〜っ、違う違う」

「何が違う？」

「店賃をもらいに来たわけじゃないんだ。実はいましがた、お堀端を歩いて桶町《おけちょう》のお屋敷前を通りかかったんだが」

「道場に何かあったのか⁉」

「その前に水を一杯飲ませておくれ。ここまで駆けてきたもんだから喉がからからで」

いきなり格兵衛は羽織の襟を摑まれ、久蔵の顔に引き寄せられた。還暦を過ぎたとは思えぬ腕の力だった。

「とっとと続きを言わねえと、末期《まつご》の水にしてくれるぜ」

「あ～っ、それがあのぅ、あたしが見たのは、ちょうど風体《ふうてい》のよくない男が門の中へ入っていくところでね」

「どういう風体だ。町人か？」

「刀を差してたからおさむらいだろうよ。ただ身なりは悪いし、何より目つきが剣呑《けんのん》だ。ありゃあ近頃、このあたりで噂に聞く押借《おしが》りの一味じゃねえかと」

「何人？」

「二人。だけどほら、いまあすこの大先生は留守にしてなさるんだろ。だったらお屋敷にはお嬢さん一人しか」

「馬鹿野郎、大事なことから先に言え！」

久蔵は壁に掛けてあった紺の半纏《はんてん》に袖を通し、草履を一足ひっつかんで懐に差し込んだ。

「お屋敷に行くつもりかい？」

「怪我人が出る前に止めねえとな」

「よしなよ、いくら親分でも相手は二本差し、それも二人だ。早く番所に報《しら》せた方がいい」

「止めるのはそっちじゃねえ！」

言い放つや久蔵は、裸足《はだし》のまま一目散に飛び出していった。


──二人か。

式台に正座し、伏し目で神妙な様子を見せていた佐奈は、敷石に立つ男たちの足下を確かめ、位置を測っていた。

「かしこくも東照神君、天正のみぎり、この草深き坂東に入府されて三百年」

嗄《しゃが》れた声で口上を始めた男の袴《はかま》と着物は、土埃にまみれて白く変色し、襟と袖口に擦り切れた個所が目立つ。

徐々に散切り頭も目立ち始めた当世に、まだ髷《まげ》を結っているとは義理堅いが、その月代は和毛《にこげ》でみっしり覆われ、どす黒い顔色の中から頬骨が高く突き出ている。

まさに尾羽《おは》打ち枯らしたと形容するしかない姿は彼の後方に立つ、小柄でがっしりした男も同様だが、こちらは顔がやや丸みを帯びている。

二人の帯のたわみを見れば、腰の二刀はどうやら本身だ。鞘《さや》の拵《こしら》えも悪くはない。もしかすれば本当に、維新前の彼らは番方《ばんかた》として、江戸城警護の役職くらいには就いていたのかもしれない。

──ならばなおのこと。

佐奈の柳眉《りゅうび》が、わずかに上に動いた。

顔色の悪い男は元幕臣、田島与四郎と名乗り、玄関で応対した佐奈に最初から居丈高な態度で、この道場の主を呼べと申し入れてきた。父は所用で東京を離れていると答えると、それでは留守を預かる者に告げたき旨あり、と断って始めたのがこの口上だ。

どうせたいした中身のある話ではない。つまるところ、この江戸の地にあるものは草木一本、河川掘割一筋に至るまで、徳川家が開削してきたものであり、御城下に住まう者はなべて、数百年にわたるその治世の恩恵を受けているのだという理屈である。

その後の手口を佐奈は久蔵から聞いていた。いまは静岡と呼ばれる駿府《すんぷ》の地で、蟄居《ちっきょ》同然の暮らしを送るかつての将軍、徳川慶喜《よしのぶ》の苦境を救うと称し、義捐《ぎえん》の金品を要求するのが押借りと呼ばれる彼らの常套手段なのだ。

五日前にも日本橋の商家が被害に遭ったそうですと、昨日訪ねてきた久蔵が教えてくれた。彼は昔から、新聞にも載らない小さな事件の噂まで妙に詳しいことがあって、ときどき佐奈を驚かせる。

ともあれ押借りとは、いずれ食い詰めた旧幕系士族たちの仕業には違いなかったものの、彼らの多くが慶喜と共に、駿府まで同行した者たちだったことも事実である。ただ慶喜には、もう家臣に与える俸禄も知行もなく、駿府に着いた下級武士たちは間もなく、そのほとんどが生計に行き詰まった。たまらず江戸に舞い戻ってきた者の中には今宵の米にも難渋し、ついに押借りや強盗、あるいは辻斬りなどの犯罪に走る者も現われたのだ。

案の定、一通り口上を終えた与四郎は、安くはないが、命の代金と思えば出せない額でもない金額を要求してきた。

佐奈は、やおら顔を上げて与四郎を見据えた。

「公方《くぼう》さまは、あなた方が幕臣と名乗られたことを、決してお許しにはなりますまい」

「なんだと」

反論されることを予想していなかったか、与四郎は目を剝《む》いて顎を突き出した。

「聞かなかったことにいたします。どうぞお引き取りを」

「女っ」与四郎は右足を半歩、すり出した。「まさか、我らを疑っておるのではあるまいな」

「疑ってなどおりません」

佐奈は背筋を伸ばした。声が一段と、よく通った。

「あなた方は紛れもなく、噂に聞く押借りの一味でありましょう。真の幕臣だったならその恥ずべき行ないを悟り、この場で即刻腹を切るべきだからです。無論このような下種《げす》な真似をなされるあなた方が、幕臣などであろうはずはない。恐らく押借りの理屈をもっともらしく見せようと、似合わぬ二刀を下げて幕臣を騙《かた》られただけに違いありません。ですから私は聞かなかったことにしてさしあげる、このままお帰りなさいと申し上げております」

「ぶ、無礼者っ！」

「与四郎」

刀の柄《つか》を握った与四郎に丸顔が鋭い声をかけた。与四郎はしかし、血走った目で佐奈を睨《にら》む。

「我らを、押借りと言うたな」

「申しました」

「聞き捨てならぬ」

与四郎は怒声と同時に刀を抜き、島田髷の鬢《びん》から一寸で剣先を固定させた。確かに剣の扱いには慣れているようだ。

だが佐奈は身動き一つしない。与四郎はそれを、恐怖のあまり動けなくなったと見た。

「いまの言葉を取り消し、我らに相応の詫びを入れるならばよし。さもなくば」

「無駄に」佐奈が与四郎を見上げる目から鋭さが消え、口元がわずかに緩んだ。「腕を磨かれましたな」

それが憫笑《びんしょう》だと悟った瞬間、かろうじて与四郎に残っていた理性が吹き飛んだ。

「よせ、与四郎」

背後の声も耳には入らず、与四郎は刀を頭上に振りかぶる。

「武士の面目に関わる。たとえ女であろうと、取り消さねばこの場で成敗いたす」

「笑わせていただく」

佐奈は呆《あき》れ顔で、はんっと息を吐いた。

「押借り強盗ふぜいに、いったい何の面目があると?」

与四郎の額に音を立てそうな勢いで青筋が浮かんだ。そのとき玄関の外から声がした。

「お嬢さんっ」

佐奈の目の端に、敷石の上をまろびつつ門内に駆け込んできた久蔵の姿が映る。

「手荒な真似しちゃなりやせん！」

一瞬、気が逸《そ》れた。

その機を逃さず与四郎は気合いを発し、佐奈の肩先めがけて刀を振り下ろした。

「しぇっ！」

寸前、佐奈は体を右にひねりながら立ち上がる。与四郎の剣は空を切った。と、
与四郎の鼻腔にぷんと甘い香りが広がる。それが、いきなり眼前に現われた佐奈の髷から発したと気づいた刹那、手首を取られた彼の視界は、五体が浮き上がる感覚とともにぐるりと反転。直後、どうっと音を立て、背中全体を襲った激しい痛みで一瞬息が止まった。

「く……」

式台に投げ飛ばされて背を反らした与四郎は、慌てて体を回転させると片膝立ちに身を起こし、無刀の両腕を体の左右に開いて咆哮。

「まだまだあっ！」

その彼の目に、奪った刀を振り下ろす佐奈の二の腕が白く輝いて迫り、

「ぐわっ⁉」

右鎖骨を刀の峰で粉砕されるや身をくねらせて突っ伏し、もはやぴくりとも動かなくなった。

「与四郎っ！」

叫んだ丸顔は刀の柄を握って佐奈の背後に迫る。鯉口を切ろうとした刹那、佐奈の右腕がぶんと弾かれたように弧を描き、踏み込もうとした男の鼻先でぴたりと剣先を静止させた。

男は柄に手を掛けたまま、全身の血がさあっと退《ひ》く感覚に襲われた。

「この者は当分、刀を使えません」

佐奈はゆっくり振り向いた。息一つ乱れてはいない。

「さっさと連れて帰りなさい。これを潮にお二人、刀を捨てて生きる道を御分別なさることです」

三十路《みそじ》半ばとはいえ、佐奈は不惑は過ぎたであろう男に、母親の如く言い聞かせた。

男は、まだ動けずにいた。何かが記憶の底から蘇《よみがえ》ろうとしている。桶町千葉。この道場にまつわる何かだ。

……何であったか。

もともと彼をこの所業に誘った与四郎は、簡単な手間だと請け合ったのだ。

桶町の道場は、いまは通う弟子とてないが、幕末にはずいぶん流行《はや》ってたんまり小金を貯めているらしい。しかも師範だった息子は新政府に出仕して道場を離れ、先に引退した道場主も、国元に戻った門人の招きでしばらく留守にしているという。

そんな話をどこからか聞きつけてきた与四郎は、気の進まぬ顔を見せる男に、頼むから手伝ってくれと泣きついた。いま、あの屋敷には道場主の娘一人しかいない。行って脅せば、誰も傷つけずに必ず金になる。

男が渋々押借りの片棒など担ぐ気になったのは、与四郎は同じ御家人の境遇で育った幼なじみでもあったし、彼の奥方が駿府で体を壊していまや起きることもままならず、薬代すら事欠く事情を承知していたからである。

だが、脅すはずだった娘に肩を砕かれ、式台の上で俯《うつぶ》せにのびている与四郎の姿に目を移したとき、男は微《かす》かな戦慄とともにあることを思い出した。

そう、あれはまだ御一新前、自分が剣術修行に熱心だった頃に聞いた噂だ。確か、桶町千葉の道場には。

――鬼小町と呼ばれる娘がいるそうな。


「まったく、年は取りたくねえ」

道場に隣接する母屋の縁側に腰を下ろした久蔵は、胡麻塩頭のてっぺんを左手でなで回しながら愚痴り続けていた。右手首には火をつけた艾《もぐさ》が乗っている。

日本橋の長屋からこの道場まで三町（約三三〇メートル）程度しか離れていない。それを一気に駆けてきた久蔵は、道場の門をくぐったところで敷石につまずき、思わずついた右手をくじいてしまった。

佐奈は男たちが去った後、遠慮する久蔵を庭先に呼び入れ、灸治《きゆうじ》を施していたのだ。

もともとは稽古で疲れ切った、父や兄の体をほぐすために学び始めた術だが、この頃の佐奈の灸は余技の域を超えていた。

「本当に。そういうの、年寄りの何とかって言うんじゃなかったかしら」

久蔵の隣には横座りになった佐奈が、艾から立ち上る煙を見つめている。

「そいつはあんまりだ。あっしはお嬢さんのことを案じて駆けつけてきたのに」

「年を取ると取り越し苦労が増えるって言うけれど、その通りね。私があんな浪人どもに後《おく》れを取るとでも思ったの？」

「逆でさ。あっしが止めに入らなきゃ、お嬢さんはあの二人を打ち殺していたかもしれねえ」

佐奈は久蔵の右手首に顔を近づけ、ふっと息を吹きかけた。艾の芯がぽうっと赤くなり、久蔵は「あちっ」と叫んで手を引っ込めた。

「な、何するんです⁉」

「久蔵さんが意地の悪いことを言うんだもの。どうして私が人を殺したりするもんですか」

「大先生が愚痴られたことがありやすぜ。もしお嬢さんが男で生まれていたなら、あの御一新前のざわついた時節に、何人斬りまくっていたか知れたものじゃない。そう思うと本当にぞっとするって」

「父上も旅からお戻りになれば、存分に灸治をしてさしあげなくちゃね」

目を細めて呟《つぶや》くと、佐奈は艾をひとつまみして顔の高さまで上げ、はらはらと指の間から擦り落とした。

「今日だって久蔵さん、仕事でしょ。私のことは心配御無用、そう毎日顔を出さなくてもよくてよ」

「あっしは大先生がお留守の間、くれぐれもお嬢さんのことを気にかけてくれと直《じか》に頼まれたんでさ。せめて日に一度は寄らせていただかなきゃ、請け合った義理が果たせねえ」

久蔵が大先生と呼ぶ佐奈の父、この道場の主でもある千葉定吉《さだきち》は、幕末に剣聖と謳われた北《ほく》辰一刀流《しんいっとう》の流祖、千葉周作の実弟だ。

定吉には早世した妻との間に一男と三女があった。中でも長女の佐奈は、幼い頃から男勝りが高じて、男の喧嘩に紛れ込むことも一度ならず。しかも彼女が棒きれ一つ手にすれば、相手が年上だろうと多勢だろうと、無類の強さを発揮した。

おかげで物心つく頃には、近所のどんな悪童も彼女の名を聞けば震え上がり、やがて取り巻きのような振舞を始める男児まで現われたから、定吉の慌てたことか。このままでは将来、本物の女侠客《おんなきょうかく》になりかねないと半ば本気で心配し、佐奈を道場へ正式に入門させたのは、彼女が数えで十三の春のこと。本格的に剣を学び出した佐奈の腕はめきめき上達し、十六の秋には北辰一刀流の免許を得るまでになった。

長男重太郎は、愚直に日々の研鑽《けんさん》を積み重ねた質実の剣を振るう。それに比して佐奈の剣は、一見自由奔放に見えて実は見事に理に適《かな》っており、我が子ながら彼女の剣才は己よりも兄周作に近いと、定吉は若干の口惜しさを交えつつ、認めざるを得なかった。

久蔵はもともと道場改築に集められた大工の一人だった。初めて千葉家を訪れたとき、誤って母屋の庭に入り込み、そこで凄まじい音を立てながら、大人用の木剣で空気を切る少女を目撃して腰を抜かしたのは、もう二十年以上も前の話だ。

独り者の久蔵は子どもに愛想を振りまいたこともなく、そもそも子どもとのつきあい方さえ知らない男である。ところが佐奈は何が気に入ったか、千葉家に出入りする久蔵を見つけるといつの間にか近づいて、気がつけば隣で彼の作業を眺めていることが多かった。

あるとき久蔵は佐奈に、何が楽しくて自分なんかの側《そば》にいるのかと訊ねたことがある。佐奈の答えは明快だった。これは動きを見ているのだと。

腕のいい職人の動きには、足捌《あしさば》きから手先の使い方まで無駄がない。そこまでこましゃくれたことは言わなかったが、久蔵の動きはいくら見ていても飽きないのだと佐奈は答え、久蔵を呆れさせた。

やがて久蔵はその生真面目な仕事ぶりを定吉に気に入られ、折に触れて千葉家の人々が生活する母屋の修繕や庭の手入れ、あげくはちょっとした雑用などを頼まれるようになった。年を重ねるごとに大工の声はかかりにくくなっていたから、定吉の心遣いはありがたく、いまではもう久蔵は、どこか千葉家の奉公人のつもりでさえあった。

「大先生はお嬢さん一人残して、これほど長く家を空けたことがないから、本当にご心配なんでさ」

「父も年を取って気が弱くなったのね」

「だったらさっきの騒ぎは何です」

「さっきの騒ぎって？」

「あんな連中、はした金をくれてやりゃおとなしく帰るんだ。それをわざわざ叩きのめすような真似を」

「とんでもない。そんなことしたら、味をしめてまたどこかで悪さを働くわ。他家に被害を広げぬためにも、誰かが懲《こ》らしてやらなくちゃ」

「天罰に任せりゃいいじゃありやせんか」

「天が罰など与えてくれるものですか」

思いの外《ほか》、強い声が返り、久蔵はハッとして佐奈の顔を見直した。庭先に目を向けていた佐奈はその視線に気づいたか、ややぎこちない照れ笑いを浮かべ、久蔵に顔を戻した。

「それに私は、無敵だもの」

久蔵は一拍おいて首を振り、これ以上の議論を諦めた。時に傲慢にも聞こえるその物言いは、若い頃よりこの娘の性癖の一つでもある。ただし彼は腹を立てたわけではない。

むしろこの数年来、佐奈のそうした態度はさっぱり影をひそめていた。若い頃に比べれば口数も減り、外出の機会さえ少なくなったそのきっかけを、もちろん久蔵は知っている。

かつて往来に出ればその美貌と全身から溢《あふ》れる生気で耳目を引き、あれが千葉の鬼小町よと遠目から噂もされた佐奈が、近頃はすっかり年相応の後家か出戻りにしか見えなくなっている。それが久蔵には癪《しゃく》でたまらない。

だからいまの言葉が本当に佐奈の身内より自然に発せられたものであるなら、久蔵は呆れるよりも先に跳ねたいほどの気持ちになったろう。だがあいにく、そうではない。覚えたのは自分に心配をかけまいとしてあえて吐き出したその言葉の、痛々しさだ。

「とにかく何か間違いでもあれば、あっしは大先生に向ける顔がござんせん」

灸治を終えた久蔵が縁側から腰を上げ、佐奈に向き直った。

「わかってる。父が留守の間は、私がこの家の当主なのよ」

「くれぐれもお頼み申します。また日暮れ時にでも、顔を出してみますから」

久蔵はそう言い残し、右手首をさすりながら、庭から出ていった。

佐奈が縁側に散らばった艾の灰を掃き取り、広げた道具を片付けて立ち上がったときである。

帰ったはずの久蔵が、庭の仕切りにしてある板塀の戸から、また顔を見せた。

「あら久蔵さん、もう日が暮れたのかしら」

「お嬢さん、冗談はなしだ」

久蔵の声は緊張を含んでいる。

「どうしたの」

「道場に人の気配が」

「何ですって」

「誰か勝手に上がりこんだようで」

「誰が？」

「そいつはわからねえが」久蔵は一段、声を落とした。「もしかしたら、さっきの連中が仲間を連れて戻ってきたのかもしれねえ」

「見てくる」

「とんでもねえ。せめてあっしが誰か人を呼んでくるまで」

慌てて制止する久蔵の言葉も最後まで聞かず、佐奈は奥の襖《ふすま》を開けて部屋を出ていった。

2

桶町千葉道場は外堀に面した表門から入ると、すぐ左手に長屋を改築した道場の横壁が視界を遮り、正面奥に母屋の玄関が見えている。門から玄関まで続く敷石は途中で分岐し、道場の入口へと続いていた。

元は跡取りのいなくなった御家人の屋敷で、敷地自体はそれほど広くないが、門人の伝手《つて》でここを紹介された定吉は一目で気に入り、まず最初に長屋を道場へ造り直した。

北辰一刀流の道場といえば、千葉周作の神田玄武館が有名だ。その玄武館で兄を守《も》り立ててきた定吉が、鍛冶橋《かじばし》近くに開いた桶町道場も、譜代の上《かみ》屋敷が並ぶ大名小路に近く、ほんの十年ほど前までは江戸藩邸詰の若者や幕臣の子弟で大いに賑《にぎ》わった。

ところが維新によって明治政府がこの国の新たな主となると、江戸城周囲に置かれていた藩邸は、あらかた新政府に接収されることとなった。江戸詰の武士たちもすべて帰国を命じられ、かつて百三十万人もいた江戸の人口は、一旦その半数を切るまでに激減したのだ。結果、主に武士を相手の剣術道場はどこも深刻な門人不足に陥り、道場主が商人や農民相手に剣術指南をして回ったり、縁日などで見世物まがいの撃剣会を催して、糊口《ここう》を凌《しの》ぐ例も多かった。もっとも定吉は比較的早い時期から、生活手段としての道場の将来には、どうやら見切りをつけていた。やがて世の中は剣の腕前よりも算術で身を立てる時代に変わっていくだろう。そんなことを幕末のざわついた世情の中で、読み取っていたようだ。

このあたりの冷静さは北辰一刀流という流派そのものが、合理的な思考を旨としたことと関わりがあるかもしれない。周作も定吉も稽古においては、他の道場のように精神性を強調することは少なく、どこをどう打てば人体にどのような作用を及ぼすか、といった具合に、理詰めで技を説明することに長《た》けていた。

やがて定吉は鳥取藩の剣術師範に請われると、さっさと重太郎に道場を任せ、数年後には重太郎まで仕官させた。明治維新が起きたのはその直後である。鳥取藩は幕末、鳥羽伏見の戦いで官軍につき、千葉家は幕府瓦解のあおりを、まともに食らわずにすんだ。

重太郎は先年、北海道開拓使に職を得て出仕し、この夏から一家で北海道に移り住んでいる。妹の里幾《りき》は早世しており、三女の幾久《きく》も文久年間に嫁していたため、桶町には定吉と佐奈が残るだけであった。

その定吉もすでに隠居の身であれば、かつて小千葉とも称された桶町道場はもはや新弟子も取らず、訪ねてくる門人も日ごとに減って、ついには道場の看板も下ろしたままの状態となっていた。

それでも数年前、定吉が道場を長屋に戻し、貸家にでもしようと思い立ったとき、佐奈は猛然と反対して口論になった。

無論定吉とて、心血を注いだ道場を簡単に潰したくはなかったが、いくら佐奈の腕が立とうと、女の道場主の下に門人が集まるはずなどない。定吉は何とか説得しようとしたものの、あの道場を潰すなら、私は道場と刺し違えるとまで佐奈は言い出した。

いったいどうやって刺し違える気かまでは確かめなかったが、何となく不吉な予感に襲われた定吉は、結局このとき道場に手をつけられなかった。以来、道場は名実ともに、佐奈にとっての神殿となったのだ。

彼女は毎朝、目覚めると表門を開け、敷石の上を掃き、道場の床に雑巾をかけてから、一通りの型稽古を済ませるのを日課とした。誰もいない道場で早朝の稽古を行なうのは、神聖な気配に身の引き締まる思いがする。

その道場に、父の直門《じきもん》弟子以外の人間が断りもなく入ることは許されない。足音も荒く道場に渡った佐奈は、木の引戸を開け、稽古場の中へ踏み込んだ。

みしり。

素足の裏に、ひんやりと湿り気を帯びた板の感触。床は佐奈の重みを受け、小さくきしんだ。幅五間奥行六間の稽古場の周りを、一段高い板間がぐるりと囲んでいる。

その中央に、ぼんやりとたたずむ影が見えた。佐奈は壁の突上げ戸を押し上げ、支え棒で固定した。一条の光がさっと射し込む。

「誰？」

呼びかけた佐奈は、息を呑んだ。

等身大の鶴がそこにいた。

紺地の縞小紋に繻子《しゅす》の帯を締めた背中が反って、なだらかな曲線を描いている。丸髷に挿《さ》した赤い簪《かんざし》だけが、鮮やかに浮き立って見えた。

――女だ。

鶴と見間違えたその女は、背後に反らした両手を斜め下方へ真っ直ぐ伸ばし、目を閉じた顔を天井に向けて、大きく息を吸っていた。

「そこで何をしているの？」

当惑しつつ、もう一度呼びかける。今度は女もくるりと振り向いた。小柄だが細身の体つきで、瓜実顔《うりざねがお》の輪郭もまた小さい。なのに二つの目は胡桃《くるみ》のように大きく、よく動いた。

女はいきなり佐奈に向かって鼻をつまむ仕草をすると、やや調子の外れた高い声をあげた。

「くっさあ～」

「は？」

「存外、くそうおすんやな。ここはほんま、こびりついた男衆《おとこし》の汗の匂いで息がでけんくらいやわ」

女はもう片手を顔の前にあげて、扇《あお》ぐような仕草をした。

「どなたか存じませんが、いますぐそこから出なさい」

「なんで？」

何の悪びれた様子もなく聞き返す女に、佐奈は内心の苛立ちを抑えて応えた。

「そこは門弟の方々が、剣の修練を行なうための場所です。無腰《むごし》の女が珍しげに眺め回ってい
いところではないの」

「道場はもう閉めて、門弟なんかいまは一人もいやはらへんて聞いてきましたえ」

「門弟がいようといまいと、道場とはそういうところなのです」

「ああ、そうどすか」

意外に素直に頷《うなず》くと、女は板間を回って佐奈の前に立った。

「あなた、お名前は」

「あっ」

女は佐奈の頭上に目をやり、笑顔を見せた。

「あんたはんの鬢付《びんつ》け、えらいええ匂いがしますなあ」

苛立つ心を抑え、佐奈は同じ質問を女に向けた。

「ああ、これはまた、無調法どした。うちは、龍《りょう》と言います」

「りょう」口の中で呟いてみた。覚えのない名だ。「どちらのおりょうさんでしょう」

聞き返した佐奈の言葉は、途中でガタンという音にかき消された。

振り向くと道場の入口で、母屋から見つけてきた木剣を五、六本、両腕に抱えた久蔵が立っ
ていた。どうやらその一本を床に落としてしまったらしく、決まり悪そうに佐奈を見ている。

「お、お嬢さん……その人は？」

「久蔵さんの心配は外れたみたい。安心して」

りょうに顔を戻した佐奈は、ともかく話を続けることにした。

「私は当道場主千葉定吉の娘、佐奈と申します。御用向きをお伺いいたしましょう」

「こちらの先生に、お取次《とりつぎ》をお願いできますやろか」

「父は水戸に戻った門人の招きで、先日より留守にしております。東京には来月まで帰って参りません」

「いやあ、そやのうて、ここには若先生と言わはる方がおいやすと」

「重太郎ですか⁉」思わず佐奈の声は、上ずった。「あなた、兄を訪ねていらしたの？」

「ああ、そうか。そう言えば、妹さんがいはるんやったね。確か……」

りょうは腕を真っ直ぐ伸ばして、佐奈の顔を指差した。

「鬼小町！」

反射的に相手をひっぱたきそうになる右手を、かろうじて佐奈は左手で上から押さえ込んだ。代わりに、思い切り丁寧に作り上げた微笑を己の顔に貼り付けた。

「兄は北海道開拓使に奉職しており、やはりここには住んでおりません。失礼ですが、兄とどういったお知り合いでしょう？」

もしも重太郎がこんな薄っぺらい、いかにもたちの悪そうな女に引っかかったのなら、いずれ帰宅した折、義姉上の前でねっちり問い詰めてくれよう。

それでも佐奈にはどうしても、あの堅物の兄と目の前の女が直接には結びつかなかった。だいたい兄の趣味は、もう少し骨付きのがっしりした女だったはずだ。

「あ、違《ちゃ》いますえ。うちはその重太はんとは会《お》うたこともあらしまへん」

佐奈の戸惑いが顔に出たのか、りょうは笑いながら否定した。

「人の名前を勝手に縮めるものではありません。兄の名は重太郎です」

どうして私はこんなところで、見も知らない女に礼儀を説いているのだろう。

「そんでな、実は前にうちの人から、重太とは無二の友やったと聞かされてましてな」

人の言うことを全然聞いてないらしい。

「もしなんぞのはずみで江戸に出たなら、このお方を頼れば、あんじょう計ろうてくれはるやろうて」

「うちの人とはどなたのことでしょう」

「ほれでももう、ずいぶん昔のことやさかい」

「どれほど昔であろうと、この道場に通われていた方なら、たいていは存じております」

「ここに通うてた頃は、まだ土佐藩士やったはずですわ」

土佐という言葉が耳に入った瞬間、佐奈は心臓の底を、冷たい手でひやりと触れられた感触があった。

「土佐……藩士？」

「ああ、いまはもう一昨年の廃藩置県で、土佐やのうなったんやな。なんちゅう名前やったやろ、確か……こ、こうちん？」

「その方の名告《なのり》は何と申されますか」

いらつきを隠す余裕もなく、佐奈は訊ねた。りょうはゆっくり小首を傾げながら、含み笑いを浮かべる。

「名告なんてたいそうなもんやないけど」

「いいから名前を言いなさい！」

詰め寄る佐奈にりょうは、どこか歌うような調子で答えた。

「名は龍馬、坂本龍馬いうお人どすけどな」

佐奈の背後で床板がガラガラッと派手な音を立てた。

久蔵が持っていた木剣を全部取り落としてしまったのだ。

が、その音は佐奈の耳にはまったく入っていなかった。

「いま、何と……？」

「そやから土佐の坂本龍馬。うちはその龍馬の女房どした。お初によろしゅう」

りょうは軽く上体を曲げて一礼すると、あははっと笑った。


「ありえない」

母屋の台所で佐奈は呟いた。

「お嬢さん、どうしてあんな女を母屋にあげなすった？」

傍らで久蔵が、心配そうに訊ねる。

「正体を確かめる。坂本さまの名を使ってこの道場に現われた、その魂胆を探らなければ」

「悪いことは言わねえ」久蔵は首を振った。「このまま何も言わずに追っ払いなせえ。愚図るようなら、なにがしかの小金を握らせてやってもいい」

「押借りなら、女だろうと容赦はしません！」

佐奈は茶を注いだ湯呑みを盆に載せ、ついと立ち上がった。

「よりにもよって、あの女は坂本さまの妻を騙《かた》って現われたのよ。いったい何を企《たくら》んでいるのか黒白《こくびゃく》をつけねば」

「後生だ、お嬢さん。あの女には関わらねえ方がいい。あっしは、何かとんでもなく嫌なことが起こりそうな気がするんでさ」

「嫌なことならもう起きてる。久蔵さんはここにいて。私が話を聞いてくるから」

佐奈は座敷に戻り、襖を勢いよく開けた。りょうは床柱に背をもたせかけて立ち、ぼんやり庭を眺めていたところだったが、佐奈が襖を開けると同時に、ぴょんと跳ねるように畳に両膝をついた。

「お待たせをいたしました」

「ああ、そんなもう、おかまいのう」

「おかまいはしません」

りょうの前に座った佐奈は、背筋を伸ばして相手を見据えた。

「へえ？」

「坂本さまと、いつどこでお会いになられたのか、お聞かせください」

「ほんなこと聞いて、どないしはるんどす」

「あなたが間違いなく、坂本さまのお知り合いかどうか、確かめるためです」

「お知り合いっていうかあ、うちは女房やさかい……」

「話してっ！」

佐奈は思わず、畳を平手でバンと叩いた。りょうは一瞬、目を丸くしたが、すぐに懐かしそうな遠い目で話し始めた。

「龍馬と会《お》うたんは元治元年の春どした。うちは京の方広寺で賄《まかな》いの手伝いをしてたんやけど、あの頃あそこには勤王のお侍さんらがようけ出入りしてましてな。死んだ父が勤王の知り合いが多かったよって、その付き合いで頼まれて。龍馬は春先からちょこちょこ、寝泊まりしにきてました」

「元治元年」

佐奈は反芻《はんすう》した。龍馬はその前年、江戸にいた。ちょうどいまから十年前の文久三年二月のことだ。当時、龍馬が師と仰ぐ勝海舟の誘いにより、海舟が構想する海軍操練所の設立を手伝うため、彼は神戸に赴いた。佐奈はその日付まで正確に覚えている。それが、龍馬と言葉を交わした最後の日だったからだ。

「方広寺に来た龍馬は、うちに何かと声をかけてくれはって、暇なときは団子を食べに連れてってくれはったり、縁日に連れてってくれたりもしてたんどす。そうこうするうち、あの人いきなり、うちの面倒を見させてもらえんかって聞いてきはって」

何をしに神戸まで行ったんだ、あの男は⁉

「あの」

気づくとりょうが、少し不安そうに佐奈の顔を上目遣いに見ている。

「どうぞ。続けて」

呼吸を整えた佐奈に促されて、りょうは再び話し始めた。

「それで夏頃に、あの人の紹介で伏見の寺田屋いう船宿にお世話になることになって。ここの女将《おかみ》とうちの人は、ほんま親子みたいに仲が良かったんどすけど、その女将が龍馬を呼びつけて言わはったんどす」

「何を」

「坂本はんの頼みなら、そら人でも鉄砲でも預かるけど、遊女や芸妓でもない娘を預かれと言われたら、うちは置屋でも遣手《やりて》でもあらしまへん、坂本はんがどういう心底《しんてい》でこの娘さんを遇するつもりか、それを聞かんうちは、はいそうですかとはいきまへんと」

「坂本さまは何と？」

恐らくその女将の口調を真似たのであろう、濁声《だみごえ》を交えたりょうの語り口に、佐奈は知らず引き込まれてしまった。つい聞き返してからしまったと思ったが、あとのまつり。

「妻にしたいと」

佐奈は、はっと目を閉じた。この女の前でなければ、耳も塞ぎたかった。

「女将はうちに、坂本はんはああ言うてはるけど、あんたはどないやと聞かはるんで、うちはそれでもええですと。それでもええてどういうことやと重ねて聞かはるさかい、うちは龍馬と一緒におったら、とにかく楽しいんで、ずっと一緒におれるんやったら、妻でも何でもええと言うたんどす」

「もう、いいわ」

「それなら決まったいうて、女将はうちを養女にする言うてくれはりました。養女にして、人の嫁になってても恥ずかしないしつけをしてから、龍馬と妻合《めあ》わせてくれるって」

「もう…やめ…」

「ほれでも、とりあえず固めだけでもしておかなあかんいうて、龍馬とうちは内祝言を」

「嘘よっ！」

ついに佐奈は声を荒らげた。りょうは鳩が豆鉄砲を喰ったように目を丸くしている。

「あんたはんが話せ言わはるさかい」

「何もべらべら、出鱈目《でたらめ》ばかり話せとは言ってません」

「出鱈目とちゃいますえ」

佐奈は破裂しそうな勢いで立ち上がった。その剣幕にりょうは、思わず腰を引いて後ろに手をついた。

佐奈が部屋の襖を開けると、外で聞き耳を立てていた久蔵もまた腰を抜かした。構わず奥に向かう。りょうと久蔵が、そのまま動けずにいると、すぐに佐奈が手に平たい紙の包みを持って戻ってきた。

佐奈は再び正座し、りょうの前にその包みを置いた。

「あなたは嘘をついています」

「何を嘘やと言わはるんどすか」

「坂本さまは私の夫でした」

「へ？」

「いずれ正式に祝言を挙げるはずでしたが、間違いなくあの方は、私と夫婦《みょうと》になる約束をしてくださいました」

言いながら佐奈は包みの紙をめくり、中から畳んだ黒い布を取り出した。

「よく、ご覧なさい」

佐奈はりょうに突きつけた。袖付けから引きちぎられた糸のほつれも荒々しい、黒木綿の袷《あわせ》の片袖であった。

「文久三年二月のことです。勝先生と大坂に旅立たれる前の夜、坂本さまは自ら片袖を破ってこの私に預けられました。ほら、ここ。ここに坂本さまの家紋があるでしょっ」

袖の真ん中あたりに白く抜かれた桔梗《ききょう》の紋を、佐奈は指さした。りょうは小首をかしげ、何か珍しいものでも見るように見つめた。

「これがその証《あかし》です。坂本さまが私との約束を反故《ほご》にして、いえ、反故にするならするで私に一言の断りもなく、他の女と夫婦になるなんて、そんなことあるわけがありません！」

りょうの顔が次第にほころんだ。やがて笑みが満面を覆った。

「そおかあ、そういうことやったんか」

「何がおかしいの？」

「はなから何や、けったいな按配《あんばい》やと思てたけど、これでようわかった」

殊勝だったりょうの口ぶりが変わった。

「あんた、それは捨てられたんやないか」

佐奈の顔から、血の気が失せた。

「何ですって……」

「帰ってくれ！」

たまらず久蔵が座敷に飛び込んできた。

「あんたの言い分はわかった。わかったから帰ってくれ。ここには若先生はいない。頼むからもうここには来ないでくれ」

「頼まれたかて、二度と来るもんか」

りょうは不機嫌な顔で立ち上がり、部屋を出て行きかけて、敷居の手前で振り向いた。佐奈は片袖を摑んだまま、睨みつけている。

「もひとつ、ええこと教えたるわ。龍馬が近江屋で殺されたとき、最後に呼んだのはそこの女中の名前やったそうな」

りょうは唇の端を吊り上げ、いびつな笑みを見せた。

「あいつはとことんそういう男。そんな奴に惚《ほ》れてしもたら、試されるのは女の覚悟やで」

捨て台詞を吐いて、りょうが廊下を歩き去ると、久蔵は佐奈ににじり寄った。

「お嬢さん、大丈夫ですかい？」

「久蔵さん」

「あっしはあの女の後をつけて参りやす。止宿先を突き止めれば、正体もはっきりするはずだ」

久蔵の袖を、佐奈がつかんだ。

「久蔵さん……知ってたのね」

「な、何をでござんす？」

「とぼけないで。坂本さまにああいう女がいることを、知っていたんでしょ!?」

「お嬢さん、その話はまた……後で」

「言って！　知っていたかどうかだけでも！」

「あの女がそうだって証はありやせん！」

佐奈の手から力が抜けた。言ってから久蔵も、内心しまったと嘆息した。

「申し訳ござんせん。大先生にもきつく口止めをされてたもので」

久蔵は佐奈を見ずに一礼し、そそくさと部屋を出て行った。

3

しゃみっ。しゃみっ。

足を踏み出すたび、草履が土を踏みしめる音が、久蔵の耳に障《さわ》る。

――つくづく、老いぼれたわ。

三十年も前なら足裏にかかる体重を微妙に抑制し、砂利道はおろか鶯《うぐいす》張《ば》りの床でさえ、物音一つ立てずに移動してみせたものだ。

その頃、久蔵は密偵として奉行所の手先を務めていた。かつては岡っ引きとか目明かしなどの呼称でも知られた役目だが、もとより堅気《かたぎ》の人間がやる仕事ではない。

実は久蔵も若い頃、人の懐を狙って世過ぎをしていた時期があった。どじを踏んで手が後にまわったとき、なぜか彼を見込んだ同心の一人に言い含められて手先となったが、いまでもその過去を懐かしむ気にはなれない。

しかし女の跡をつけるとなれば、久蔵もかつての経験に頼らざるを得なかった。なのに数歩もいかぬうち、彼は昔取った杵柄《きねづか》がぼろぼろに朽ちていたことに気づいて、思わず自身に毒づいたのである。

さいわいに的《まと》の女は外堀に出ると、背後を気にする様子など見せず、堀向こうの石垣を右に見て、すたすたと歩き出した。

頭上の太陽は十月にしては高く、日差しも熱を帯びている。もっとも昨年、すなわち明治五年の暮れ十二月をいきなり明治六年の一月とする、天保暦から太陽暦への切り替えが行なわれて以来、古い暦に馴染んでいた久蔵の季節感覚はどうにも調子が狂う。

旧暦ならいまはまだ九月の頭あたりか。さすがに若い女の足は速く、堀に架かる木橋を渡って山下御門をくぐる頃、久蔵の息は切れ始めていた。

枡《ます》形の石垣で視界を遮られた御門を抜ければ、そこは城郭の内側。道は広場と見紛うほどに広がり、その両側は長々と続く漆喰《しっくい》の白い壁で仕切られている。この一帯は譜代の上屋敷が軒を連ねていて、幕府瓦解の前までは、久蔵のような町人風情がおいそれとうろつける場所ではなかった。

ところが二年前に藩が廃され、これらの屋敷のほとんどが明治政府に接収されることになると、政府は外堀に架かる橋の通行を順次開放し、見付門の撤去まで開始した。これにより、町人町である神田や日本橋と山の手が直に結ばれ、東京中心部の通行の便は格段に改善されたのだ。

同時にかつて藩邸上屋敷であった建物は、明治政府の庁舎として次々と洋風建築に建て替えられ、江戸の景色は急速に変貌しつつあった。霞ヶ関はそのまっただ中にある。

しかし女は、道の両脇に見える破壊と造成の光景には脇目も振らず、いまは外務省と呼ばれる旧黒田藩邸の角を曲がっていった。

久蔵は、龍馬が江戸を去った翌年の暮れ、予告もなく千葉道場に現われて、定吉との面会を求めた時のことを思い出していた。たまたま門前で龍馬に呼び止められ、取り次いだのが久蔵だったのだ。

定吉は龍馬の来訪に最初は驚いた様子だったが、すぐに将来の婿が訪ねてきたことを喜び、後で佐奈に声をかけるよう久蔵に言い残して、二人で座敷に入った。

ところがしばらくすると佐奈ではなく、重太郎を呼ぶよう頼まれ、重太郎が部屋に入ると、やがてくぐもった怒鳴り声が二度、三度と聞こえてきた。

どうも妙な雲行きだと久蔵が不審を覚え始めた頃、やっと三人が座敷から出てきた。全員が全員、硬い表情で押し黙っている。

そのまま門に向かう龍馬に、久蔵は佐奈に会っていかないのかと声をかけたが、龍馬は返事もせずに大門をまたいで出て行った。その背中が、久蔵が龍馬を見た最後だ。

いったいどういうことか、狐につままれた顔つきの久蔵を見て、定吉はあらかじめ釘を刺した方がいいと判断したのだろう。定吉の部屋で久蔵は、龍馬が京で嫁を取り、佐奈との約束は反故にした経緯を聞かされた。

久蔵の龍馬嫌いは、その瞬間から始まっている。ただし、いくら唾棄すべき男でも、その女房がさっき道場に現われた女と同一人物だとは思っていない。

なにしろ龍馬は生きて明治の世を迎えていれば、最低でも参議は務めていたはずだという。その評価自体が久蔵にはにわかに信じられなかったが、あの重太郎が言うのだから、あながち的外れでもないのだろう。とすれば。

世が世なればあの女は、参議の奥方ということになる。

佐奈の科白《せりふ》ではないが、いくらなんでもありえねえ。あんなあばずれが参議の嫁で通るのが御一新なら、御一新自体が悪い冗談か、何かとんでもない間違いだったに違いない。

久蔵は、あの女の正体を確かめるべきだと思った。本音を言えばあれ以上、佐奈の側にいたたまれなかったこともある。

たとえば、あの女は京で龍馬の相手をした遊び女《め》あたりに違いない。寝物語に龍馬がこの道場との縁について口を滑らせ、それを覚えていた女が、東京に出たらなにがしかの金になると踏んでやってきたのだろう。まったく押借りの同類だ。

だからこそ久蔵は許せなかった。

龍馬遭難の報せが初めて道場に届いたとき、あの冷静で気品に満ち、誇り高い佐奈がどれほど取り乱したか。

雨の中、涙と鼻水で顔をぐしゃぐしゃにしながら、袴に二刀を差して屋敷から飛び出し、これから私は京に向かうと、龍馬の仇を討ちに行くのだと叫ぶ彼女を、門の手前で重太郎と二人がかり、泥まみれになりながら取り押さえたことを。放せえ放せえと喉が破れるまで喚き続けたあの声を。

六年経ったいまでも昨日の光景のように、久蔵は思い返すことができる。

いま佐奈は、すっかり立ち直った。少なくとも定吉と重太郎はそのように見ている。

だが久蔵は思う。佐奈の傷は表面を大きな瘡蓋《かさぶた》が覆ったほどのものであり、きっかけがあればその瘡蓋は破れ、中から溜まった膿《うみ》が出てくるに違いない。

どれだけまっとうに生きているように見えても、それぞれの体のうちに瘡蓋を抱えている人間はざらにいる。過去に犯した罪ゆえに。過去に受けた傷ゆえに。

年月が経てば、多少の厚みは増すかもしれないが、所詮その程度。何かのきっかけで破れれば、本人がそれまでいかほど努力してきたか否かに関わらず、すべてを無に帰して、ついには全身が膿まみれとなる。

そんな悲惨な例を、手先時代に久蔵は幾つも見てきた。時には御上《おかみ》の指図で、その瘡蓋をあえて突ついて破くような真似すらした。後味の悪い、嫌な仕事だった。

あのりょうという女が本物だろうが偽物だろうがどちらでもいい。二度とあの女に桶町の門は潜らせない。誰であれ、佐奈の瘡蓋に触れるかもしれない者は金輪際、佐奈の身辺に近づけてたまるものか。

ついさっき、自分の老いを呪ったことも忘れ、久蔵の心はすかした小盗人《こぬすっと》の頃に戻っていた。なにより佐奈を守るというその目的に、もう何十年も覚えたことのない昂揚が、体の奥からふつふつと沸き始めていたのだ。

部屋に残った佐奈は庭に向かって端座し、目を閉じて、ゆるりと息を吸い込んだ。背筋をすんと伸ばし、臍下《へそした》三寸の丹田《たんでん》に意識を集中させる。

——大声を出してみりゃあ、ええが。

大声を？

問い返した佐奈の頭の中に、もう一度、その男の低く、太い声が聞こえてきた。

——ほうじゃ。何ぞ胸が塞いでかなわんとか、気鬱《きうつ》でたまらん時、わしはいつもそうしよるんぜ。

あなたにも、胸塞がるるような思いをすることがあるのですか。

——こりゃ言うたわ。

男は破顔し、縮れた髪をまとめた髷のてっぺんを、片手でぽんと叩いた。

——わしなぞ気鬱の塊よ。藩邸におっても、こうして道場に通うてきても、考え出したらどうにもならんことばっかり考えゆう。

まさか。

——そやき、そがいな時は海にでも向こうて、腹の底から声を出してみるがよ。すると胸につかえちょったもんが声と一緒に吐き出されて、すいと収まった気になるがじゃ。

それから男は、佐奈に声の出し方を伝授すると言った。どうするのかと思ったら、いきなり佐奈の背後に回り、帯の上から佐奈の腹部を押さえつけた。

ひっ、と息を吞む佐奈に、男は耳元で囁《ささや》く。

——そうじゃ。いま腹の底に息が入った。こっから腹をひっこめて、声を出してみい。

あ〜〜っ！

——そうじゃ。その調子じゃ。

男は手を打って笑った。

佐奈はただもう、背中にがっしりとした男の体温を感じ、頭の中はぼうっと熱に浮かされたようであった。

あれは安政五年の八月。龍馬が二度目の帰国で定吉に暇《いとま》を告げるため、道場へ挨拶に来たときのことである。

この二月前、佐奈は妹の里幾を母と同じ病で亡くしていた。それだけでも心細い思いになっていたところへ、今度は龍馬が藩命で土佐に帰国するという。

それまで佐奈は、龍馬に特別な感情を持っていると意識したことはない。現に最初の江戸詰を終えて彼が帰国したときは、兄の重太郎から今日あいつが挨拶に来たぞと聞かされても、ああそうですかと聞き流しただけだ。

変化は二年前、龍馬が江戸藩邸に戻り、道場で稽古を再開した後に起きた。

定吉は佐奈が十八を過ぎた頃から、以前ほど彼女を道場へ近づけようとしなくなった。年頃を迎え、美しく成長した娘に、妙な虫がつかぬよう案じたか。あるいはそろそろ縁談でも持ち込まれたとき、汗にまみれた男の門人たちに混じって稽古を続けるのは、聞こえがよくないと思ったか。

もちろん佐奈にしてみれば、せっかく屈強な男子が集まっているのに、彼らと稽古できないなど冗談ではなかった。宝の持ち腐れではないか。そう言って定吉に迫り、おまえは門人たちを何と心得ているのかと、叱責されたこともある。

それでも佐奈はめげなかった。男と稽古したくて仕方のない彼女は定吉に内緒で、道場帰りの若者たちを近くの路上で待ち伏せては、片っ端から稽古を申し込んだ。

だが相手は道場主の娘。まして定吉の目を盗んで関わるには、それなりの覚悟も必要になる。門人の多くは幕臣の子弟か江戸詰の地方藩士たちで、この頃、道場通いが出世に直ちにつながるようなことはなくなっていたが、万一道場を破門されでもしたら、それは明らかに経歴の傷となったからだ。

それゆえいかに佐奈が待ち構えようと、相手にしてくれる者は一人も現われなかった。業を煮やした佐奈はついに、今日が駄目なら稽古相手漁《あさ》りをやめ、堂々と表門から父の道場に道場破りをかけてやろうと思い定めた、その日のことである。土佐から再び江戸藩邸に戻ってきた龍馬が、佐奈に声をかけたのは。

もともと龍馬が最初に入門した五年前は、佐奈も道場で門人たちと稽古をしていた。ただ、まだ十五、六だった当時の佐奈にさえ、稽古相手としての龍馬は物足りなかった。

実際、龍馬は桶町で抜きん出た実力を持っていたわけではない。剣の腕なら重太郎が一段も二段も上手であり、定吉には遥かに及ばなかった。

それでも一時期、彼は道場で塾頭を務めたことがある。ただ、あれは単に門人として古株になったのと、抜群の調整能力を買われてのものだ。なにしろ彼が間に入れば、どれほど深刻な揉め事でも、なぜかたいていい丸く収まった。古今、人柄で剣術道場の塾頭になった例など聞いたことがない。

「わしでよければ、遠慮のう使うてくれ」

龍馬は佐奈の話を聞いて、そう答えた。そしてこの時の佐奈には、もうえり好みをしている余裕などなかった。

以後は龍馬の稽古が終わる頃合いを見計らって稽古着に着替え、松屋町の神社境内で彼を待ち、藩邸に戻る前に立ち寄った龍馬と一時《いっとき》（二時間）ばかり稽古をするのが日課となった。

もちろん、相変わらず剣の腕は佐奈が上である。さすがに入門時よりは使えるようになっていたものの、為合《しあ》ってみれば龍馬がどれほどむきになろうと、佐奈からただの一本も取ることはできなかった。

「悔しくないのですか？」ついに佐奈は、たまりかねて聞いてみた。「大丈夫たる男子が女の私から一本も奪えないなんて、己の不甲斐なさに腹は立たないのですか⁉」

佐奈にしてみれば、龍馬をもっと奮起させてやるつもりだったのだ。が、龍馬は、

「いやあ、別に腹なぞ立たんよ。おまんが強うてわしが弱い。ただそれだけのことやき」

と言って笑うばかり。

佐奈は頭に血が上り、無理に稽古に付き合わせている立場も忘れて、龍馬を責め始めた。

「では何のために道場に通っているの？　どうしてもっと腕を磨こうとなさらないの⁉」

「まあ、磨いたところで、いずれ益体《やくたい》も無いことになりゆうき」

「何ですって！」聞き捨てならない。「剣術を学ぶのが無駄だとおっしゃるの？　あなた、武士でありながら本気でそんなことを⁉」

「無駄とは言わんがよ」龍馬は苦笑して頭をかいた。「ほじゃき、お佐奈さん。道具としての刀は、いまに終わるちや。現にこの国の周りでも、刀なんぞで戦をしちょる国は、もうどこにもないぜ」

「よくもそんなことを」

まあ聞きいや、と佐奈の反論を封じてから、龍馬は続けた。

「めりけんは知っちゅうか」

「めりけん⁉」

「い、い、いめりけんは知っちゅうか」

「黒船を送り込んできた、海の向こうの国よ。黒船を初めて見たときは、あんなどえらいもん、どがいして作ったかと思うたが、それはそのまんま、国の力の違いじゃ。めりけんの連中も刀は持っちょるが、いまは飾りにしか使うちょらん。そのかわり黒船には、沖からでも陸を狙うて、百人を一気に吹き飛ばせる大筒が積んである」

「百人を？」

「いまは百人じゃが、そのうち千人でも吹き飛ばすようになるき。あいつらはそういう道具を作ることにかけては、まっこと気の回る連中でな」

「そんな、ではめりけんがその気になれば」

佐奈は本気で不安そうな表情を見せた。龍馬は畳みかける。

「無論、この国はひとたまりものうなってしまうがじゃ。そやき、わしは毎日気鬱になるほど考えておるがよ。刀でめりけんの大筒に勝てんのはわかっちょる。それでもわしが剣を学ぶ意味は何か。めりけんに滅ぼされんようにするには、どがいすりゃええか」

そこまで聞いて佐奈は、思わず吹き出しそうになるのをやっとの思いで堪《こら》えた。

自分の腕の未熟を、この男はなんと黒船のせいにしている。言い訳にしてもこれほど突飛で壮大な言い訳は初めて聞いた。佐奈は怒る気も失せ、むしろ愉快な気持ちにさえなってきた。

「めりけんのこと、詳しいのですね」

「土佐にはめりけんに流されて、帰ってきた漁師もおったがよ。あの国では男の前を女が歩くそうな」

「まあ」

「めりけんと戦うにはあの国のことをよう知らねばならんち、けんど知れば知るほど、あれはまこと面白い国じゃ」

「めりけんが、ですか」

「めりけんだけやない。世界にはいろんな国があって、いろんな殿様がおる。一つとしてわしらと同じ国はなく、そやき、面白い。もっと聞きたいか」

思わず頷いたこの日以来、龍馬との稽古は、まるで佐奈が龍馬に稽古をつける見返りに、龍馬が佐奈に海外の話を語って聞かせる模様を呈してきた。それは元来の佐奈の目的とは多少ずれていたはずだが、佐奈自身、そんなことはもうどうでもよくなっていた。それほど龍馬の話はどれも興味深く、驚くべき世界に満ちていたからだ。

しかし、そんな時間もそれほど長くは続かなかった。桜が散ってほどなく、労咳《ろうがい》だった妹の里幾が床から起きられなくなり、佐奈は看病に専念することとなった。その甲斐なく里幾が死に、放心する佐奈に追い打ちをかけるように、龍馬帰国の話が聞こえてきた。

龍馬の帰国は二度目。もしかすると、これで彼が江戸に戻ってくることはないかもしれない。

左胸の下あたりが、きゅうっと締め付けられるように痛んだ。この理由が佐奈にはさっぱりわからない。このところ、龍馬のことを考えるといつもこうなる。

なぜだ。まったく気味が悪い。あの男に会えば、何かわかるだろうか。

そこで佐奈は、龍馬が道場に来た当日に部屋を抜け出し、定吉に挨拶を済ませて帰る彼を、道場脇の井戸で待ち伏せた。

母屋の方から足音が聞こえてきた。それに気がついた佐奈は、道場の壁に身を寄せ、俯《うつむ》いた。呼び止めるのはいい。だが、そのあと何を言えばいいのだ。

足音はなおも近づいてくる。佐奈は俯いたまま、部屋から出て来たことを後悔し始めていた。稽古のときは束ねた髪を後ろに垂らした袴姿であったが、この日は島田髷を結い、絣《かすり》の小袖を着ていた。どうして絣なんか着てきたんだろ。佐奈は突然、自分がとんでもなく馬鹿で情けない女に思えて、目の端が熱くなってきた。

冗談ではない。こんな顔をあの男に見せるわけにはいかない。だが、あの男が土佐に戻ってしまえば、再び会える機会があるかどうか。なのにいま、自分は言うべき言葉も見つからず、相手に望む言葉もわからず、ただこんなところでよろよろとしている。何をしているのだろう。自分はこんなところで、いったい何をしているのだろう。

「よう」

佐奈が顔を上げると、目の前に龍馬が、人なつこそうな笑みを浮かべて立っていた。

「何をそんなところで、気鬱な顔をしちょるんぜ」

「この顔はもとからこのような造作《ぞうさく》をしているのです。あなたさまには関係ありません」

佐奈がぷいと横を向くと、龍馬はそんな佐奈の心底などとっくに見越していたかのように、こう言ったのだ。

「大声を出してみりゃあ、ええが」

「……うそつき」

佐奈はりょうの去った座敷に端座していた。その目はぼんやり庭を見つめていたが、やがて一つ呟きを洩らして立ち上がった。

そのとき彼女は、足下に何か見慣れないものが落ちていることに気づいた。床の間と段差になった畳の上である。

拾い上げて手に取ると、それは酸漿《ほおずき》の実ほどもある赤い玉をつけた簪であった。佐奈の物ではない。あのりょうという女が落としていったに違いなかった。思わずぎゅっと握りしめた。

西日の強くなった庭に顔を向けてみる。暫時ためらう間があったが、それから懐紙を取り出し、二つに折って簪を包んだ。

勝手口に向かい、草履をつっかけて外に出ようとしたところへ、久蔵が戻ってきた。

「久蔵さん」

「あ、お嬢さん」女を追って出たときの勢いは影をひそめ、どことなく落ち着かなげである。

「ご気分は、いかがで」

「ご気分？　私の気分がどうかして？」

険を含んだ佐奈の返事に、久蔵は間抜けなことを聞いたと悟った。

「それより久蔵さん、さっきの人のあとをつけたんでしょ。逗留先は確かめた？」

「へ、へえ。確かめるには確かめましたが」

佐奈はついと一歩、久蔵に近づいた。

「案内して」

「へっ？　な、なんでまた⁉」

「あの人、ここに物を落としていったの。返さなければ」

「そ、そんなことなら、あっしが行って参りやす」

「女が身につけていた物よ。私が届ける」

佐奈がこういう顔つきになると、もう何と言っても聞かない。それを知る久蔵は、首をがっくりと前に倒した。

4

小半時《こはんとき》（約三十分）の後、佐奈は久蔵と、霞ヶ関の長い坂を下った角にある屋敷の門前に立っていた。

かつては大身の旗本屋敷だったのだろう、堂々とした長屋門の向こうに、欅《けやき》の巨木が二本、茂っている。大門は閉ざされていたが、横にある小門は開いたままであった。

「誰のお屋敷？」

「吉井友実《ともざね》という男でして」

「吉井……」と聞いても、佐奈にはぴんとこない。

「薩摩者です。新政府では宮内少輔《くないしょうゆう》とやらを務めていると聞きましたが、戊辰《ぼしん》の頃までは西郷の片腕として働いておったとか」

「西郷」

突然出てきた名前に、佐奈の声も固くなった。薩摩の西郷とは、日本中知らぬ者とてない維新の英雄、西郷隆盛のことではないか。

「あの人が、本当にこのお屋敷に？」

一番信じたくなかったのは久蔵自身だが、その目で確かめているのだから仕方がない。彼は渋々頷いた。

「お嬢さん、なんだか気に入らねえ雲行きだ。ともかく今日は、いったん戻り……」

「誰な」

鋭い声が聞こえ、小門から髪を短く刈った袴の男が現われた。眼は細く、顔も体も全体に角張っている。何よりその男の印象を剣呑にしていたのは、左の腰に黒鞘を一本、落とし差しに差し込んでいたことだ。

「おはんら、そこで何ばしちょっと」

左手を刀の柄頭に乗せ、胡散臭《うさんくさ》そうな目つきで睨む男に、佐奈が答えた。

「申し訳ありません。実はこちらに御逗留のおりょうさんに」

「おりょう……？」

男は怪訝《けげん》な顔を見せたが、すぐに思い当たったか「ああ、あん女《おなご》か」と呟くと、佐奈と久蔵の顔を交互にじろじろ見回した。

「あん女に、何の用か」

「おりょうさんにお渡しすべきものがあります。お取次をお願いできませんか」

「あん女は、もうおらんと」

「え？」

「そんなはずねえ」久蔵が声をあげた。「確かにあの女はこのお屋敷に入った。まだ半時（一時間）くれえ前の話だ。あっしはこの目ではっきりと見たんでさ」

「そのあとおん出ていきよっとが。つい先刻のこつじゃ」

「お戻りはいつ頃に」

佐奈が訊ねると、男は不快そうに鼻を鳴らした。

「戻れるか。旦那さまといかな縁があったとか知らんが、いきなり転がり込んできて好き勝手な振舞に及び、あげくはもうここには世話にならんち喚《おめ》いて、飛び出ていきおったんじゃ。まっこて義理も礼儀もあったもんではなか」

「では、あの人はどちらに」

「知ったこっか。とっとと去《い》ね」

吐き捨てると男は門内に入り、小門まで閉めてしまった。


「いまの男、相当に腹を立てておりやしたな」

坂道を上りながら久蔵が言った。「ま、何日かあの女と同じ屋敷にいたと思えば、わからねえでもねえが」

どうやら厄介が勝手に姿を晦《くら》ませてくれた安心からか、久蔵の声はどことなく軽い。

と、彼女は坂の途中で立ち止まり、吉井の屋敷を振り向く。何か思案の顔つきだ。

「あの人、どこに行ったと思う？」

久蔵の心に、また不安の霧が広がってきた。

「どこだっていいじゃないですか。自分で勝手にどっか行っちまったんだ」

「あの人は兄がいれば、本気で桶町に逗留するつもりだった。それが多分、いろいろ当てが外れたのね」

「そろそろ帰りましょうよ、提灯を持って出てねえし、日が暮れたら面倒だ」

「まだそんなに遠くには行ってないはず。久蔵さんは坂の下からもう一度捜してみて」

「嫌ですよ。押借りではなかったにせよ、どのみち素性のいい女じゃねえに決まってる」

「宮内少輔の立場にある人が、昔の縁ってだけで屋敷に泊めたのよ」

佐奈はもう、坂の上に向かって歩き始めていた。

「それが坂本龍馬の女だからと決まったもんじゃねえでしょ。維新の英傑なんてふんぞり返ってる連中は、みんな京で何をやってたやらしれたもんじゃねえ」

「いいわ、だったら私一人で捜すから」

突き放すように言うと、佐奈の背中はどんどん久蔵から離れだした。久蔵は慌てて呼び止めた。

「もし見つけたらどうされるおつもりで？」

佐奈はくるりと振り向いた。

「あの女がいま欲しがってるものを、私が与えられる」

佐奈の口角は、吊り上がっていた。

ああ、つまりこの娘は、あの女にやられっぱなしでいることが我慢ならないのだ。

久蔵は、やれやれと溜息を一つつき、上ってきた坂を降り始めた。


吉井邸の門前から西を臨めば、数町先に生い茂る緑に囲まれた小高い丘が目に入る。頂近くに、鈍い青みを帯びた銅板葺《ぶき》の大屋根が、林の中から垣間見えていた。江戸の人々に山王さんの名で親しまれた日枝《ひえ》神社の社である。

佐奈がここに向かったのは確信あってのことではない。ただ、行く当てのまったくない人間が町をうろつくとすれば、まずは目立つ場所に引き寄せられるのではないか。坂の上から見回した佐奈は、そう考えた。

日枝神社の鳥居は両端が反りあがった笠木の上に、さらに三角形の破風《はふ》が設けられた独特の形をしている。鳥居の向こう側には、山裾に茂る木が周囲よりひときわ影の濃い空間を作り出し、その奥で神門に通じる石段だけが白く光っていた。そろそろ日も暮れようとする頃で、暮れてしまえばこのあたりは闇に包まれる。そのためか、人の気配はほとんどしない。

「おりょうさん！」

鳥居をくぐった佐奈が呼びかけると、柳行李を傍らに置き、石段に腰掛けて頬杖をついていたりょうが、その投げ首をすいと伸ばした。

「あんたは……」

佐奈の姿を認めたりょうは、意外そうに目を丸くした。が、すぐ警戒心を露わに睨みつける。

「何やねん。うちに言い忘れた文句でもあるんか。執念深いことやな」

毒づくりょうの姿が、佐奈には精一杯の虚勢に見えた。そう。いま余裕はこちらにある。

「忘れ物をしたのは、あなたの方よ」

「うちが？」

りょうの前に立った佐奈はやおら懐紙を取り出し、開いて見せた。りょうははっとして右手を頭の後ろに回し、髷を探った。

「これを……届けに？」

りょうは腰を下ろしたまま、どこか気まずそうに手を伸ばして簪を取った。

このとき、白魚《しらうお》のような指というものを佐奈は初めて見た。幼い頃から血豆を作っては潰し、すっかり武張《ぶば》ってしまった自分の手を、佐奈はりょうの前からさっと引いた。

「あなたの、大事なものでしょ」

「たいしたもんやないわ」りょうは簪を後挿《うしろざし》にすると、佐奈を見てわずかに顎をあげた。「せやけどまあ、御苦労はんなことどしたな」

いっそあの簪で、こいつの手を突き刺してやればよかったか。いや、まだこちらが優位。慌てず、鷹揚《おうよう》に構えるのだ。

「無理しないでいいのよ。もちろんたいした値打ちのものじゃないでしょう。あなたみたいな人が手に入れられるほどの簪なのだからねえ。でもいま、それを見たあなたは、ずいぶん驚いた顔色を浮かべて、それから安堵した。本当はとても大事なものだったんじゃないの？　わざわざ返しに来てあげたのだから、素直に礼の一つも言えたなら、少しはその何とか屋のおかみさんのしつけも無駄ではなかったでしょうに」

「剣術家は人相も見るんかえ？」

「人は動きを起こす前、必ず顔に、特に目の色にそれが表われるものよ」

薄く笑ってやった。あんたの考えてることなんか先刻お見通し、そう言ってやればどれほど溜飲が下がるだろう。実際、その言葉はもう喉元まで上がってきていた。

「確かにこれは縁日で買うた安物《やすもん》や。それでもなあ」りょうはここで言葉を切り、にこっと笑みを浮かべて小首を傾げた。「これを買《こ》うてくれたんは、龍馬やで」

不覚にも佐奈は、ふっと息を引いてしまった。りょうは右手で佐奈の鼻先を指さした。

「へええ、ほんまや。あんたもいま、顔の色が変わりましたなあ」

「いい加減なこと言わないで」

顔を背けようとする佐奈に、りょうは腰を浮かし、自分の顔をぐいと近づけた。

「ほんまやて。あんたは自分が思てる以上に正直なお人や。正直でまっすぐ過ぎるほど、まっすぐやわ。京ではそんな人のことを何て言うか知ってるか？」

りょうは、いかにも愉快そうに佐奈の耳元で囁いた。

「どあほうや」

「私を怒らせようたって無駄よ」

その声は小さく震えている。

りょうは鼻で笑った。

「絡んできたんはあんたの方やで。だいたいうちがここにいること、なんでわかったん。まさかあんたが、うちをつけてきたんか」

「そいつは、俺だ」

ようやく佐奈に追いついた久蔵が、参道を近づきながら息を切らし気味に答えた。

「俺の勝手でしたことだ。ゆすりたかりのねたにされちゃあ、たまらねえと思ってな」

「ゆすり？　うちが？」

「坂本さまの妻を騙《かた》って、私の家を訪ねてきたからよ」

「あほらし。何が悲しゅうて自分の亭主が捨てた女の家を、わざわざ訪ねていかなあかんねん」

「お嬢さん、落ち着いて！」

久蔵が佐奈の右腕を袖の上から、軽く押さえた。多分、いまにも飛びかかりそうな顔つきでも見せてしまったのだろう。

「さ、簪も返したし、これで用事は済んだはずだ。帰《けえ》りやしょう」

「吉井卿とあなたはどういう関わりなの？」

「お嬢さん、もうこの女と口をきいちゃならねえ」

「うちとなあ」久蔵を無視して、りょうも答える。「うちと龍馬が、薩摩でえらい世話になったんや。何ぞの時は、いつでも訪ねてこい言うてくれてはったしな」

「坂本さまと……薩摩、ですって⁉」

「龍馬が寺田屋で幕府の捕方《とりかた》に襲われたとき、西郷はんが京は物騒やさかい、しばらく薩摩に身を隠せ言うて、帰国する船にうちらを乗せてくれたんよ。そのとき薩摩で世話してくれはったんが、吉井はんや」

「坂本さまと一緒に、薩摩まで……」

りょうの言葉は、いちいち佐奈を打ちのめす。結局佐奈は再戦を挑んで、またもりょうに返り討ちに遭ったようなものだ。

「お嬢さん、もうずいぶん暗くなってきた。とっとと帰りましょうや」

「あなた、これからどうするつもり」

佐奈の言葉に久蔵は凍り付いた。

「お嬢さん⁉」

「これから、って」

「私たち、吉井卿のお屋敷を訪ねたのよ。あなた、あのお屋敷を出てきたんでしょ」

「お嬢さん、おやめなせえ」

久蔵の制止に構わず、佐奈は続けた。

「だいたいあなた、兄に何を頼むつもりで訪ねてらしたの？」

「そんなん、あんたに関わりないやろ」

「あるわ。重太郎は私の兄で、その兄も父も不在ならば、桶町千葉の当主は留守を預かるこの私だもの」

「せやろか」

「せやろです！」

こうなったら引いてたまるか。少なくともこのまま別れるわけにはいかない。

「うち、家を探しとるんえ」

「家⁉」

「うちは前からいっぺん江戸に出てみたい思てたけど、龍馬がいつか連れてく言うてくれてたから、楽しみに待っとったんや。せやけど、あないなことになってしもたやろ」

りょうは苦笑した。

「ほれでも江戸、いまは東京かいな、龍馬と見るはずやったこの町を見んままにするのも何や癪《しゃく》な気ぃがしてな、京の家を片付けて、三日前こっちに着いたん」

「あなた、一人で東京に来たの？」

「そらそうや」りょうは腰の横に置いた小ぶりの柳行李の蓋を軽く叩いた。「これでもうちは、未亡人え」

佐奈は呻《うめ》き声をあげそうになる心を抑え、努めて冷静に問い質《ただ》した。

「吉井卿が逗留させてくれるなら、何も急いで家を探さなくてもいいだろうに」

「吉井はんには、はなからそう長いこと世話になるつもりはなかったんえ。そやのにあの人ときたら、いつまでも居《お》れとか、自分が適当な家を世話するとか魂胆見え見えのこと言い出して、ゆうべなんか、酔うて人の部屋に入り込もうとまでしてきはってな。これ以上はあそこにおれん思うて、重太はんに相談しに行ったんや。どっちにしても吉井はんにはもう世話になるつもりはなかったさかい、荷物だけ取りに行って出てきたん」

「じゃあ、やっぱり行くあてはないんじゃないの」

そう。攻めるならここだ。

「だったら、落ち着き先が決まるまでの間、うちにいらしてもよくてよ」

「お嬢さんっ！」

佐奈の背後で久蔵の声が裏返った。りょうはりょうで、唐突なこの申し出が一瞬理解できなかったか、ぽかんと口を開けた。

「うち……って？」

「さっき来たでしょ、桶町の道場よ。いま父は長旅で留守だし、あなたが寝起きするくらいの部屋なら十分余裕はある」

「なんで？」

佐奈は、してやったりと思った。この女に対して、自分は再び優位に立った。

「困ってる人を見て放ってはおけないし、どのみち兄がいればそういうことを頼むつもりだったんでしょ。京と比べてどうかはわからないけど、この町の夜は本当に物騒なのよ」

「それは……うちに来てくれと頼んでるんか」

なんなんだ、この女は！

佐奈は、いままで抑えていた感情が一気に激してきた。もう知ったことか。ここで夜盗に身ぐるみ剝がれようが犯されようが勝手にすればいいのだ。そう怒鳴ろうとした寸前。

「わかった。あんたがそこまで頼まはるなら、遠慮のう、お世話してもらおっかな」

りょうは柳行李を背負い、邪気のない笑顔で石段に立ち上がる。思わず佐奈は、りょうを見上げる形になってしまった。

なぜ私はこの女に見下ろされてるの⁉

「ほな、行こか。お佐奈はん」

りょうは石段からひょいと両足を揃えて飛び降り、敷石の上に下駄の音を鳴らした。

強ばった顔のまま、佐奈が背後に目をやると、久蔵が天を仰いで嘆息していた。

5

翌朝。久蔵の長屋を格兵衛が訪れた。

「親分、いるかい？」

障子を開けて一歩、足を踏み入れた格兵衛の鬢《びん》に、宙を飛んできた火吹き竹がこ〻んっと命中。

「あ痛っ！」

格兵衛は羽織の裾が土間につくのも構わず、頭を押さえてしゃがみこんだ。右側にある竈《かまど》の前で、半纏《はんてん》を着込んだ久蔵が睨みつけている。

「なんべん言やわかる。その呼び方はよせっつったろ。てめえは俺の子分でも何でもねえ」

「いいじゃないかぁ。あたしの周りに、十手取縄《じってとりなわ》を預かった人なんかいないんだから。せめて親分と呼ばせてくれるくらい」

「十手も取縄も、触ったことはねえや」

これは事実だった。密偵の仕事は情報収集が主であり、実際の捕物に駆り出されることなど、まずない。不用意にそんな物を持っていれば、かえって危険な目に遭う率の方が高くなってしまう。

「こんな朝っぱらから何の用だ？」

「御挨拶だね。朝っぱらから人を呼び出したのはどこの誰だい？」

膝の埃を払いながら立ち上がった格兵衛は、さすがにむっとした顔を見せた。それで久蔵も思い出した。

昨夜、桶町から戻る途中、彼は足を伸ばして神田にある格兵衛の家に寄ったのだ。あいにく格兵衛は留守だったが、では明朝長屋を訪ねてくれろと、家人に言付けたのをすっかり忘れていた。

「悪い。俺はもう出かけにゃならねえんだ」

「な、なんだいそれは。久蔵さん、いくらあんたでも、あまりに人をないがしろにおしでないかえ」

「ないがしろになんかしちゃいねえ。ちゃんとおめえを男と見込んで頼みがあった」

「え？　そ、そう……」

格兵衛は、まんざらでもない顔になった。

「いや、話は外《ほか》でもねえんだが。おめえが受持つ長屋は、ここだけじゃねえよな」

「そりゃそうだよ。ここの世話だけで暮らしていけるほど、高い店賃はもらってない。すぐに滞らせる店子もいるし」

格兵衛は久蔵を横目で見たが、久蔵は気づかぬ振りをして続けた。

「いま、他所《よそ》に空いてる店《たな》はねえか」

「あんた、まさか夜逃げする気かい？」

「どこの世界に、わざわざ同じ大家の長屋に夜逃げする馬鹿がいる⁉」

「あ、それもそうか」

「いまちょっと、住む場所を探してる人間がいてな」

「男かい？」

「女、独り身だ」

「女ひとり……」

格兵衛はしばし、考える顔つきになった。

「難しいか」

「いや、そうでもないが」格兵衛は頷いて見せた。「身元さえ確かなら、親父はうるさいことは言わない。引受人はいるのかい」

「それは」今度は久蔵が一瞬考えてから応えた。「大丈夫だ。何なら参議が引受人になろうかってくらい確かな女さ」かなり大嘘が入っている。

「参議⁉」

格兵衛は目をぱちくりとさせた。

「へえぇ、久蔵さん、参議の知り合いがいたかね」

「参議の知り合いの知り合いだ。もし空いてるなら今日にでも話をつけてぇ」

「すぐには約束できないが、確か呉服町なら、先月首を吊った飾職の部屋が、まだ空いてたはずだ」

格兵衛は大家と言っても、実際の家主は日本橋で両替商を営む彼の父親である。

その父親は、店を切り盛りするには頼りないという理由で格兵衛を家から出し、本家は番頭を養子にして継がせた。店の存続を何より重視する、冷徹な商家の知恵である。

その代わり格兵衛には、何軒か持っていた長屋の家守《やもり》を任せていた。ただし、誰を店子にするかの決定権は父親が持っている。

「ありがてえ、恩に着る。じゃ、俺はちょっくら急ぐんでな」

格兵衛が呼び止める声を背に、久蔵は開いていた戸口から飛び出して行った。


千葉家の裏木戸をくぐり、庭先に姿を現わした久蔵を、部屋の中から佐奈が見つけた。

「どうしたの。ずいぶん今日は早いのね」

縁側に出てきた佐奈は、微かに線香の匂いをさせていた。ほんのいままで、仏間で朝の勤めをしていたのだろう。

「いや、なにしろ気が気じゃねえもんで」

「気が気って、何が?」

「決まってるじゃねえですか」思わず声の調子を上げた久蔵は、首をすくめて佐奈の肩越しに部屋の奥を覗きこみ、囁き声になった。

「おりょうって女ですよ。昨夜はここに泊めたんでしょ。あのあとまた何か諍《いさか》いでもあったんじゃねえかと、一晩中寝付かれなかった」

「相変わらず心配性ね」

佐奈はふっと息を漏らして、微笑した。

「昨夜は風呂を使ったら、そのまま床に入って朝まで起きてこなかったわ。ああ見えて、よほど気が張ってたのね」

「今朝は」

「さっき一緒に朝餉《あさげ》をしたけど。何なら久蔵さんも召し上がる？」

「とんでもねえ。あっしも済ませてきておりやす。じゃ、いまは部屋に？」

「いいえ。もう出かけたわ」

「出かけた⁉」

「昌平坂の方に行きたいっていうから」

「昌平坂……どうしてそんなところへ」

久蔵は怪訝な顔になった。

昌平坂とは、湯島に置かれた儒学を学ぶための学堂、すなわち湯島聖堂の裏手にある坂の名であり、江戸中期から幕府の教育機関の中心地となっていた。実際あのあたりは閑静で、裏手には神田川の堤しかなく、いかにも落ち着いて学問を学ぶに相応《ふさわ》しい場所ではあるのだが。

「あすこを女一人で歩くのは、寂し過ぎやしませんかね」

「私もそう思って、一緒に行ってあげると言ったんだけど、一人で行くときかなくて」

「湯島なら天神だろうに、なんで昌平坂なんて」

「あの近所に昔の知り合いがいるようなことを言ってたわ。だから地図だけ描いてあげた」

「まあ、それはそれで好都合かもしれねぇ」

久蔵は縁側に腰掛け、佐奈にりょうの身の振り先が決まりそうだという話をした。

「呉服町に？」

「住んでた夫婦もんに子どもができて、手狭になったんで別の所へ移ったとか」

「あら、そんなところなら縁起も良さそうね」

「でしょ？」

ちくりと心が痛んだが、久蔵は笑顔を崩さなかった。とっととりょうを追い出すためなら、閻魔《えんま》に何枚舌を抜かれようが構わない。

「いま家主に確かめてもらってるとこですが、今日明日のうちには返事も来るでしょう」

「いろいろ心配かけるわね、久蔵さん」

口ではそう言いながら佐奈もまた、腹では別のことを考えていた。

なぜ龍馬は自分を裏切ったのか。もしかして、あの女が龍馬に何らかの奸計《かんけい》を仕掛け、無防備なあの男はまんまとその罠に嵌《は》まって抜き差しならなくなっただけではないのか。

佐奈はまだ、どこかで龍馬をそんな風に信じようとしていた。いや、そうでなければ、自分があまりにも無様《ぶざま》過ぎる。

りょうがここにいる間に、佐奈はその真相を確かめる気でいたし、それがわからないうちは、そう簡単にここから出て行かせるつもりもなかった。

久蔵はそのまま自分で雑用を見つけては千葉家で動き回り、昼過ぎに帰って行った。ちなみに太陽暦導入以降、時法も従来の不定時法ではなく、定時法に変更されている。

一般の家に時計が普及するのはまだ先の話だが、明け六つと暮れ六つの鐘は、それぞれ定時法における午前六時と午後六時を表わす時報として、江戸から引き継がれた。

りょうが桶町に戻ってきたのはさらに数時間後、暮れ六つの鐘が鳴り終わるのとほぼ同時のことだ。

勝手口に人の気配がしたかと思うと、ばたばたと板間に荒い足音が聞こえた。自室から廊下に出た佐奈の目に、着物の裾をやや乱しながら風呂敷を小脇に抱き、早足で近づいてくるりょうの姿が映った。

「おりょうさん？ ……おかえり」

りょうは応えず、そのまま佐奈の前を通り過ぎようとする。

「ちょっと、待ちなさい」

佐奈はりょうの腕を摑んで引き留めた。

「なにするん⁉」

血相を変えて、りょうは佐奈を振り向く。

「どうしたの。顔が真っ青じゃない」

「何でもあらへん」

「いままで何してたの？　私、お昼には戻ってくるかと、お膳の用意もしてたのよ」

「そんなん、いちいち言わなあかんか。うちはここに泊めてもろてるだけで、あんたと夫婦《みょうと》になった覚えはあらへん」

「誰もあなたと夫婦になるなんて言ってない」

りょうの剣幕に、佐奈もつい、自分が何を言ってるのかわけがわからなくなってきた。

「離してえや、着替えるし！」

「待ちなさいと言ってるでしょ！」

振り払おうとするりょうの腕を、佐奈は反射的にひねってしまった。

りょうの手から風呂敷が落ち、ゴトン、と重く鈍い音が廊下に響いた。

「え？」

佐奈は足下を見下ろし、当惑した。

ほどけた包みの中から、黒光りする武骨な金属の固まりが、床の上に転がり落ちていた。

本物を見るのは初めてだ。が、佐奈にはそれが恐らくはめりけん製の、回転弾倉式拳銃であるとわかった。

「これは……」

言葉を失う佐奈の前にしゃがみこんだりょうは、さっと拳銃を風呂敷に包み込み、自分にあてがわれた部屋へ飛び込んだ。ぴしゃりと閉めた襖の音が、佐奈の耳を刺した。

この夜も久蔵の長屋を格兵衛が訪れた。久蔵はいままで見せたことのない笑顔で迎えた。

「それがさ、久蔵さん」

「うん」

土間で部屋の畳に腰を下ろした格兵衛は、酒の注がれた湯呑みを手に持ち、なぜか少し興奮した面持ちだった。

「親父の奴、昨日から湯治に行ってるんだと」

「なに？」

久蔵の血相が変わったことに気づいた格兵衛は、慌てて付け足した。

「いや、長いことじゃないよ、三、四日で戻ってくるそうだから、戻り次第、久蔵さんの話は確かめる」

「たく……何て使えねえ野郎だ」

格兵衛の傍らに立った久蔵は、彼の手から湯呑みを奪い取ると、ぐいと飲み干した。

「あ」

「帰《けえ》れ帰《けえ》れ。だったらおめえに用はねえや」

「久蔵さん、それはあんまりだよう」

「あんまりも手鞠《てまり》もあるか。俺は明日も早えんだから、とっとと帰ってくんな。だいたい返事でもねえのに訪ねてくるなってんだ」

久蔵に追い立てられて戸口を出た格兵衛は、久蔵が障子を閉める寸前、くるりと振り向いた。

「いや、本当はもう一つ話がしたかったんだよ」

「俺には、てめえと世間話する趣味はねえ」

閉まりかける障子の間に顔を挟み、両手で閉めさせまいと抵抗しながら格兵衛は、何とか話を放り込んだ。

「今日、神田川に死体《ほとけ》が上がった話は知ってるかい?」

「ふん、このご時世だ。食い詰めて入水《じゅすい》した連中で、大川じゃ堰《せき》ができるって話だぜ。神田川だって珍しかねえや」

「自殺じゃないよ。どうも湯島の堤のあたりでばっさりやられて、突き落とされたらしい」

「湯島?」

久蔵は障子を閉める腕から力を抜いた。その地名はつい朝方、佐奈の家で聞いたばかりではないか。

「女か?」

「いや、男だ。ちょうど事件の起きたすぐ後に、あたしはあの近くを通りかかってね。五時過ぎでまだ明るかったが、邏卒《らそつ》が何人も出張《でば》って大騒ぎだったんだよ」

まさかな。久蔵は胸の中に靄《もや》ってきた不安を打ち消すように、独りごちた。

その翌朝。

湯島聖堂の南に面し、神田川に沿って急な上り坂が続いている。この坂を昌平坂と呼ぶのは、聖堂に祀られた孔子の出生地に由来するものだ。

旧幕時代、ここには幕府直轄の学問所が置かれ、数多《あまた》の英才俊傑が昌平黌《しょうへいこう》の名でも親しまれたこの場所に集ったが、それもいまは昔。

明治政府は昨年、旧来の学問所を閉鎖して、新しい時代に西洋と伍する人材を育成すべく、この地に師範学校を開設した。ただし、まだその校舎は完成しておらず、とりあえず集められた数十人の生徒たちは、旧学問所の建物を利用している。

この聖堂の敷地に茂る大樹の森を仕切る築地塀《ついじべい》と、神田川沿いに盛り上げられた土堤に挟まれた昌平坂は、かなり急な坂である上に見通しも悪く、学問所が閉鎖されてからは、ここを歩く人影もずいぶんと減ってしまった。

まして朝まだ明けやらぬ薄明の頃。聖堂の森から聞こえてくる野鳥の鳴き声を除けば、人の気配とてないこの坂の底に、濃厚な朝靄が溜まっている。

その中を黒い影が一つ、ひょこひょこと移動して坂を横切り、あたりの気配を窺《うかが》ってから堤を上り始めた。上りきった人影はそこで膝をつき、数間下を流れる川の水面を覗き込むように身を乗り出す。そのとき。

「おいこらっ！」

しんとした空気を切り裂く声が響き、坂道を駆け上るもう一つの影。黒羅紗《くろらしゃ》の詰襟に二本の袖章《そでしょう》が入った制服を革帯で締め、制帽をかぶるその姿は、間違いなく市内警備にあたる邏卒のものであった。

「貴様、そこで何をしておる？」

邏卒は紺の半纏姿で川面を覗いていた男に、三尺の警杖《けいじょう》を突きつけた。

「へえ。ちょいと水道橋で落とし物をしちまったんでね。このあたりに流れついてやしねえかと」

髪に白いものの混じった短髪の男は、相手が官憲と見ても特に恐れ入る様子もなく、落ち着いた声音で答える。邏卒はその男の顔を用心深く覗き込んでいたが、突然、あっと小さく声をあげた。

「親分？　……久蔵親分じゃありませんか」

呼ばれて久蔵も邏卒の顔を見直した。四十の坂は越したらしい、日に焼けた四角い顔には、確かに見覚えがあった。

「万吉か？　おめえ」

「そうですよ、親分、ずいぶん久しぶりだ。何年ぶりだろう」

「そうさな。ざっと二十数年てとこか」

万吉は、久蔵が奉行所の密偵をしていた頃、彼の手下を務めていた若者であった。

久蔵が奉行所の仕事に嫌気が差して辞めたとき、後のことはすべて万吉に押しつける形になったが、もともと彼は奉行所の仕事がしたくて、久蔵の家に押しかけてきた男だ。そのため久蔵の後ろめたさと裏腹に、万吉は久蔵を勝手に恩人と決めつけている節があった。

「そうか。奉行所の手下が、いまは新政府の邏卒か」

「親分みたいに手先が器用なら、ほかの商売に鞍《くら》替《が》えできたかもしれねえが」

「なるほど、さっきのおいこらは様《さま》になってたぜ。どこの薩摩っぽかと思った」

「勘弁してください。まさか親分だとは思いもしなかったんで」

万吉は弱った表情で頭をかいたが、久蔵は内心、舌を出した。

――こいつぁ、ついてる。

6

板塀の向こうをのんびりした豆腐売りの声が遠ざかる。それを合図に、横丁に面した家々から井戸の水を汲む音が聞こえてくる。朝餉《あさげ》の支度が始まったと気づいた雀たちが、磨《と》ぎこぼれた米粒にありつこうと庭の木に集まり、騒ぎだした。

桶町千葉家には、いつもと変わらぬ朝の光景があるばかり。なのに佐奈は昨日まで見ていたのと同じその光景が、なぜか今朝は異なった世界であるかのように感じていた。

原因は、いま目の前で、ずずずと音をたてながら汁をすする、この女だ。

昨夜、血相を変えて屋敷に戻ってきたりょうは、あのあと佐奈がいくら呼んでも、部屋から出てこようとはしなかった。

ところが一夜明けて朝になり、食事の支度ができたことを知らせると、彼女は悪びれた風もなく台所に現われ、板間に座ると飯のおかわりまでしたのである。多分、食欲には素直な性格なのだろう。

一通り食事を終えたりょうは椀を箱膳の上に戻し、口の中で何やらもごもご言いながら、軽く一礼して立ち上がろうとした。

「おりょうさん」

たまりかねて佐奈は、呼び止めた。

「なんどす」浮かせかけた尻を、またすとんと踵《かかと》に落とし、明らかにふてた口調でりょうが返した。「ごちそうさんならちゃんと言うたえ」

「昨日、湯島で何があったの？」

りょうは食事の間もそうであったように、顔を横にそらしたまま答えた。

「別にぃ……何もあらへん」

「じゃあ、昨夜あなたの荷物の中にあった、あれはいったい何？」

「あれって？」

「だからあれです。その……短筒のような」

「ああ、ぴすとーるのことどすか」

「短筒なのね」

「それが何か」

横目だが、ようやくりょうは佐奈を見た。

「どうしてそんなものを持ってるの」

「京から女一人旅や。あんたかて、東京は物騒な町や言うてたやないか」

「本物なの？」

りょうは懐に右手を突っ込むと、ゆるゆると抜いた。白い手が黒い銃把をしっかりと握り、銀色に光る銃身が襟の間からぬうっと姿を現わした。

この女、食卓にそんなものを持ってきていたのかと佐奈は呆れたが、顔には出さない。

「これを、おもちゃや思てるなら」

右手の指を引金にかけ、左手で静かに撃鉄を起こしたりょうは、

「試してみはる？」

小首を傾げ、銃口を佐奈に向けた。

佐奈はりょうの目を見据えたまま。

「できるものなら」

りょうとの間はほぼ五尺。

もし、りょうが引金の指に力を入れたら、その寸前りょうの目に箸を飛ばす。

ひるんだ隙に右膝を進め、射線をかわしながら左手でりょうの右手首を押さえる。

と同時に、右の手刀をりょうの首筋に叩き込めば、一撃であの細い首は折れるだろう。

そこまでの動きを脳裏に描き終えた佐奈は、つい頬を緩めてしまった。

「やってごらんな」

りょうもにこっと笑みを見せ、右手を天井に向けると、引金を引いた。

かちり。

小さく金属の打ち合う音。

「弾《たま》なんか入ってえへんて」

佐奈は浅く息を吐いた。全身の毛穴が一気に緩む感覚であった。

「いくら弾のない短筒でも、人に向ければ戯れじゃすまないよ」

「弾はあるんえ」

りょうは箱膳の上に拳銃を置き、今度は懐から口を紐で締めくくった小さな火打ち袋を取り出すと、顔の前で軽く振って見せた。

「まだ二発残ったある。せやけど普段から弾を込めてこんなん持ち歩いとったら、物騒でしゃあないやん」

「たった二発で」護身用の武器にするつもりだったかと、佐奈は呆れた。「敵が三人以上だったらどうするの」

佐奈のあしらうような口調に、りょうはむきになった。

「寺田屋で龍馬が捕方に囲まれた時は、二発で切り抜けたえ」

今度は佐奈の胸がずきりと痛んだ。何か、瘡蓋《かさぶた》に爪を立てられた感覚だ。

「あの時は何十人いう捕方が、前の通りまでひしめいとった。うちはちょうど風呂に入ってたさかい、外の気配に気づいたらもう、着るもんも着んと飛び出るしかないやろ」

「……裸で⁉」

佐奈は迂闊《うかつ》にもまた、りょうの話に反応してしまった。

りょうは先ほどまでの不機嫌はどこへやら、捕方の前に素っ裸で立ち塞がり、彼らがひるむ隙に二階の龍馬に急を報せた武勇伝を、臨場感たっぷりに語り始めた。こうなるとりょうの独壇場である。

冷静に考えれば、りょうの話はほとんど眉唾だろう。でたらめとまでは言わないが、かなりの誇張や、自分に都合のいい解釈が含まれているに違いない。それでも彼女の口から披瀝《ひれき》される話は、思わず耳をそばだてずにはいられぬ冒険談ばかりだった。

それはとりもなおさず龍馬という男と共に人生を歩むことの波瀾万丈を、それがいかに刺激と興奮に満ちあふれた日々であったかということを、物語っていた。

——どうしてこの女なのだ。

その思いが佐奈の胸を苛《さいな》む。

どうして私でなく、この女だったのだ。

私ならこんな女よりもっとうまく、あの人を守ってあげられた。いえ、私がついていれば、むざとあの人を死なせたりはしなかった。

それなのに、どうしてあの人は私を迎えに来もせず、こんな女を近くに置いたのか⁉

「そうこうしてるうちに、薩摩屋敷から吉井はんらが駆けつけてきてくれはって」

「おりょうさん」

調子に乗って話し続けるりょうの言葉を、佐奈は途中で遮った。

「へえ」

「今日も、お出かけになるつもり？」

「そうやなあ。今日は川端を辿《たど》って、手頃な長屋でも探してみよかと思てるけど」

「長屋？」

すっかり忘れていた。おりょうはもともと、独りで住む場所を探すために、吉井邸を飛び出してきたはずだった。

久蔵が心当たりを見つけた話を、まだするつもりはない。それに、出かけるというなら勝手に出かけさせた方が、こちらも気分を仕切り直せる。

この女と同じ屋根の下にいるのは相当に気力を消耗する。そのことを、ようやく佐奈は思い知らされていた。


「ごめんなすって」

そう声をかけて久蔵が庭先に現われると同時に、どおんと轟音《ごうおん》が響き渡り、屋敷の壁がびりびりと震えた。

最初の頃はずいぶん驚いたが、こう毎日やられると妙に慣れてくるものだ。一昨年から御城の本丸で、正午ちょうどに空砲を撃つのである。東京の住人は、それを聞いたままの表現で、ドンと名付けた。

「時なんてものはおてんとさまを見てりゃだいたいわかるってのに、新政府もはた迷惑なことを始めたもんだ」

愚痴りながらいつものように縁側に腰をかけ、出された茶に口をつけると、部屋の奥を窺う。

「あの女、今日はここに?」

「いいえ。さっき、一人で出て行ったけど」

「またですかい。今度はどこへ」

「この近くで手頃な長屋を探すなんて言ってたけど」佐奈は久蔵の真剣な表情に、つい皮肉で返した。「久蔵さん、あなたが気にしてるのは私じゃなくて、おりょうさんみたい」

久蔵の声が低くなった。

「実はちょいと、気になる話を聞いちまって」

「気になる話?」

「昨日、あの女は湯島に誰ぞを訪ねて行ったとか」

「ええ、本人からはそう聞いてるけど」

「戻りは何時頃《なんどき》でした?」

「午後……六時くらいだったかしら」

「暮六つか」久蔵は顎をさすって思案顔で呟くと、

「昨日、湯島で人死にが出た話はご存じで?」

湯島と人死にという言葉の並びに、佐奈の表情にも緊張が走った。

「いいえ。事故か何か?」

「殺しでさ。夕方、聖堂裏の堤から突き落とされたらしい男の死体が、神田川に浮かんでいたのを戻りの船頭が見つけて」

「まさか、撃たれたの⁉」

「撃たれた？」

思わず口から出た言葉に、きょとんとする久蔵の顔を見て、佐奈は慌てて言い繕った。

「いえ、その犯人は……もう捕まったの？」

「まだですよ。夕方といってもあそこは寂しい道でしてね。どうやら辻斬りの仕業らしいが、実に鮮やかな手並みだったそうで」

この時期、市中に辻斬りの噂を聞くことは、まだあった。

二年前に布告された散髪脱刀令は旧来、武士の外出時に義務とされていた髷の結髪と帯刀を自由化しただけで、真剣の所持そのものを禁じたわけではない。食い詰めた士族の犯罪に刀が使用されたり、つまらぬ喧嘩が刃傷《にんじょう》沙汰になることは、稀な話ではなかった。

「ゆうべ格兵衛から聞いて朝方、昌平坂から男が浮かんだってあたりを覗いてきやした。なに、どうって考えがあったわけじゃねえが、そこを張り込んでいた邏卒《らそつ》に見つかっちまって」

その邏卒が昔の手下だったと説明してから、久蔵は万吉に聞いた話を佐奈に語り始めた。

それによると近辺の聞き込みから、殺された男は聖堂で、構内の雑用係を務めていた人物だとわかった。同役の男が神田川から引き上げられた死体を見て、一緒に働いていた足利多七に間違いないと証言したからだ。

「その人はなぜ殺されたの？」

「そいつはまだ。しかし金目当ての辻斬りなら、もう少し懐に何か抱えてそうな奴を狙うものでさ」

「怨み……とか」

久蔵は軽く頷いた。

「それもないとは言わねえが、なにしろ斬られた男の名前も何だか気に入らねえ」

「どういうこと」

「足利多七なんて木に竹を接《つ》いだような名前、とても親にもらった名前とは思えねえんでね。そもそもただの庭掃除でひっそり暮らしてる男が、誰にどんな怨みを買うものか」

「久蔵さんが気になる話っていうのは、この事件のことなの？」

「万吉は死体《ほとけ》を確かめた男に聞いた話も教えてくれやした。なんでも夕方、聖堂の庭を掃除している最中に、多七を訪ねてきた女がいたとか」

そこで久蔵は乾いた上唇をぺろりと舐《な》めた。

「丸髷の女が聖堂の中を歩き回り、箒《ほうき》を持ったままの多七を、強引に門の外へ連れ出していくところに出くわしたそうです」

「丸髷ですって？」

「多七は独り身で、毛ほども女っ気なぞなかった奴だから、珍しいこともあるものだってね。顔までは見覚えてないが、赤い簪を後挿にした後ろ姿はしっかり目に入ったと」

「え？」

「やな話でござんしょ」久蔵は胡麻塩頭に手のひらを乗せ、つるんと顔を撫でた。

「丸髷に赤い簪なんて、珍しくもないわ」

佐奈は冷静を装った。

「もう一つ」久蔵の声もさらに硬くなった。「その女、多七を見つけたとき、確かに多門はんと呼びかけたって」

「多門……はん？」

「あっしの気になる話は、ここまでです。お嬢さん、ゆうべあの女が戻ってきたとき、何か妙な様子はありませんでしたかい」

昨夜のりょうの様子を久蔵には話せない。まして拳銃を持ち歩いてるなどとは。

だが久蔵の話を聞いて、昨夜のりょうの様子が一つ、腹に落ちた気がした。

戻ってきたときのりょうのあの表情。あれは恐怖だったのだ。少なくともりょうは湯島で、何かとんでもないものを見たか聞いたかしてしまったに違いない。

「おりょうさんを探しに行く。久蔵さん、手伝って」

「お嬢さん、あっしはあの女を気にかけてこの話をしたわけじゃねえ。むしろこれ以上、関わるのをやめてほしいからで」

久蔵は訥々《とつとつ》と佐奈に訴えた。

「あの女の臍が背中についてるってくらいなら、あっしも何とか堪《こら》えやしょう。だが湯島の一件に絡んでたとなりゃ話は別だ。それにどうもこいつぁ、ただの殺しじゃねえ」

「どういう意味？」

「裏がありそうだってことでさ。いずれにしろ町方が下手に関わる話じゃござんせん。もうずいぶんと邏卒も動いているようだし」

「おりょうさんはどうなるの」

「殺しに直接関わってるのでなきゃ、適当に調べを受けて、放免となりやしょう」

「あの人を探さなきゃ」

りょうが邏卒に調べを受ければ、恐らくもうここへ戻ってくることはない。龍馬の話を問い質《ただ》す機会も失われる。それに。

いまりょうは、何かとてつもなく暗く深い穴の縁を、知ってか知らずか、ふらふらと歩いているのではないか。

立ち上がった佐奈の着物の裾を、久蔵は思わず摑んでしまった。

「お嬢さん！」

「邏卒より前に、まずここであの人の話を聞くのが筋だとは思わない？」

「筋の通用する相手じゃないでしょうに」

「私の筋が通らないの」

言い切ると、佐奈は土間に向かった。

だが屋敷を出たものの、りょうの行き先にあてなどない。

目算があるとすれば、りょうが言い残した川端という言葉と、彼女が出てからたいした時間は経っていないということだけだ。

江戸の人間が川端と言えば、普通は大川端を指す。ただし大川、すなわち隅田川や両国方面となると、ここから女の足では少々手間だ。ましてりょうは京から上ってきたばかり。両国の方角さえわからないのではないか。

江戸は水の都である。至る所に水路や運河が張り巡らされ、京育ちのりょうが見れば、外堀だって立派な川に見えただろう。

外堀に沿って呉服町の角までいけば日本橋川。その川を上れば市中一の目抜き通り、日本橋は目と鼻の先である。桶町が鍛冶橋の近くとだけ覚えておけば、川から離れない限り市中で迷う心配も少ない。

十中八九、彼女は水に沿って移動している。そう踏んだ佐奈は、まずは賑やかな方向に向かうことにした。

その後を渋々ついていく久蔵は意気消沈していた。佐奈をあの女から引き離すつもりだったのに、これではかえって佐奈を火中へ追いたてたようなものだったからだ。

「まったく、あっしのやることなすことつくづく裏目でやすよ。裏目骨髄に徹するってなあ、こういうことを言うんですかね」

愚痴坊主と化した久蔵に構わず、先を急ぐ佐奈だったが、呉服橋を過ぎたあたりで、はたと立ち止まった。

「どうしやした？」

「どっちへ行ったんだろう」

左側には堀の水面から屹立《きつりつ》する石垣の上に、これまた堅牢そうな呉服橋門が見えている。

橋の手前には数艘の猪牙舟《ちょきぶね》が係留され、船縁《ふなべり》に腰掛けた船頭が、橋の袂《たもと》で人待ちをしている人力車の車夫数人と談笑していた。

正面には一石橋。これは呉服橋門から、外堀を横断する形で流れる日本橋川に架けられた橋だ。

ここで道は二手に分かれる。一石橋を渡って堀沿いに直進するか、橋の手前を右に折れて日本橋を目指すかだが、どちらに進んでも町家が広がり、その範囲は広漠たるものだ。

「だから言わんこっちゃない」

久蔵は佐奈の隣に並んで、頷いた。

「気まぐれ女のやることだ。ひょいとどこかの横丁にでも入られたら、いくら探したって見つかるもんじゃねえ。闇雲にあたりをうろつくより、とりあえず屋敷に戻りましょうや」

久蔵は一石橋に背を向けたが、佐奈はまだ動かなかった。その拳が握りしめられているのを見た久蔵は地面に一度目をやって、それから視線を戻した。

「お嬢さん……やっぱり、お嬢さんはまだ、あの男のことを」

佐奈の拳が小さくぶれた。

「図星でしょ。お嬢さんが気にしてるのはあの女じゃねえ。あの女を嫁にした、どこかの女たらしのことだ。だからあの女のやることなすこと気になって仕方ねえ。あの女を通して、あの男を見ようとしてなさるから」

「違うわ」

即座に否定した佐奈の声は、呟きにも似た小声であった。

「お嬢さん、よく考えてくだせえ」久蔵はなだめるように続けた。「あの男は六年も前に死んだ。そいつは、お嬢さんと許嫁《いいなずけ》の約束をした舌の根も乾かぬうちに、京で別の女と祝言をあげるような人でなしだった」

「何かご事情があったのかもしれない」

「どんな事情です。いつ死ぬかわからない身だから、いつでも抱ける女をそばに置いときたいとか。冗談じゃねえ。だったらそもそもお嬢さんみたいな人に粉をかけるのが料簡違いだ。それでも、そんな男をお嬢さんは気鬱になるほど思い続け、この六年、毎朝欠かさず灯明《とうみょう》をあげてきた。あの男にはそれだけで身に余ろうってもんでしょ。あの女が現われたのはいい潮だ。これであの男のことはすっぱり忘れておくんなさい」

久蔵が龍馬のことで、これほどはっきり物を言うのは初めてだった。

もともと若い男女のことに口を挟むなど野暮の極みと思っていた。一度か二度、佐奈に龍馬をどう思うと水を向けられたこともあるが、いつも曖昧な返事でお茶を濁してきた。

そのことを激しく後悔したのは、龍馬が一人で定吉を訪ねてきた、あの日からである。

本音を言えば久蔵は、龍馬という男については道場に来た頃から、そのあまりの調子の良さに、どこか胡散臭さを感じてもいた。

――騙《かた》りをやる連中に、ときどき似たのがいるぜ。

そう思ったこともあるが、もちろん佐奈にそんな評価を伝えたことはない。

「この町だって、公方さまがいらした頃が懐かしいと思う人間は大勢おりやす。けれど、公方さまは二度とお城には戻ってこない、そう諦めて生き方を変えなければ、前には進めないと言いなすったのは、お嬢さんですぜ。それであっしも腹を決め、髷を落としたんでさ。そのお嬢さんが、どうして自分のこととなると、こうも後ろばかり振り向くのか」

「私は……後ろなんか」

「だったら、もうあの女に関わるのはよしやしょう。あいつは亡霊だ。おてんとさまの下で見るもんじゃねえ」

佐奈が何か言い返そうと口を開けたとき、

「おお、やはりそうであった」

堀の方から太い声が聞こえた。

見れば菅笠《すげがさ》をかぶり、紺木綿の腹掛に股引《ももひき》を穿《は》いた車夫が一人、船着き場を離れて近づいてくる。

「もうお忘れか。桶町の鬼小町どの」

菅笠を取った男の顔を見て久蔵は「あっ」と声をあげた。「て、てめえは⁉」

なんと男は二日前、千葉家に押借りに現われた一味の片割れだった。佐奈に肩を砕かれた男を担いで退散した丸顔が、いまそこに立っている。

「そのように構えずとも結構。別に意趣を晴らしたくて声を掛けたわけではない」

半身に構えた佐奈に、男はぎごちなく笑ってみせた。意外とかわいげのある顔になった。

「あ、あなたはこんなところで、何を」

あまりにも突飛な出現の仕方をされたため、佐奈も調子が狂った。

「別儀でもない。それがしは、もともとこれが本業なのでござるよ。二日前の一件はまこと申し訳なきことにござるが、与四郎は旧幕の頃からの朋輩《ほうばい》ゆえ、断るに断り切れなんだ」

「あの人はどうされました。ちゃんと、お医者に診せましたか」

訊ねると、意外な返答が戻ってきた。

「うむ。与四郎は死にました」

「何ですって!?　……まさか、あの怪我で？」

「ああ、それは違う違う」男は開いた手を左右に振った。「与四郎を長屋に送り届け、それがしが辞去したその夜に、奴は腹を切りましてござる」

佐奈は絶句した。だが男の口調は語る内容の深刻さに比してどこか淡々としていた。

「御新造《ごしんぞ》もご一緒に、作法通り。それは見事な最期であり申した」

「奥様がいらっしゃったの？　あの人に!?」

「うむ。部屋住み次男坊のそれがしと違って、奴は歴《れっき》とした世取《よとり》でござったからな。まだ徳川瓦解の気配もなき頃に嫁女《よめじょ》を娶《めと》り、傍目《はため》にも仲睦まじゅう暮らしておった。ついぞ子を生《な》すことかなわなかったのは、いまに思えばいっそ幸いであったか」

「どうして⁉　なにゆえ夫婦《みょうと》で死なねばならなかったというのです？」

「あの御新造はもともと蒲柳《ほりゅう》の質《たち》でござってな。それが駿府の困窮生活で体を壊し、東京に戻ってからはすっかり臥《ふ》せるように。与四郎は御内儀の薬代を稼ぐため、ずいぶん苦労をしておった」

　佐奈は目を見開き、思わず両手で自分の口元を押さえた。

「そんな……私のせいで」

「それはいささか小町どののうぬぼれというものにござろう」

　男は、声に力を込めた。

「確かに、小町どのに打ち据えられて与四郎も見切りを得たのかもしれぬ。いや、きっとそうであろう。貴殿はもう武士の世は戻らぬと申された。その言葉を奴なりに受け止めたからこそ、ああいう次第になったのだと」

「ではやはり私の……」

「いや。押借りが成ろうが成るまいが、いずれあの二人は同じ始末を選んだに違いない。なぜなら、世の中から我らの生きる場所がなくなってしまったからでござる。変われぬ者は皆死ねと、いま世の中を作り替えているお歴々はそう申されておるのであろう。与四郎には気の毒なことだったが、それでも奴は最後に武士として死んだ。それがしはそのことを朋輩として喜ぶし、小町どのには、一言お礼も申し上げておきたかった」

「私に、礼ですって？」

男は頷いた。

「小町どのの言葉で、我らはそれぞれ己が何者であるかを再び肝に銘じたのでござるよ。与四郎は武士以外に生きる道を持たぬことを悟り、覚悟を決めた。それがしはと申せば」

男は苦笑して菅笠をかぶり直し、髷はその下に隠れた。

「与四郎のように死ぬ度胸はない。と言って、いまだ町人にもなりきれてはおらず。まさに同じ道を行きつ戻りつ、宙ぶらりんな車引き。貴殿の言う、侍を捨てて生きる道を探るとは、かくなる次第ではあるまいか」

男の声には佐奈に対する批難も、皮肉めいた響きもなかった。それでも彼女は、この男に応える言葉が見つからず、ただ俯いて立ちつくしている。久蔵が上目遣いに囁いた。

「お嬢さん、帰《けえ》りやしょう」

それを聞いた男は相好を崩し、体をひねって後方に止めてある人力車を両手で示した。

「おお、屋敷にお戻りとあらば知らぬ場所ではなし、ぜひお送りして進ぜよう。わずか六銭じゃ。いかにいかに」

「つけあがるのもたいがいにしやがれ」久蔵は佐奈をかばうように前に出た。「さてはお嬢さんの同情を買って車に乗せようって腹だな。桶町なんざ目と鼻の先だ。這ってでも帰れるところに、他人の足なんざ借りるものか」

「別にそのようなつもりではなかったが、これも縁かと思うてな。先刻、小町どのの屋敷から出てきた女人も乗せて戻ってきたところゆえ、行きと帰りで都合が合うと存じた次第。いや、要らぬなら無理にとは申さず。失礼つかまつった」

佐奈はいきなり身を乗り出し、背後から突き飛ばされた久蔵は、二、三歩よろめいた。

「それはまことですか？」

「まこともまこと。それがしがあの道場に所縁《ゆかり》の方かと問うたら、御縁者のようなものだと申されておったが」

「それは嘘」佐奈と久蔵が声を揃えて否定した。

「でも探しているのです。あの人がどこへ行ったかご存じなら教えてください」

「ああ、左様なことならば、あの女人を届けたところまで送って進ぜよう」

男は、照れ笑いを見せて付け加えた。

「ただし十銭じゃ」

7

「御免！　御免！」

　カラカラ、カラカラと響く車輪の音。その合間に威勢のいい掛け声があがる。

　橋本慎八郎と名乗った男は、佐奈を車に乗せると中腰になってしっかと梶棒《かじぼう》を持ち、往来の左右に調子よく声をかけながら、軽やかに走り出した。

　半年前から始めたという彼の車捌《さば》きは案外に手慣れたもので、日本橋の賑やかな大通りを抜けるときなど、道行く人々の間を右へ左へ巧妙にすり抜けていく。

　気の毒なのは久蔵だ。日本橋を渡るまでは何とかついてきていたが、次第に人力車との距離は離され、伊勢町を過ぎる頃には、ほとんどその姿も見えるか見えないかになってしまった。

「いいの。先を急いで」

　後でまた愚痴を聞かされるだろうと覚悟しながら、それでも佐奈は気が急《せ》いていた。なぜか胸騒ぎがしてならない。

「確かこのあたりだったが」

慎八郎が足を止めたのは小伝馬町《こでんまちょう》の手前を北に向かい、しばらく進んでからのことだ。

佐奈が人力車を降りると、家並の軒先に林立する竹竿から、染色を終えた大小様々の布が吊《つる》され、幟《のぼり》の如くはためいていた。ここは通りの両側に染物屋が並ぶ紺屋町である。

「あの奥に川がござる」

藍地に白い絣模様を染め抜いた布が、大量に晒《さら》されている一角を慎八郎は指差した。

「知ってます。藍染川でしょ」

「お尋ねの女人は、その川縁にある裏長屋に向かわれたらしい」

「ありがとう、橋本さん」

銭を払った佐奈は、礼を言って歩き出した。

目当ての長屋はすぐ見つかった。

そこは藍染工房の裏手にある棟割長屋で、崩れかけた木戸の奥には九尺の間口が、どぶ板を挟んで両脇に五軒ずつ並んでいる。足下はじめりとぬかるみ、どぶに渡した板も十分に水気を吸っているようだ。草履履きの佐奈は、下駄にすればよかったと後悔した。

木戸の中に進んでどぶ板を踏むと、重みを受けてねちゃりと音がした。長屋の入口の何軒かは、腰高障子が開け放たれたままになっている。

一番手前の土間に、諸肌《もろはだ》脱いだ上半身の乳房に直接紐をかけ、背中に赤ん坊を背負った女がしゃがんでいた。戸口の前に水を溜めた盥《たらい》を置き、熱心に下帯を洗っている。

「もし」

声をかけたが女は顔を上げもしない。もう一度呼びかけて、耳が聞こえないのだと悟った佐奈は、さらに奥に向かった。

「おりょうさん」

小さく呼んでみたが、どこからも反応がない。決して人気《ひとけ》がないわけではないのに、この長屋全体が、しんと息を潜めているようにさえ思える。

「おりょうさん、いないの？」

今度は少し声を大きくした。長屋の突き当たりに土が盛り上がり、その向こうは小さな川が流れている。

川の手前に建てられた雪隠《せっちん》の横からぱたぱたと音がして、三人の子どもが現われた。まだ五つ六つというあたりか。三人が三人ともほとんど丸裸で、一人だけ赤い腹掛をした子がいる。

「ねえ、ここに女の人が来なかった？　私くらいの背格好で……」

彼らは全員きょとんとした目を佐奈に向け、蛇に睨まれた蛙のように動きを止めた。

と、腹掛の子が佐奈を見たまま、ゆっくりと左手を体の前に上げた。人差し指を伸ばし、佐奈の右側を示す。

「え？」

佐奈は右を向いた。一番奥にある戸口が細く開いている。その前に立って障子に手を掛けた。ゆっくり引手に力を入れると、ぎしっときしんでもう三寸ほど開いた。

そっと顔を近づける。内側はわずかな土間を挟んですぐに四畳半の床があり、赤い敷物の上に無造作に投げ出された足が二本、目の端に見えた。外光が入らぬために室内は薄暗かったが、男の足に間違いないそれは、なぜか異様に白い。

誰か、寝ている？

声を掛けたものか迷った佐奈はもう一度、中をよく見ようと障子に顔を近づけた。

「佐奈はん、逃げやっ！」

突然叫び声。はっと振り向いた佐奈の目に、三軒隣の部屋から飛び出たおりょうが、渡し板の上で跳ねながら、激しく手を振っている。

「おりょうさん？」

耳元でぶつっと障子を破る音。同時に眼前を、突き出された白刃が掠《かす》めた。

「あっ！」

おりょうは、下駄をかたかた鳴らしながら木戸を飛び出していく。

「おりょうさん、待って」

叫ぶと同時に身を屈《かが》めた。いったん障子の中に引かれた刀は、ばしっと薄い板を断ち割り、いま佐奈の首があったあたりを横に薙《な》いだ。

障子の上半分が落ち、その向こうに男が立っていた。髷はなく、肩まで髪を伸ばしている。頬の肉は削《そ》げ、肌は鼠色だが、その落ちくぼんだ目の奥には異様なほどの光がこもっていた。

「誰っ？」

鋭く声をかけつつ、彼女は一歩飛び退《の》いた。

男が着ている黒小袖の肩越しに、中の様子がはっきり見えた。髷を結った筋肉質の男が、下帯も露わに仰向けに倒れていた。左肩から右脇にかけ、ばっくりと肉が割れている。赤い敷物と見たのは血溜まりだった。

「あなたがやったの⁉」

佐奈の言葉に反応せず、男は長屋の外にゆらりと全身を現わし、刀を両手で握り直す。と見るや、いきなり袈裟《けさ》懸《が》けに振り下ろしてきた。

ふんっ。

顔の前を剣風。すんでで体を反らす。が、振り下ろされた剣は跳ね返るように斬り上げられ、佐奈の意識より早く体が反応し、左足がすいと退かれる。佐奈の残った半身はすれすれのところで剣先を躱《かわ》した。

男の顔に一瞬、意外そうな表情が浮かぶ。

一方、佐奈はこれほどの殺気を丸出しにした相手を見るのは初めてだった。

もちろん彼女は、いままでに人を斬ったことなどない。だが真剣での勝負となると、何よりも経験が物を言う。道場では無敵だった人間が、剣術のけの字も知らない暗殺者に命を奪われた例なら、幕末だけでも掃いて捨てるほどあった。

この男は人を斬っている。それも、一人や二人どころの話ではない。

男が半歩、踏み出した。

佐奈は半歩、後ずさる。

剣が手にあれば、まだ対処のしようはある。ないなら選択は、飛び込むか逃げるかの二つに一つ。だが、相手の懐には隙が見えない。では逃げるか。こちらは着物、相手は袴。相手が追ってくればやはり逃げ切れない。

——殺されるのか。

生まれて初めて、佐奈はそれを意識した。

「お嬢さぁんっ！」

久蔵の声に佐奈が振り向くと、長屋の木戸の向こうから久蔵と慎八郎の駆けてくる姿が目に入った。慎八郎は手に何か棒のようなものを持っている。いや、あれは刀だ。

「小町どのっ、無事かっ？」

慎八郎の声が聞こえると、男の全身を覆っていた殺気が一瞬で消えた。佐奈と目が合った男はなぜか薄い笑みを浮かべ、直後、身を翻《ひるがえ》して背後の土手を飛び越えた。

ばしゃんっと水のはねる音が聞こえ、続いてびしゃびしゃと、川面を走る音が遠ざかっていった。

男が姿を消した後、久蔵は佐奈に言われて本郷の屯所に走った。彼が避けたかったのはまさにこういう事態だったが、目の前で人死にが出ては仕方がない。

ただし、と久蔵はりょうに言い含めた。この死体を見つけたのはおまえだということにしろ、まんざら嘘でもあるめえ、と。

別にかまへんでぇとりょうが答えたので、久蔵は胸をなで下ろした。彼にとってもう一つ幸運だったのは、ちょうど屯所に万吉がいたことだ。

久蔵が邏卒《らそつ》を先導して紺屋町に戻ると、木戸の前にはもう七、八人の人だかりができていた。その中には佐奈の姿もあったが、二日前に押借りを働いた慎八郎は、雲を霞と消えていた。

万吉が木戸の内側で佇《たたず》んでいたりょうを、長屋の奥へ連れて行った。すでに死体は戸板に乗せられ、外へと運び出されており、恰幅のいい体を黒い制服の中へきちきちに詰めた男の背中が、その手前に見えた。

「警部殿、死体《ほとけ》を見つけた女です」

「ああ」太い口髭《くちひげ》を生やした男はゆっくり振り向き、りょうの体を、上から下まで舐め回すように見た。「よか女《おなご》じゃのう」

「なんぞ用なら、はよ済ませとくれやす。こんな気色《きしょく》悪いとこで足止めくらわされたらかなわんし」

りょうは反感を隠しもせずに言った。警部は半歩進んでりょうを見下ろし、右手の人差し指をりょうの顎に引っかけ、上向かせた。

「はよ済むも済まんも心掛け次第じゃ。おはんはこん男を殺した犯人も見たちゅう話やが、そこをもうちっと詳しゅう聞かせせんか」

「そんなん恐ろしうて、ほとんど何も覚えてまへんて。ただ棒きれみたいに痩せた男で、背は五尺五寸くらいやったかなと」

「そげな男はこの東京にごまんとおるわ」

警部は不満げに鼻を鳴らした。

「そもそもおはんは京の女にみゆるが、こん男とはどげな所縁《ゆかり》があって、訪ねてきたんか」

「そんなこと、警部はんに関わりありますか」

「関わりがあるかないかは、おいの決めるこつじゃ」警部の声に、苛立ちが滲《にじ》み始めた。「ここで話しづらかなら、屯所来《く》っか。そいならゆっくい話も聞ける」

「昔の知り合いやないかと」

りょうは、すかさず答えた。

「知り合い？　おはんのか？」

「いえ。うちの人の知り合いやないか思いましてな。ここに住んでるいう噂を人づてに聞いて、それで訪ねてきたんどす。そやけど、人違いどした。それどころか、こんな騒ぎに巻き込まれてしもうて」

「亭主の知り合いを、ないごておはんが捜しとっとか。その男はいけんしとお？」

「へえ。殺されましたが」

さすがに警部も意表を突かれた。

「なに。殺された？」女に動揺を悟られまいと、警部はさらに居丈高になる。「おい女、ええ加減なことを言うと、ほんなこつ屯所まで来てもらうことになっど」

「ほんまですがな。六年前に京で……警部はんもお役人さまなら、この話はご存じかと思うてましたけど」

「おいがおはんの亭主なぞ知るわけなか。これ以上、なぶるがごと言《ゆ》っと、女だろうと容赦せん」

「夫は坂本言うんです。坂本龍馬。うちの人は薩摩のお方とも、ようけ仲良うさせてもろてましたえ」

「坂本……」警部は口の中でその名を反芻していたが、ふと何か思い当たったか「え？」と、小さく息を呑んだ。さらにもう一度、宙を睨みながら「龍馬……え⁉」

「警部はんは、ご存じやないと？」

「お、おはんは、その坂本の御妻女だと？」

「へえ。何やったら吉井はんに確かめてくれはったらよろしおす。うちはいま吉井はんのお屋敷でお世話になっておりますさかい」

「よ、吉井……とは、まさか」

「警部はんは薩摩の御方でっしゃろ？　ともともはんをご存じやあらしまへんか」

「と、とも、と、友実《ともざね》……卿⁉」警部はごくりと喉を鳴らした。「い、いや、そいは無論、存じております」

「そや、警部はんのお名前お聞かせしておくれやす。えらい親切にしてもろた言うて、ともともはんに教えてあげますわ」

「ま、待て……いや、待ってたもんせ」

「ああ、いっそ西郷はんに言うてあげたら、もっとええことあるかも」

警部は卒倒しそうな勢いで目を白黒させ、ほとんど悲鳴に近い声をあげた。

「こ、こいはまっこと、御無礼申し上げもしたっ！」


「せっかくあの馬鹿警部殿が送るって言ってんだから、素直に送ってもらやいいものを」

紺屋町からの帰り道、佐奈とりょうの後ろを歩く久蔵は聞こえよがしに呟いた。

「言うたやろが。うちはもう吉井はんのとこは飛び出してきたて」

「でも、もしあの警部が吉井卿のお屋敷を訪ねて、確かめられたらどうするの？」

りょうは佐奈の危惧も鼻先で笑い飛ばした。

「心配せんでも、あんな下っ端邏卒が直《じか》に吉井はんを訪ねるわけあらへん」

案外この女、行き当たりばったりに見えてしたたかな一面を持っているのかもしれない。

「おりょうさん」

一石橋の中程で、佐奈は呼びかけた。

「へぇ」

「一応、礼は言っておく」

下駄の音が途切れた。

川面を走る猪牙舟《ちょきぶね》の船頭が、立ち止まった三人を見上げながら、橋の下を滑り抜けていく。

佐奈に叫んで木戸から飛び出したりょうは、表の物干しに飛びついて竿を外そうとしていたそうだ。その場へ追いついた久蔵の目撃談だが、まさかりょうは物干し竿で、あの男と対峙《たいじ》するつもりだったのだろうか。

ともあれ、りょうが騒いだおかげで久蔵と、あわよくば佐奈の帰りも稼ごうと、木戸の外で待っていた慎八郎の目に留まった。

「助かった。だからそのことは礼を言っておく。言っておくべきだと思うから」

「さよか。ほなら今夜から、うちに足を向けて寝んように、せいぜい気をつけなはれ」

りょうは佐奈にくるりと背を向けて、先に歩き出した。

二度とこの女に礼など言うものか。りょうの背中を見つめながら、佐奈は奥歯を嚙みしめた。


一行が桶町に戻ると、佐奈は久蔵にも一緒に夕餉《ゆうげ》をとって帰るよう勧めた。

いつもの久蔵なら、どれほど勧めても遠慮して屋敷を辞去したが、この夜は違った。

「まあ、せっかくお嬢さんが勧めてくださるなら」と、屋敷に留まったのだ。

彼らは今日、真剣を持った男と対峙した。そのせいか、屋敷に戻っても皆どこか、体の奥に残った昂《たかぶ》りを持てあましていたらしい。

佐奈が久蔵に酒を勧めたのも、そんな昂揚のなせるわざだったろう。最初は恐縮しながら飲んでいた久蔵も、四杯目の猪口《ちょこ》を箱膳に置いたあたりから、りょうに絡み始めた。

「おめえ、いったい何を隠してやがる」

「何のことですのん？」

「しらばっくれんじゃねえ！」

「久蔵さん」

久蔵とりょうの間で佐奈がたしなめたが、久蔵は台所の板間にあぐらをかいて、正面を指差した。

「おめえが一昨日、湯島に足利多七を訪ねていったことはわかってる。多七はその後、殺された。そして今日の紺屋町。おめえが歩き回った後にごろごろ死体が転がるのは、いってえどういうわけだ」

「そんなこと、うちに言われても」

「知ってるはずだ。多七なんてのはどうせ二つ名だろ。そんなものは後ろ暗い覚えのある盗人か人殺しが、世間から隠れるために使う手だ。おめえがそんな連中の仲間じゃねえってんなら正直に言え、あの男は何者だ？　きょう殺された男と、どんな関わりがあった？」

「知らんもんは知りまへん」

「なら多門てえのは誰のことだ？」

微かにりょうの顔色が変わった。が、逆に彼女は久蔵を睨み返し。

「げすいひと」

「何だと？」

「初日からそやったけど、うちの尻にこそこそくっついて何を嗅ぎ回ってはるの？　そんなことしたかて屁《へ》しか出まへんえ」

「てめえ、その口ん中に蠟燭《ろうそく》突っ込んで火ぃつけてやろうか！」

「久蔵さん、やめなさい」

「いいんですかい？」久蔵は赤い顔を佐奈に向けた。「こいつのせいで、お嬢さんは危うく斬られそうになったんですぜ。疫病神どころか死神だ。もしかするとあの男とこの女はつるんでるのかもしれねえ。なのにどうしてこんな女をお嬢さんはかばうんで」

「別にかばってなんかいないけど」

佐奈は盆の上に伏せてあった猪口を取り、自分で酒を注ぐと数度に分けて口をつけ、膳に置いた。

「おりょうさん。私は人が言いたくないことを、無理に聞きだすつもりはない。でも私や久蔵さんが、きょう刃傷沙汰に巻き込まれたのは、あなたが当家の客だったからよ。だから、素直に私に説明すべきことが何かあるんじゃないかしら。もちろん、何も話せないと言うならそれでも構わないよ。ただし、そのときは荷物をまとめてここを出て行ってもらうけど」

そう言って佐奈が徳利《とっくり》を引き寄せると、りょうは「ちょっと」と不満げな声をあげた。

「話す気に？」

「違う。それや」

りょうは徳利を指さす。

「あなたも、飲むの？」

佐奈が訊ねると、りょうはうんうんと頭を二度頷かせ、空になった茶碗を突き出した。

「これでかまへん」

「茶碗で？」

佐奈は眉をひそめたが、すぐ思い直して酒を注いでやった。りょうは喉を鳴らしながら一息に飲み干し、実に晴れ晴れとした顔で大きな息を吐いた。

「もう一杯」

りょうは佐奈から徳利を奪い取り、呆れる佐奈と久蔵の目の前で茶碗に酒をなみなみと注ぐや、再び数呼吸の間に飲み干した。

「あ〜、生き返るわあ〜」りょうは手の甲で口元をじゅるっと拭い、また酒を注ぐ。

「吉井はんとこでは、酒くれなんて言いにくうてな。ほんま、それだけでもあんなとこにいとうはなかったんやけど」

「こいつ……とんでもねえうわばみだ」

すっかり目尻を下げたりょうに久蔵がぼつりと呟くと、耳ざとく聞きつけた彼女は久蔵に向かって徳利を突き出した。

「おい、久助」

「だ、誰が久助だ！」

「じゃあ、久兵衛」

「久蔵だよ、俺はっ！」

「何でもええやん。もう酒がないでぇ」

「何だと?」

「おかわり」

「じょ、冗談じゃねえ!」

憤慨する久蔵を、佐奈はなだめる。

「いいわ、久蔵さん。父の部屋にもう一本徳利があるから、それを持ってきて」

「だってそれは大先生の」

「明日、買い直しておくから。お願い」

久蔵は口をへの字にして立ち上がり、廊下に通じる板襖を開けて出て行く。りょうは膝を立て、とろんとした目を佐奈に向けた。

「……佐々木多門」

「え?」

りょうは茶碗に残った酒をくいと飲み干し、もう一度、はっきり聞こえる声で言った。

「湯島で死んだ男。御一新の前は、佐々木多門と名乗ってた」

「やっぱり、知り合いだったの?」

「顔を知ってるだけや。ただ、あの人は海援隊にいたさかいな」

久蔵が徳利を持って戻ると、佐奈はりょうの茶碗に酒を注ぎ足した。

「龍馬が死んだとき、うちは下関の商人の家に預けられてた。……三吉《みよし》はん、ああ、この人は長府藩士で、龍馬のことを師匠みたいに慕《しと》てた人やけど、この人が報せに来てくれたんや。龍馬は三吉はんに、自分に万一のことがあったらうちを土佐に連れていくよう頼んでたんやて」

「土佐に」

佐奈の内で鈍い痛みがまた疼《うず》き始めた。彼女も龍馬から家族の話を聞いたことがある。龍馬は家族が大好きな男だった。

中でも乙女《おとめ》という、可憐《かれん》な名に似合わぬ女傑ぶりを発揮する姉の話をする龍馬は、いつもどこか照れくさそうで、どこか自慢げだった。おまんの話はもう乙女姉さんには手紙で報せちゅう、そのうち会《お》うてもらうきに、などと調子のいいことを言っていた頃もあるのだ。

「それで土佐に行くのはええけど、その前に龍馬の墓に参りたい言うたら、三吉はんが京の霊山《りょうぜん》まで連れてってくれてな。そのとき海援隊の人が集まって、ちょっとした宴を催してくれはった。多門はんは、そこにいたわ」

「古い仲間だったのか?」

「違うで、久八。うちが多門はんと会うたのはその時だけや」

「久蔵だって、何度言やわかるんだ!」

「この何年か後で、海援隊やった人からたまたま聞いたけど」りょうはゆらりと上体を揺らした。「あの人は龍馬が殺された年に海援隊に参加して、鳥羽で戦が起こる前には、もう抜けてたそうや。そやから隊の中でも、あの人をよう知ってるなんて人はおらん」

「おかしいじゃねえか。ろくに知りもしねえ奴に、いったい何の用があって?」

りょうは久蔵には答えず、佐奈に顔を向けた。頭の振れ幅がずいぶん大きくなっていた。

「手紙が来たんよ」

「手紙？」

上半身を揺らし、りょうは酒で満たした茶碗を口元へ持っていこうとした。その直前、膝を進めて詰め寄った佐奈が、りょうの腕を押さえた。

「誰から？」

「それがわかってたら、苦労せんわ。うちは龍馬の実家は一年足らずで飛び出して、この四年くらい、霊山の麓に見つけた東山の家で暮らしてたんや。それが十日くらい前やったか。いつものように龍馬の墓から戻ってきたら、家の土間に放り込まれてた」

りょうはだらしない笑みを浮かべて手を振った。酔いは相当に回っているようだ。

「中身も無愛想な見覚えのない字でな。そこになんて書いてあったと思う？」

「私がいま聞いてるのよ、それを！」

りょうは佐奈に押さえられた腕の先にある茶碗に、突如顔を埋《うず》めた。それからごくりと喉を鳴らし、大きく息を吐きながら顔を上げると、佐奈を睨む。

「あんたの手ぇ、痛いんやけど」

りょうは自由になった手で、胸元から幾重にも折り畳んだ半紙を取り出し、佐奈の膝元にぽんと置いた。紙の表には、宛名も差出人も書かれていない。りょうに促されて佐奈は中を開き、声を出して読み始めた。

「過ぐる慶応三年京にての一件、詳《つまび》らかにしたくば、湯島聖堂に佐々木多門を訪《と》え。才谷生害下手人、多門が知るべし」

佐奈は、はっとしてりょうを見た。

「これは⁉」

「な、へったくそな字ぃやろ？」

「そこじゃなくて、この才谷って誰」

「わからんか？　これが龍馬の二つ名や。物騒な京で動くときや手紙のやりとりには、この才谷梅太郎いう名前をよう使《つこ》てた。ほんま、梅太郎やて、なんちゅう気楽な名前や」

りょうは堪《こら》えきれずにぷっと吹き出したが、佐奈はさらにりょうに迫る。

「それじゃ、慶応三年京の一件というのは」

「この手紙はうちに来たんやで。うちがその年、京で何があったと聞かれたら、思い出すことは一つしかあらへん」

りょうは佐奈の額すれすれに自分の額を近づけ、酒の臭いが混じった息で、そう言った。

「湯島の、佐々木多門」

呟く佐奈の肩が、次第に大きく上下を始める。

「その人があの方を……坂本さまを襲った犯人について知っていた。そういうこと⁉」

佐奈は顔を上げ、りょうに視線を戻した。

が、りょうはすでに板床に大の字となり、白目を剥いて気持ちよさげな鼾《いびき》をかいていた。

8

翌朝、部屋から出てきたりょうの手を、待ち構えていたように佐奈が摑んで廊下へ引きずり出した。

「何しはるのん⁉」

「いいから。こっちへ来て」

「うち、ゆうべどうやって寝たんやろ」

「私と久蔵さんであなたを抱えて部屋まで連れて行ったのよ。もう十分寝たでしょ？」

寝惚《ねぼ》け眼《まなこ》を擦るりょうの手首を引っ張り、納戸の隣に連れ込んだ。そこはりょうを泊めることになった時、勝手に入室することを佐奈が禁じた部屋であった。

八畳間の室内は、奥の障子が開け放たれ、縁先の向こうに手水鉢《ちょうずばち》の置かれた小さな庭が見えた。北向きのためか全体に薄暗い。床の間の横に大きな仏壇があった。

仏壇の前に膝をついた佐奈は、灯明で火を付けた線香を一本、香炉に立てた。正座して両手を合わせ、軽く一礼すると膝の両横に拳を置き、くるっと体を回した。

「伯父の千葉周作、私の母や妹の位牌もここにある。それに……坂本さまも」

「龍馬の？」

りょうは目を凝らした。仏壇の手前に畳から一段高くなった板床があり、そこに供え物らしい菓子を載せた皿と、供花の菊を挿《さ》した花活けが置かれている。その間に挟まれて三日前、りょうがここで初めて目にしたものもあった。

白い薄紙に包まれてはいたが、龍馬が佐奈に預けたという片袖である。

「いまとなっては、これがただ一つの形見だから……」

りょうに視線を移し、佐奈は言った。

「位牌があるなら、ここにいる間はこの仏間に安置しても構わなくてよ」

「位牌って」

りょうはきょとんとしている。

「え、持ってないの？」

「へえ」

「じゃあ京のお宅に？」

「京はもう全部引き払うてきたて、ゆうべ言わんかったやろか」

「あなた真宗？」

「最初に霊山に行ったときにもろたあれが、そやったやろか。けど、それは土佐に置いてきたし」

「坂本さまの御位牌でしょ？　肌身離さずそばに置きたいとは思わないの!?」

「肌身離さず、なんて言われてもなぁ」りょうは佐奈に、妖しく微笑んだ。「まさか位牌にうちの体をぬくめてもらうわけにもいかへんやろ」

佐奈は危うくめまいがしそうになったが、何とか気を持ち直した。今日こそは彼女の調子に巻き込まれてはならない。

「わかった。もう、その話はいい。あなたをここに呼んだのは、昨夜の続きを聞かせてもらうためよ」

「昨夜の続きって？」

「これ以上ふざけないで！」

佐奈は畳を掌で叩いた。りょうは子猫のように、びくっと身を縮めた。

「あなた途中で寝ちゃったでしょ。もしかして久蔵さんの前で話しにくかったなら、この部屋はあの人が来ても、直接入ってきたりはしない。あなたが湯島へ行った後、何が起き、昨日の紺屋町とどう繋がるのか。はっきり説明のつくように聞かせてちょうだい」

「そんなこと聞いて、どうするん？」

「私に話す気があるの？　ないの？」

「そやかて多門はんも、うちには何も知らんの一点張りで」

「じゃあ、紺屋町で殺された男は誰？　あなたはあの男を訪ねて行ったんでしょ!?」

りょうは頬をぷうと膨らませ、そっぽを向いた。答えに詰まったら拗ねるのか。こいつはた

だの子どもか⁉

いやいやいや、ここは冷静を保たねば。佐奈は自分に言い聞かせ、一拍を置く。

「あなたが受け取った手紙には、佐々木多門の名しかなかった。なら、紺屋町の男の名前と住まいは、佐々木多門から聞いたんでしょ。坂本さまの一件に関わりのある男として」

りょうの瞳が左右に揺れた。

「あなたは殺された男に会った。もし男がもう死んでいたなら、あんなところで隠れてるはずないもの。つまりあなたは男と話したのよ。ところが話を終えて外に出たら、佐々木多門を斬った男を見た。だからすぐ身を隠したけれど、私が現われたものだから」

「よう、そんだけ勝手な話を作れるもんや」

「そのまま返してあげる。もしかしたら坂本さまのことも、全部あなたの作り話かもね」

「あんたは龍馬のふぐりはどっちが大きいか知ってるか？」

「ふ⁉」思わず息が止まりかけた。りょうは頬で目を押し上げるように細め、にまりと笑った。

「やっぱり知らんのやろ。そんな気がしてたんや。龍馬のふぐりはなあ、右側がこう……」

「龍馬のふぐりは関係ないっ！」

佐奈の一喝は、さすがに剣術家の気合いか。りょうは目を見開いて固まった。

「もう、いいかげんにしてよ」佐奈は首を振りながら、大きく息を吐く。「あなた一人で、できると思ってるの？」

「え？」

りょうは当惑の表情を浮かべた。

「多分あなたは酔っ払って、ゆうべは本音を漏らしたのよ。坂本さまを斬った犯人を知ってるなんて、そんな嘘か真《まこと》かもわからないたった一通の手紙に釣られて、東京まで出てきてしまったことを。ならあなたの目的は、その犯人探し以外にない」

りょうは言葉を選びつつも、佐奈の視線には己の目を合わさずに答えた。

「龍馬を殺したんは……新選組やて聞いたえ。そやから局長の近藤は、戊辰のときに政府軍に首を打たれたて」

もちろんそれは佐奈も知っている。だが、その話をしてくれた兄の重太郎は、同時に首をひねってもいたのだ。

「近藤勇を始め、新選組で坂本さまの襲撃に関わったという人は、一人もいないそうよ」

「そんなん、私が殺しましたなんて、自分で言う人おるかいな」

「あのとき、坂本さまはお尋ね者だったんでしょ？」

重太郎は京に懇意の鳥取藩士が詰めていたのを幸い、龍馬殺害に絡む京の噂や、各藩の情報交換で得た話を報せてもらっていた。

同時に彼は不憫《ふびん》な妹の立場を慮《おもんぱか》ってか、知り得たことを幾つか教えてもくれていたのだ。

その折に聞いた話では、龍馬襲撃犯として真っ先に挙がった名は新選組だった。現場となった近江屋に、新選組隊士のものと目される刀の鞘が打ち捨ててあったからだという。

当時の龍馬は、倒幕派の浪士として幕府側に狙われる立場ではあったが、その前年、寺田屋で伏見奉行所の捕方に急襲された際、彼は幕吏を一人射殺してしまっている。ゆえにこの事件以降の龍馬は京の幕府方にとり、面子《メンツ》にかけても復讐を果たすべき相手になっていた。

重太郎が、龍馬殺害を新選組の仕業とする噂に首をひねったのはそこだ。

「新選組が坂本さまを追うのは当然の話だし、よしんば殺害しても、不逞《ふてい》浪士を一人斬ったと言えばいいだけ。新選組の手柄にこそなれ、隠す理由などない。兄はもし犯人が新選組なら、あれほど目立ちたがりの集団がどうして、何も言わずに黙っていたのかと」

もしあの事件が、倒幕派のお尋ね者が幕府の捕吏に殺されたというだけの話ではなく、最初から龍馬の殺害そのものが目的で仕掛けられた罠だったとしたら。

理由はともかくその犯人は、自分の立場が明らかになる事態だけは避けねばならなかったことになる。

現場には新選組を犯人だとする証拠が幾つか残っていたらしいが、いかにもとってつけたようなものばかり。現に新選組は龍馬暗殺を否定している。

ただ、幕末の京の狂騒は、江戸にいては想像もつかない。流れと勢いで冷静な判断を欠いたまま、新選組が犯人とされ、倒幕派の憎悪と復讐心はやがて、京都守護職として新選組を預かる立場だった会津藩にまで向かう。

龍馬暗殺が本当に新選組の仕業でないなら、真の犯人にとってはまさに、思う壺の展開だったろう。騒ぎは大きくなればなるほど、全体の輪郭はぼやけていく。しかも、真相を探る上で不可欠だった新選組の主要な隊士は、ほとんどが死に絶えた。

「兄は何年か前までそんなことを言ってた。政府に出仕してから、坂本さまの話は一切しなくなったけど」

重太郎の推論を、佐奈は合理だと思う。だから昨夜、りょうに届けられたという謎の手紙の内容に、一笑して捨てきれない手触りを感じたのだ。

「本当はあなたも新選組がやったなんて話、納得してなかったのね」

りょうはゆっくり庭の手水鉢に顔を向け、

「今年の春先、東山に谷はんが来はってな」

いきなり話題を切り替えた。また、はぐらかすつもりかと警戒する佐奈に、谷はんとは元土佐藩士で、龍馬とも親交のあった谷干城《たてき》のことだとりょうは説明した。

戊辰戦争の大軍監として功績のあった彼は陸軍少将となり、この年、熊本鎮台の司令官に任命された。その任地へ向かう途中、京のりょうをふらりと訪ねてきたという。

「最近は、龍馬を殺した犯人が妙なことになってるて言わはったわ」

「妙なこと?」

「もう二、三年前の話やけど、その頃、監獄に残ってた箱館降伏人の中には、新選組の残党も混じっててな」

「ああ、五稜郭の」

明治維新によって勃発した戊辰戦争は翌年、箱館五稜郭の戦いを以て終結した。ここは新政府に抗《あらが》う者たちの最後の砦でもあり、たとえば新選組副長だった土方歳三《ひじかたとしぞう》なども、五稜郭で戦死している。

　この戦闘で捕らえられた旧幕軍兵士は、箱館降伏人と呼ばれて兵部省《ひょうぶしょう》に送られ、収監された。その際、一人一人の身上が口書《くちがき》として記録されるのだが、元新選組の隊士であったとわかると俄然、その者たちは龍馬暗殺に関して追及されることになった。龍馬を斬った実行犯を特定したいという、旧土佐藩関係者の意向が働いたためである。

「そやけど新選組の連中はみんな、近江屋襲撃なんてまったく身に覚えがない、そもそも坂本龍馬がどこの誰かを知らんいう人もいたそうや。谷はんは命惜しさの嘘やて決めつけてはったけどな。あの頃、降伏人の間では、龍馬殺しの犯人となったら斬首に違いないゆうて噂になったったらしいし」

「それが、妙なことなの？」

「そしたら別の降伏人の中から、私が龍馬を斬りましたて申し出た人が、ひょっこりとな」

「え⁉　新選組の隊士が」

「違う。元見廻組《みまわりぐみ》やそうな」

　見廻組も新選組同様、京の治安維持を主たる目的とする、京都守護職配下の組織である。郷士や百姓など出自を問わずに隊士とした新選組と違い、こちらは歴とした旗本の子弟が多かった。

「その男が現われた途端、龍馬殺しは元見廻組の仕業ゆうことになって、新政府はそれ以上の調べを打ち切った。それが二、三年前の話。谷はんみたいに、いまでも新選組の仕業やて言い張る人は、もう政府にも少ないんやて」

「坂本さまを殺した男は、とうに捕まっていたということ？　では、その人の仕置はどのような裁断が？」

初耳だった。重太郎は知っていたのだろうか。だが、次第に興奮を高める佐奈に対し、りょうは淡々とした様子を崩さない。

「仕置も何も、その男はもう獄から放たれたらしいで」

「まさか」

「去年、そいつに特赦が出たんや。そいつは大手を振って監獄を出てった。いまはどこにおるやらもわからへん」

「何ですって……」

「谷はんがな、うちを訪ねた帰り際、こんなことを言うてはった」

――おりょうさん、坂本先生の事件はもしかしたら、まだ終わっとらんのかもしれん。

生け垣で区切られた小門まで見送りに出ると、谷は不意に、軍服に付いた金糸の肩章を揺らして振り向き、そう言ったのだという。

――わしが見廻組の証言なんち信用でけん。もっぺん新選組の線から調べ直せと騒ぎ続けとったら、いきなり熊本にやられることになったぞね。何やら政府の中にも、坂本先生の件が蒸し返されるのを嫌う人間がおるような気がしてな。

待たせている人力の車夫に背を向けたまま、谷はさらに顔を近づけ、囁いた。

――わしは今度の一件で、坂本先生を殺した奴は、まだどこかでのうのうと生きとるんやないか、という気がしてきた。いや、その見廻組の男やない。もしあれが見廻組の仕業なら、その話が外に漏れてこんわけないがよ。よしんば真にその男が犯人じゃったなら、どがいな理屈をつけようと、政府がただで放免するわけないきに。どうやら、わしらの政府がわしらに隠し事をしちゅう。なにやら妙な按配じゃ。

話し終えたりょうは、佐奈を見た。

「そうや。うちは、あの人を殺したんは新選組でも見廻組でもないと思てる。では誰の仕業や言われると、見当もつかんかったけどな」

谷干城と交わしたその会話があって、差出人不明の手紙に、真実の欠片《かけら》が含まれているとりょうは直感した。そしてすぐさま京の家を整理して、東京に出てきたのだ。なんとまあ思い切りのいい女か。佐奈は内心この女に、どこか感心もし始めていた。

「谷さまは、どうして政府が隠し事をしてるなどと」

「そんなこともわからんのかいな」りょうは口の端をつり上げ、呆れ果てたという風情の声を出した。「女の隠し事はたしなみやけど、男の隠し事はやましいことがあるさかいに決まってるやないか」

当惑と憤りで佐奈が絶句していると、りょうは、自分が東京に来てからの行動を説明し始めた。

「手紙の通り、湯島にいた多門はんは、うちを見て幽霊にでも会《お》うたみたいにびっくりしてはった。ともかく話がしたい言うて裏の土手まで連れ出したけど、もうあたりはかなり暗《くろ》うてな。うちが、これはどういうことやと思うて、手紙のことを言い出したら、急にぶるぶる震えださはって」

りょうはあの、人によっては癇《かん》に障ること極まりない笑みを浮かべた。

「あのお人は、もともと気は小さいお方やったんやろな。すぐ観念したみたいに、自分のせいやない、自分はよもや坂本先生があんなことになるとは思てもいんかったて、こっちが何も言わんうちから言い訳を始めはった」

「あんなこととは……近江屋の」

こくりと頷いてりょうは続ける。

「それについては全部中西が知っとるはずや、紺屋町の中西昇を訪ねてみいって、もうほとんど泣きそうな顔でな。いくら人気《ひとけ》がのうても、こんなとこ誰かに見られるのもかなんし、足下も覚束《おぼつか》んほど暗うなってきたしで、ほならまた聞きに来ます言うて、帰り始めたんよ。そしたらものの十歩も歩いた時やろか」

いきなり多門の悲鳴が聞こえた。りょうが振り向くと、土手の茂みにでも隠れていたのか、上背のある、痩せた男の後ろ姿が見えた。肩までかかる髪、黒の着物に袴のせいで、全身が闇と半分混じり合っている。

――たっ、助けてくれっ！

恐怖の声をあげて多門が逃げ出そうとした瞬間、男の手からすっと白い光が延び、多門の背中で一閃《いっせん》した。

叫びは途絶え、どさっと土に倒れる音だけが聞こえた。男はゆっくりと上半身をひねり、りょうと目が合った。闇の中、二つの眼球だけが自ら光っているように見えた。

「あの時は何やしらん、胸の中からほんまにぞっとした。それくらい気色悪い奴やったんえ。そやからもう、後も見んと逃げ出して」

「それでここに戻ってきたのね。じゃあ昨日、その男が現われたときのことを聞かせて」

「紺屋町の長屋を端から訪ねて回って、やっと中西を見つけ出したけど、やっぱり素直に話はしてくれん人でな。しゃあないからそこもまた来ます言うて外に出たら、木戸の向こうにあの男の姿が見えた。てっきり、あいつはうちを追うてきたんやと思たさかい、目の前の家に飛び込んで息を潜めとったら」

男は中西の部屋に入り、その直後に佐奈が訪ねてきたことになる。落ち着きを取り戻した佐奈はそこでもう一度、本題になる問いを繰り返した。

「それで……本当に坂本さまを殺した犯人を、あなた一人で捜せると思っていたの？」

「うちの話を聞いてへんかったか。もう二人も斬られてんねや。うちには死神が取り憑《つ》いとる」

「私なら、あなたをその死神から守ってあげられる」

りょうはくりっとした眼を、二、三度まばたかせた。佐奈の言葉の意味を受け取りかねた。そんな顔つきであった。

だが佐奈にしてみれば、一晩考えた上で決めたことだ。

「さっき、そんなこと聞いてどうすると言ったわね。教えてあげる。私も知りたいの。坂本さまがなぜ、誰に殺されなければならなかったのか。その理由をぜひ」

りょうは口を半開きにしたまま、微かに首を左右に振った。

「あかん」

「あかんじゃない」

「鬼小町か卒都婆《そとば》小町か知らんけど、あんたでもあの男は無理や。関わらん方がええ」

「もう関わってしまってる」

佐奈は膝をついと進め、りょうが膝に置いた手に自分の手を重ねた。りょうの身がびくっと固くなった。

「あなたがこの町で坂本さまを殺した犯人を追うと言うなら、私はあなたを守ってあげる。そのかわり、あなたが突き止めたことは、すべて隠さず私に教えて。それがたった一つの条件」

「なんで、あんたがそんなことする義理があるの？　龍馬はあんたを……」

「坂本さまはあなただけのものじゃない！」

思わずりょうの手首を握る手に、力がこもってしまった。

「坂本さまの無念は、決してあなただけのものなんかじゃないっ！」

痛みを感じたりょうは眉根を寄せて佐奈を見た。佐奈もりょうを睨み返した。

久蔵が屋敷に姿を現わしたのは、正午を過ぎるか過ぎないかという頃である。

佐奈の部屋に請《しょう》じ入れられた久蔵は、股引姿で胡座《あぐら》をかくと開口一番。

「例の紺屋町で殺された男の名前、わかりやしたぜ」

「中西昇」

間髪を入れずに返した佐奈に、久蔵は鼻白んだ顔で顎を引き、口をつぼめた。

「なんだ。もうご存じで」

「今朝方、おりょうさんに教えてもらったの」

「あのあまぁ、やっぱりすっとぼけてやがったな」

勝手口の方角に顔を向け、半纏の左袖をめくって吐き捨てる久蔵を、佐奈はなだめた。

「あの人はあの人なりに、私たちに迷惑がかからないよう考えていたのかも」

「そんな殊勝な心延《こころば》えがあるなら、自分がここを出てくのが一番だってことにどうして気づかないんですかね」

佐奈はりょうから聞いた、湯島以来の彼女の行動を簡単に説明した。

「久蔵さんは、その名前をどうやって？」

「いやあ、さっき元富士の屯所に寄って、万吉に探りを入れてきやした。いろいろ面白い話を聞かせてくれたんだが」

久蔵は、ぱんと両膝に両手を乗せた。

「お嬢さん、こいつはどうも最初に思っていたより、相当まずい話になりそうだ」

「というと？」

「これ以上、何も聞かずにあの女を追い出してもらう、というわけには参りやせんかね」

「参りません」

きっぱりと佐奈は応えた。

「そうおっしゃるとは思っていたが」久蔵は頭をかいて、言いにくそうに続けた。「下手をすると、地獄の釜の蓋が開きますぜ」

「どういう意味？」

久蔵は一つ溜息をつき、続けた。

「とうに死んだはずの亡者どもが、なにやら舞い戻ってきそうな按配で。いや、その中西って男のことですがね」

そう前置きをした久蔵の表情に、どこか怯《おび》えるような影が浮かんだことを、佐奈は見逃さなかった。

9

佐奈は渋る久蔵を説得し、りょうにも話を聞かせることにした。佐奈にすれば、仏間でりょうにあんな見得を切った手前、今後は彼女に対しても公正であるべきと決めていた。それに、もしかすればりょうの知っていることと付き合わせ、何か新しい発見があるかもしれない。

座敷にりょうが現われると、久蔵は万吉から仕入れてきた話を語り始めた。中西昇の名は大家への聞き込みで判明したこと、ただし去年の春、紺屋町に現われる前の中西の足取りは大家も知らなかったことなど。

「無論、万吉は長屋の住人にもあたったが、中西は付き合いをしねえ男でな。昼間も物音がしねえから留守かと思ってると、いきなり二本差しで外に出て、そのまま夜中まで帰《けえ》らねえなんてことはよくあったらしい」

「なんや、それ」りょうは、不満そうに鼻を鳴らした。「そんなら結局、名前のほかは何もわかってへんやないか」

「どうやら武士だったらしいとは、わかったじゃない」

佐奈が取りなすように口を挟んだが、

「あの男がお武家やろが町人やろがどうでもええ。うちが知りたいのは多門はんと、あの中西いう男がどうつながってたかや」

「万吉の調べ通りなら、多門てえ男と中西の間に、付き合いなぞあるはずはねえ」

「どうゆうこと？」

「ここからが本題さ」久蔵はやや得意げに頷いた。「万吉は長屋の近場で、奴が時折顔を出していた飯屋を見つけた。中西はいつも一人で、来るとたいてい看板まで飲んでいたそうだが、なにしろ無口な男でな。店主が話しかけても、ろくに返事もしなかったと」

「うちが会《お》うたときも無愛想な男やった」

「それが一月ほど前の夜に、中西がどこかでしこたま飲んできたらしく、おぼつかない足取りながら、上機嫌な様子で店に現われたことがあった。店主もそんな中西を見るのは初めてだったから、よほどいいことがおありでと声をかけると、珍しいことに奴は、いまの暮らしも間もなく終わると応えたそうな」

「いまの暮らしが……終わるやて？」

「ああ。ようやく世に出る番が回ってきたとな。そうなればこの店も引き立ててやるの何のと大きなことを言い出すものだから、店主もそんなにお偉い方でしたかと、軽口を叩いた。すると奴は真顔に戻って、自分は昔、壬生《みぶ》にいたと言ったそうだ」

　りょうは唾を呑んだ。

「壬生……」

「あいにく店主には伝わらなかったが、万吉は奉行所にいた男だ。壬生にいたとはどういう意味か、すぐわかった」

京洛の西端に位置し、田園に囲まれた穏やかな風景が広がるこの村の名は、維新前夜の一時期、突如血《ち》腥《なまぐさ》い匂いを伴って歴史の表舞台に躍り出したことがある。りょうの絞り出すような呟きが聞こえた。

「しんせん……ぐみ」

「どういうこと?」

事情がすぐには飲み込めない佐奈に、久蔵が説明する。

「新選組の本営が壬生にあったんでさ。後に隊士が増えて西本願寺に移るまで、ずいぶん派手な事件も起こしてますから、京の人間に壬生と言えば、新選組とたいてい通るでしょうよ」

「つまり中西昇は、自分が新選組にいたと言ってたわけ!?」

「嘘や」りょうが異を唱えた。「短い間やけど、佐々木はんが海援隊にいたことは間違いない。その佐々木はんと新選組が、どう繋がるゆうの?」

「それはこっちが聞きてぇ」久蔵の声に険が含まれた。

「新選組といやあ、最後まで新政府に抵抗した連中だ。それに京で勤王派を斬りまくったおかげで、政府の中には新選組だけは許せねえと息巻く人間も多いと聞くぜ。そんな男がそう簡単に出仕などできるものか。なにより坂本龍馬を殺したのも新選組だってんなら、海援隊と新選組は不倶戴天の敵同士。なのに佐々木が中西の居場所を知ってたのはどうしてだ？」

「そんなこと、うちに聞かれたかて」

「おめえ、まだ何か、隠してんだろ」

「うちはみんな話したえ。佐々木はんは中西に聞けとしか言わんかったもん。その中西も何も言わんまま殺されてしもたし」

「だとすれば、殺された二人を同時に知る人を探せばいい」佐奈は、考えをまとめながら口を開いた。「二人の関係がわかれば、刺客の正体も絞られてくる。でも、その前にあの男が邏卒《らそつ》に捕まってしまうと困るけど」

久蔵が小さく唸《うな》り声をあげた。

「どうしたの？」

「実はこの話には続きがありやして」言いにくそうに久蔵は頭をかく。「どうやら湯島と紺屋町の殺しは、このまま蓋をされそうだ」

「えっ？」

佐奈とりょうがほぼ同時に声をあげる。

「万吉は今朝方、急に屯所の所長から、事件の受持ちを替わるよう申し渡されたんでさ。以後一切の調べも無用と釘を刺されて」

「なんでや？」

「俺が知るか。宮仕えは上に言われりゃ、黒でも白にしなきゃならねえ」

「おかしいやん。人が二人も殺されてるのに」

「もちろん調べは続くが、建前だけになるだろう。それに二つの殺しはそれぞれ別筋の、物盗りと怨みの事件として扱われるらしい」

「そんなあほな。二人とも殺したんは……」

「同じ人間と言ってるのはおめえだけだ。湯島の一件の現場におめえがいたことを、邏卒には話してねえだろ。紺屋町でも、俺と慎八郎が駆けつけた時には、もうそいつの姿はなかった。お嬢さんが見てなきゃ、その人斬りもおめえの作り話だと思ってたところだ」

久蔵は佐奈を見て、口調を改めた。

「だから二つの事件が別扱いされることは、特に妙な話じゃございません。ただ、あっしが気に入らねえのは」

久蔵は一段と声を低くした。

「万吉が外されたことでさ。手下だったから言うわけじゃねえが、あいつは実に勘の働く野郎でね。佐々木と中西の刀傷が似てることを気にしてるのもあいつだけだし、中西の身上もあっという間に調べ上げた。ところがそれを報告した途端に関わるなとくりゃ、何かあるって勘ぐらねえ方が不思議だ。万吉があっしに気前よく話してくれるのは、そんな事情もあったというわけで」

「屯所は事件をなかったことにしようとしてるってこと？」

「さすがに一屯所で二件の殺しを握り潰すのは難しいでしょうが、調べたことにして何もしねえっていう手なら、徳川の頃から役人がよく使ってやした」

「まさか。捕縛すべき相手を追わない邏卒など、意味ないじゃない。いくら何でも屯所の長がそのようなこと、許すはずないわ」

やや声を荒らげた佐奈に、久蔵は静かに首を振った。

「こんな話はあっしにも覚えがありやす。ことは一屯所でどうこうという枠を越えちまってるんで」そう言うと久蔵は、右手の人差し指を天井に向けて立てた。「屯所を差配する司法省、いや、もっと上から天の声って奴が降りてくれれば、木っ端役人が逆らえるはずもねえ」

「天の声……？」

佐奈は唖然として呟いた。

「ここまでだ、お嬢さん。これ以上はもう、あっしらが関わる分限《ぶげん》を超えておりやす」

わずか一両日ほどの間に、佐奈はいままで自分が現実として見ていた日常の光景のそこかしこに、ふと異様な亀裂が生じているのを見つけた気分になっていた。

その亀裂に近づけば、誰であろうとただでは済まない。直接触れたことがなくとも、その裂け目がどれほど危険なものかは、おおよそ察しが付く。すでに個人では抗いようのない大きな力が動き始めている気配がする。

対処する方法はただ一つ。

見ないふりをすることだ。

そんなものは気にせず日々の暮らしを続ける。下手に近づいたりしなければ、その裂け目が直ちに自分たちに害を及ぼす心配は少ない。現に幕末、士族以外のほとんどの住人は、そうやって頭の上でこの国の仕組みがひっくり返っていくさまをやり過ごしたのではなかったか。それは臆病と誹《そし》られる筋合いのものではない。むしろ庶民として守るべき身の程だ。久蔵は佐奈に、つまりはそう言っている。

彼の忠言通り、この件に関わることを止めるなら、確かにここがいい機会だろう。

だが。

「あいてっ⁉」

いきなり聞こえた久蔵の悲鳴が、佐奈の揺れる思考を中断させた。

「なっ、なにしやがる？」

我に返った佐奈が見ると、久蔵がりょうに握られた右手を振り払い、さっと自分の胸元に寄せたところである。

「どうしたの？」

「こ、この女《あま》、指を折りやがった！」

「人の顔の前に指なんか突き出すさかいや」

りょうは久蔵の人差し指を握り、いきなり真横に曲げたらしい。

「馬鹿かおめえはっ。別に俺はおめえを指差したわけじゃねえ。天の声ってのはな……」

久蔵は指の根をさすりながら、怒声をあげた。

「ほなら、天とやらがうちに手紙を寄越し、うちが訪ねた人を片っ端から殺して回ったんか」

「は？　何言ってやがる？」

「天やない」

りょうはぼそりと呟き、それからはっきりした声を出した。

「天は人なんか殺さん。人を殺すのは人やて、龍馬はよう言うてた。あの頃、京では毎日のように誰かが殺されたけど、龍馬は天誅いう言葉が大嫌いでな。自分勝手な理屈を振りかざして己を天やと騙《かた》る連中には、ほんま腹を立ててたわ。そんな連中に限って、自分の頭では何も考えてぇへん、人の道具になって踊らされ、最後は捨てられて終わるんやって」

ああ、あの男なら、きっとそんなことを言いそうだ。佐奈はりょうの言葉を聞きながら、どこか眩《まぶ》しい思いに包まれた。

「いまはっきりわかった。谷はんが睨んだとおり、うちの人を殺した人間はまだどこかで生きてるわ。そやからうちらにちょっかい出してきよるねん。うちはそいつを見つけ出して直《じか》に質《ただ》したい。あんたはなんで、龍馬の話をちゃんと聞かんかったんかって」

「おめえは」

何か言いかけた久蔵の声に、佐奈の声がかぶった。

「折れてない」

「は？」

佐奈はいつの間にか久蔵の右手をとり、指の付け根を調べていたらしい。その手の甲を軽く叩いて笑顔を見せた。

「指なんか折れてない。大丈夫よ、久蔵さん。私たちは何であれ、そう簡単に折れたりしない。折れてたまるものですか」

「お嬢さん」

「おりょうさん」佐奈はりょうに顔を向ける。「つまり、とことんやるって決めたわけね」

「お嬢さん、いけねえ」

久蔵の制止する声は、二人とも耳に入ってはいなかった。

「あんたには関わりのない話やろ」

「言ったでしょ」

りょうを睨み返して、佐奈は念を押した。

「坂本さまの無念をあなたに独り占めはさせない。私は、坂本龍馬の許嫁なのよ」

橋本慎八郎は新橋まで客を運んだ帰り道、空の人力を引いて、鍛冶橋まで戻ってきたところだった。

時刻で言えば午後三時。乾いた風が涼気を含み始めた堀端の道。左側には水辺から浮かび上がる石垣、右側には通りを挟んで傘屋、草履屋などが軒を連ねている。

橋詰の斜向《はすむ》かいにある小間物屋の前で、煤竹色《すすたけいろ》の着物を着た女が、笄《こうがい》を手にとって物色していた。そのすぐ後ろを三尺の警杖を持ち、黒羅紗の制服に身を包んだ邏卒がゆっくり歩き過ぎようとしている。

慎八郎は目立たぬよう、さらに道の左端に寄り、笠や肩先に垂れた枝が触れるのも構わず、数間おきに植えられた柳並木の下を走り続けた。

一町も行かぬうち、道の左端に黒い塊を認め、慎八郎は足を止めた。堀の際すれすれに、全身を筵《むしろ》にくるんで横たわる浮浪だった。

土に汚れた筵は雨風を吸ったせいか、下半分が炭俵と見紛うほどに黒く変色し、微かに生臭い体液の匂いも漂っている。もしかすると小便などは垂れ流しているのか。端から突き出た二本の素足は、乾いた泥のせいで白粉《おしろい》を塗ったように白く、頭はすっぽり筵に覆われていた。これでは生気があるのかどうかも判別しようがない。

維新で一斉に姿を消した武士に替わって、この町に溢れたのは失業者の群れである。

将軍家や大名相手に潤沢な利益を得ていた商人も商売相手を失って東京を去り、その周縁にいた者たちは、いきなり収入の道を断たれることになった。さらにその者たちの落とす金に頼っていた小商人《こあきんど》や職人、遊女や芸妓も然り。維新直後の東京は人口激減で、うら寂しい光景が目立つ町となっていた。

たとえば官軍に江戸城が明け渡された直後にあの城の主となったのは、浮浪や夜鷹《よたか》と呼ばれた街娼たちである。城でさえそうなのだ。放置されてあっという間に荒れた藩邸や武家屋敷は、無宿者の巣窟となった。

さすがに新政府の体制が整うに従い、彼らは市中から駆逐されていったが、有効な貧民対策といったものはいまだ政府から打ち出されず、明治六年となった現在も、完全に浮浪の姿が絶えることはなかった。慎八郎のように一日走り回っていれば、このような行き倒れを見かけることも、そう珍しい話ではなかったのである。

扉を閉ざした桶町千葉道場の正門が真ん前に見える。門の左方は、道場を囲む板塀が奥へと折れて路地となっているが、この位置からはその路地に面して塀に設けられた、木戸口の出入りもよく見えた。

そういえば昨日も、慎八郎はしばしここに佇み、こうやって道の向かいを眺めていたのだ。田島に誘われてあの道場を訪れて以来、仕事の行き来に余裕が出ると、彼はこの道を選ぶようになっていた。

地面で筵のわずかに動く気配がした。慎八郎は「おう、そうであった」と呟き、意識を足下に戻した。

「生きとるか?」

腰を屈めて、筵に声を掛ける。

「おぬし、昨日もここにおったろう。もしや死んでおるのではないかと気になったのだ。生きておるなら、どこか粥《かゆ》でも食わせてくれそうなところまで連れていってやろうか」

筵は応えない。慎八郎はわずかに眉根を寄せた。聞こえているなら人の親切には返事くらいするものだ。あるいは、声を出す気力もないほど弱っているのか。

「どうした。いるかいらぬかくらい応えられるだろ」

そう言って慎八郎は手を伸ばし、筵の端を摑んだ。めくろうとした寸前。

彼は背筋がざわっと粟立《あわだ》つ感触を覚えた。

覚えた瞬間、筵の端を摑んだ姿勢のまま、慎八郎は凍りついたように動きを止めた。

慎八郎はかつて、これと似た感触を味わったことがある。

伏見の戦に敗れ、仲間ともはぐれて単身、薄明の山道を大坂目指して駆けていたときのことだ。視界も定まらぬ靄の中に、息を殺して待ち構える何かの存在を感じた彼は咄嗟《とっさ》に身を伏せ、その直後、彼の頭上を数発の銃弾が音を立てて通り抜けた。

慎八郎が殺気というものを認識したのは、後にも先にもあの一度きりである。

だがなぜ？　どうしてこんなところで⁉

「くるまやさぁーんっ」

覚えのある声が、背中の方から聞こえてきた。と同時に、いま彼の全身を重苦しく緊張させていた気配が、さあっと溶けて消えた。

慎八郎は筵から手を離すと、二、三歩、用心深く後ずさり、十分な距離を取ってから、くるりと道に体を向けた。

振り向いた彼は、一日前にも同じ光景を見たことを思い出した。

千葉道場の裏木戸から出てきたりょうが慎八郎を見つけ、手を振りながら近づいてくる。

「この近くで酒屋さん知ってはる？」

「酒屋？」

昨日もそうだったが、この女は後先なく頓狂《とんきょう》を言うので面食らう。慎八郎が戸惑っていると、りょうは手に下げた五合徳利を二本、顔の横に上げて見せた。

「酒屋さん言うたら、酒を売ってくれる店のことや」

「い、いや、それは存じておる」

慎八郎はりょうの肩を押して、半ば強引に席に座らせた。

「歩いていけるんやったら、場所を教えてくれるだけでええんよ」

「おあしはいらぬ。戻り道ゆえ送って進ぜる。さっさと乗れ」

梶棒を持ち上げるやいなや、慎八郎は一気に走り出した。あの気味の悪い浮浪から、一刻も早く離れたかったのだ。

走りながら、あれは気のせいだとも考えていた。どう考えても半死半生で行き倒れた者に、あんな強い気を発することなどできるわけがない。

慎八郎はいまでも稀に、五年前の戦の記憶がいきなり目の前に蘇り、そうなると呼吸も荒く息苦しく、手に脂汗の滲むことがある。

それだ。きっとそれが、こんな昼日中に出てしまったのだ。

そう納得すればすべてが腑に落ちた。

カラカラと音を立てて回る車輪越しに、慎八郎は千葉道場の前をちらりと振り返った。

浮浪の姿は、もうそこに見えなかった。

全身がぐっしょりと冷や汗で濡れていたことに、いま気づいた。

10

佐奈が千葉家の書屋となっている四畳間に籠もり、手紙を書き上げたのは午後四時前。

この部屋には定吉の蔵書と、定吉自身が書き記した剣技に関する覚え書きなどを収めた本棚があるだけで、窓と言えば文机の前にある釣り鐘型の火灯窓《かとうまど》と、天井近くの明かり取りくらいしかない。

死んだ妹の里幾などは、一日中薄暗く、どこか黴《かび》臭いこの部屋を座敷牢のようだと嫌っていたが、佐奈は幼い頃からここに入るとなぜか落ち着いた。

筆を置いた佐奈は、文面を二度確かめると折り畳んだ。長い手紙ではない。自分とりょうが何者かを説明した簡単な自己紹介と、それぞれの関係を頼りに面会を申し込んでいるだけで、具体的な相談の中身までは書いていないからだ。

果たして、あの方は私たちの力になってくれるだろうか。

不安はあったが迷いはなかった。ここから先に進むには、どうしても有力かつ信頼できる後ろ盾を得るしかない。自分やりょうはともかく、坂本龍馬と兄重太郎の名を出せば、あの方はきっと黙っていられない。佐奈には確信めいた予感があった。

手紙の相手は勝安芳《やすよし》。俗に海舟の名で知られる、徳川幕府最後の軍艦奉行である。


久蔵が仕入れてきた話を聞き終えた佐奈とりょうは、そのまま座敷で、今後の取るべき手立てについて相談を始めた。しかし、そもそも佐々木多門と中西昇の斬殺事件から、龍馬の死の真相にまでたどりつくなど、果たして筋があるものかどうか。いや、たとえ筋があったとしても、何の力もない市井の女二人で、簡単にどうこうできるはずはない。

それでも諦めないというのなら、政府の内情にも通じ、なおかつこちら側に立ってくれそうな有力者を見つける必要があると、横から口を挟んできたのは久蔵だった。

「どうせ、止めろと言っても聞いちゃくれねえなら、せめてこれだけは考えてくだせえ。どんな伝手でもいいからたどれるものは全部たどって、なるたけ大物をこちらの味方に付けることでござんす。でなきゃ」

敵はどうやら政府の内側にいる。半端な真似をすれば、ひとたまりもなく消し飛ばされるだろう。そう思う久蔵は、傍《はた》で見ていても佐奈が危なっかしくて仕方なかった。

彼が奉行所の仕事をやめたのは、世に言う安政の大獄の嵐が吹き荒れた後のことである。

あのとき久蔵は、御上《おかみ》というものがその気になれば、どれほどの無茶でも通せることをその身で実感した。御上にとって都合の悪い話は、それを知る人間の多寡に関わらず平気で隠せたし、御上が気に入らないと決めつけた人間は、蟻を踏み潰すように簡単にこの世間から取り除く、その様をまざまざと見せつけられたのだ。

久蔵には、そのお先棒を担がされたという忸怩《じくじ》たる思いが、いまも残っている。確かに権力の座は幕府から新政府に入れ替わったが、御上の呼び名は変わっちゃいない。結局、あの座についた者は、みな同じことをするのだ。

これはまだ佐奈にも話してはいないが、久蔵は二つの殺しに、まことに薄気味の悪い思いを感じていた。この話を下手につつけば、何かとんでもないものにぶち当たりそうな気がする。だがまともに注意したところで、あの娘は意地でもこの事件から手を引こうとはしないだろう。だから誰だろうと、おいそれとは手を出せない後ろ盾をつけるのだ。そうすればこちらもむざと、相手の意のままになることはない。

「そうだ。おめえ、だいたい吉井卿の世話になってたんだろ？　あの人なら申し分ねえ」

「あかん」

りょうは、言下に否定した。

「そりゃ吉井卿を気にくわねえのは知ってるが、そんなこと言ってる場合じゃねえだろ」

「あの人は薩摩閥やないか」

新政府の権力は事実上、薩長土肥の出身者に集中している。特に薩摩と長州の力は、他の二藩を圧倒していた。

だが司法省を動かせるような人間は、やはりよほどの実力者に違いない。事件の隠蔽に関わった者が政府のどこに潜んでいるのかわからない以上、迂闊に薩摩や長州の人間に近づくことは、相手方にも自分たちの行動が筒抜けになる危険があった。

「この話に薩長の人間は絡ませたらあかん」

「しかしそんなこと言い出したら」

久蔵は溜息をついて腕を組み、顔を天井に向けた。「薩長いずれにも属さず、政府とも張り合う力を持った大物なんて……そんな都合のいい奴ぁいねぇよ」

「いえ」

ぽつりと漏らした佐奈を、りょうと久蔵は同時に見た。

「一人、いる」

「誰？」

佐奈は、一音ずつ区切るように言った。

「勝……先生なら」


海舟は絵に描いたような貧乏旗本の出身だったが、幕末、その柔軟な発想力により硬直した幕府政権内で頭角を現わし、軍事関係の重職を歴任した後、幕府の全権代表として官軍側と交渉に当たった人物である。

結果的に彼が幕府に幕引きを行なう形となったため、旧幕臣には海舟を仇のように憎む者もいた。だが、彼の交渉相手だった薩長側には幕府随一の人材として一目置かれ、維新後は明治政府から叙任も受けている。

この海舟と佐奈に直接の面識はない。ただし、間に重太郎を置くと二人の距離はぐっと縮まる。というのも重太郎は青年時代、海舟の私塾に足繁く通っていたことがあるからだ。

幕末のペリー来航がこの国に与えた衝撃は、結果的に各地で国の将来を憂い、何らかの行動を起こそうと考える若者たちの繁衍《はんえん》を招いた。重太郎も例に洩れず、国事という言葉の熱に浮かされ、指針を求めて経験ある先達や学者の門を叩いて歩く時期を経験している。

そんな中で出会ったのが当時赤坂氷川の盛徳寺裏に住んでいた海舟だった。それまでどちらかと言えば攘夷論の影響を受けていた重太郎は、海舟によってその論の偏狭さを知り、蒙を啓《ひら》かれたともいえる。

その頃、同じ煩悶《はんもん》を抱えていた道場生の友人、坂本龍馬を海舟に紹介したのも重太郎だ。龍馬もまた、一晩話しただけで海舟に心酔し、以後は砂が水を吸うように、海舟の思想を自分の血肉としていった。

脱藩後の龍馬が江戸を離れ、やがて海舟の意を受けて各地の有力者の間を縦横に飛び回るようになった頃、重太郎は龍馬こそ勝先生が作り上げた最高の作品かもしれぬと、佐奈に漏らしたことがある。その口調に微かな嫉妬の気配を感じた佐奈は、兄の複雑な心中を思いやった。

その後、重太郎は氷川通いを止めて仕官し、海舟自身も維新の大詰めで多忙を極めることになったが、重太郎や定吉と勝家の間に挨拶程度のつきあいはいまでも続いている。

海舟ならば西郷や大久保などとも十分に渡り合えるだろう。そのうえ徳川宗家に同行して静岡に移住していた彼は、ちょうど昨年より東京に戻り、明治政府から役職を得ていた。

「勝先生なら申し分ないわ。取次をお願いする手紙を書いたら、出かけましょう」

「え？　いまから？」

「いますぐよ。大きな相手と戦うには、敵より早く動くことが肝要だもの」

佐奈はそう言い残して千葉家の書屋にこもったのである。


手紙を書き終えた佐奈は、自室に入って鶯色の無地の着物に着替えた。これは母の形見を仕立て直したもので、ときどき外出時に使っている。座敷に戻ると久蔵が縁側に胡座《あぐら》をかいて、手持ち無沙汰に庭を眺めていた。

「おりょうさんは？」

訊ねた佐奈に久蔵は振り向く。

「酒を買ってくるって、さっき玄関から」

「酒ですって？」

「勝先生にお会いするのだから、何か手土産の一つも持っていかなきゃって、あっしが止める間もなく飛び出していったんで」

「……手土産じゃないわね、それは」

家の酒は、ゆうべすべて飲み尽くした。その半分以上を飲んだのがりょうである。

「違《ちげ》えねえ。いずれにせよあの女に、海舟の前で酒を飲ませちゃなりませんぜ」

「どうしよう。そろそろ出かけないと、日が暮れてしまう」

縁側で日の高さを確かめた佐奈は、苛立ちを抑えきれずに玄関に向かったが、そこでちょうど戻ってきたりょうと鉢合わせた。

「あっ、佐奈はぁん」

草履を履き終えた佐奈を見つけたりょうは、両手にそれぞれ持った徳利を顔の横まで上げて、満面の笑みを見せた。

「お酒、買《こ》うてきましたえ。これなら勝先生への手土産に」

「そんなもの持っていけるわけないじゃない！」

りょうの前に突進した佐奈は、彼女の手から徳利を奪い取り、式台の上に置こうとして片方が軽いことに気がついた。

「あっ⁉」

佐奈はりょうを振り向き、柳眉を逆立てた。

「まさかあなた、もう飲んでる？」

「ちょっとだけ」りょうは潤んだ瞳を佐奈に向け、親指と人差し指で小さくつまむ仕草をした。

「そやかて勝先生に下手なもん持ってくわけにいかへんやろ。そやから味見を……」

「なんて人」

佐奈は絶句したが、彼女を残していくわけにもいかない。久蔵を呼んで無理やりに茶碗の水を一杯飲ませると、りょうの袖を引っ張るようにして屋敷を出た。

氷川に向かう間も、二人は口を開けば言い争っていた。

「先生に取次がかなえば、用件は私が話すから、あなたは黙っていて」

「なんでぇ？　うちかてあの先生に、ちゃんと御挨拶せぇなあかんしぃ」

「御挨拶も私がします。お願いだからあなたは黙って頭だけ下げてなさい」

「うちが買うてきたお酒はあ？」

「あんな安物を渡したらかえって失礼でしょ！」

とぼとぼと二人の後をついていく久蔵が何気なく顔を上げたところを、傾きかけた日の光が照らした。

眩しさに目を細めた一瞬、前を行く佐奈とりょうの姿が、まるで鏡写しの姉妹でもあるかのように判別できなくなった。

――とんでもねえや。

久蔵は独りごち、二、三度、頭を振った。


外堀に沿って江戸城を半周し、虎ノ門を過ぎると、堀は広大な溜池に姿を変える。

虎ノ門の石垣の向こうは工学寮御用地とされていたが、いまはまだ原野の草原が広がっているだけだ。石垣の横には溜池の水を堀に落とす堰が設けられ、ここから落ちる水の音が、近づくにつれ徐々に大きくなってくる。

溜池といっても普段の景色は見渡す限りの沼地であり、中央を流れる幅五、六間の川の両側は、一面に生い茂る蘆《あし》や荻《おぎ》の群生によって埋められていた。

ところがここに雨の二、三日も続けば、沼はあっという間に膨れ上がって巨大な湖が出現する。堰から落ちる水音もまた、どどどっ、どどどっとまるで瀧のような音をあたり一帯に響かせるのだ。

ここ数日は雨も降らなかったため、川の水量もいつも通りにおとなしい。溜池に沿って上り続けると、坂はかつて御城の馬場だった広場に突き当たり、左に折れた。

さらに白壁の築地の間を、やや道幅が狭くなった通りに入っていくと、広大な藩邸跡地の姿は徐々に影を潜め、間口の区切られた屋敷が建ち並ぶ景色へと変化していく。

赤坂と呼ばれるこの一帯は、大名の下屋敷や幕臣の住む武家屋敷が多かったため、当然、維新後はそのほとんどが空き家となった。

中にはさっさと屋敷を潰して、桑や茶を栽培する畑に姿を変えた土地もあるが、この町もまだ再開発の手がつけられていない他の武家地と同様、昼でも死んだような静けさに包まれていたのである。

やがて道の奥に、背の高い銀杏《いちょう》や櫟《くぬぎ》の木が茂る氷川神社の森が見えた。その手前に黒塗りの板塀で囲まれた一角がある。

桶町を出てからおよそ一時間で、三人は目指す海舟の屋敷に着いた。

重太郎が通っていた頃は、貧乏御家人の住まいらしく塀は破れ、座敷の根太《ねだ》もところどころ腐っているような狭い家だったという。

さすがにその家が手狭になり、同じ氷川神社近くで手に入れたこの屋敷に移ったが、外観上は以前とさほど変わっていない。

板塀も近づいてよく見れば、穴が開いた個所を無造作に上から別の板で打ちつけた補修が何カ所も施されており、門も柱に屋根をのせただけの簡素な木戸門。扉は開け放たれていた、というより蝶番《ちょうつがい》の様子から察するに、恐らく閉じると何か問題が起きるのだろう。

それでも全体の広さはちょっとしたもので、門の内側にある築山が玄関を視界から隠している。中に入った佐奈たちは躑躅《つつじ》の木が植えられた築山を半周し、玄関前に立った。

障子は閉まっていたが、試しに引手に手を掛けてみると難なく開いた。土間の向こうに式台。続いて板間があり、その奥に畳廊下が真っ直ぐ続いている。板間には一基の衝立《ついたて》が置かれ、あまりに達筆すぎてさっぱり読めない五言絶句らしき文字が書き付けられていた。

佐奈は奥に向かって呼びかけた。が、待っても何の返答もない。

「もう一度呼んでみましょうか」

佐奈が久蔵を振り向くと、彼を押しのけてりょうが前に出た。

「うちが呼んだる」

「あなたは黙ってなさいと言ったでしょ」

佐奈の制止も構わず、りょうは両手を口に添え、式台から身を乗り出して金切り声をあげた。

「火事やあ〜〜っ！」

りょうの口を塞ごうとした佐奈と、その手を払いのけようとするりょうが揉み合っていると、廊下からしたしたしたと床を擦る足袋《たび》の音。

「あ」

二人が慌てて離れると、奥から木賊《とくさ》色の着物を着た小柄な女性が現われた。年は四十前後くらい。明らかに武家出の女性だが、海舟の妻にしては感じが若い。恐らく邸内を取り仕切る役割の女であろう。

「火事ですって？」

女は三人の姿を認めると、順番に視線を移しながら平易な口調で訊ねた。顔色や態度に別段取り乱した様子も見せていないのは、さすがに勝家の女中である。

「申し訳ありません。どなたも出ていらっしゃらないので勝さまの名をお呼びかけしたのですが、無礼を申し上げました」

「火事と聞こえましたが」

「いえ、あの、呼びかけたのはこの者ですが、実はお国訛《なま》りのある者でして、少々音が濁って聞こえたかもしれず」

咄嗟に佐奈がその場を繕うと、すかさずりょうも調子を合わせた。

「か、かづざまあ～～」

女は表情に寸毫《すんごう》の変化も見せなかったが、「そちら様は」と聞いてきた。

佐奈は自分たちの名前を告げ、懐から取り出した手紙を女中に手渡した。

幕末来、公職にある者は見知らぬ人間の来訪を受ける機会も少なくはなかったが、その場合、信頼できる第三者の紹介状や取次なしに会うことなど、まずなかった。まして海舟のように、いまだに命を狙われる可能性もあった人間ならなおさらだ。

だから本来ならば、佐奈が海舟に会うためには重太郎か定吉の紹介状でも取るべきであったが、とてもそんな時間はないために、自分で自分の紹介状を書いた。これで海舟が会ってくれるかどうかは、一つの賭だ。

佐奈の手紙を持って奥に戻った女中は、十分ほどして再び玄関に現われた。

「勝が会うと申しております。こちらへ」

佐奈は最初の賭に勝った。

11

門の横手に設けられた従者用の休憩所に久蔵を待たせ、佐奈とりょうは奥へ通された。

女中の後をついて畳廊下を進む途中、金釦《ボタン》のついた黒い上着姿の男が三人、室内に置かれた円卓を囲んで椅子に座っている部屋を通り過ぎた。

廊下側の襖は開け放たれていたので佐奈は軽く会釈したが、男たちは皆、腕組みしたまま難しい顔で黙り込んでおり、誰も気づいた様子はない。うち二人は立派な髭を生やし、書生にしては貫禄があり過ぎる。佐奈は政府の役人ではないかと推測した。

突き当たりを左に折れると、また小さな部屋が幾つかあり、さらに進むと畳は板床の渡り廊下となって、右側に中庭が開けた。その先に離れのような建物が見えている。どうやらそこが海舟の書斎らしい。

女中は廊下の行き止まる手前で膝をつき、右方の開いた襖に体を向けて一礼した。

「お連れいたしました」

すぐに部屋の中から、おう、と通る声が返ってきた。立ち上がった女中は部屋の手前で待つ佐奈たちに、どうぞお入りくださいと言い残し、母屋の方へ戻っていった。

「失礼いたします」

佐奈は女中と同じ位置で膝をつき、両手を前に置いて深く辞儀をした。

顔を上げると手前に八畳間、さらにその奥に一間があった。開け放たれた縁側の軒先には、背丈を越えそうな見事な椿の木が茂っている。奥の部屋に置かれた文机の向こうに、何やら熱心に筆を動かす男の頭が見えた。

確かもう五十にはなるはずだが、断髪した髪の毛は黒々として光沢さえ帯びていた。焦茶の無地を着ているが、文机の手前には黒の紋付き羽織と袴が無造作に脱ぎ捨てられてある。もしかして帰宅したばかりだったのか。

と、黒い頭がひょいと上がった。

「何してんだい。そんなとこじゃ話も聞こえねえ。もっとこっちへおいでな」

想像していたよりも小さな男だった。

身長だけでなく顔も手も、すべてがどことなく華奢《きゃしゃ》で、声までやや甲高い。

これがあの西郷隆盛を向こうに回し、官軍の江戸総攻撃を中止させたという人物なのだろうか。もっと何か、重々しい貫禄を持つ男を勝手に思い描いていた佐奈は、やや拍子抜けした気分であった。

「あの……勝先生でいらっしゃいますか」

海舟はきょとんとした顔で背筋を伸ばし、左右を一度ずつ見てから佐奈に顔を戻した。

「おいらの外に、ここに誰かいるかえ？」そう言って、筆で佐奈を指し、目尻に皺を寄せた。

「えぇと、おまえさんが恐らく定吉先生んとこのお嬢さんだな。するってえと」

「おりょうです」

佐奈の背後から奴凧《やっこだこ》のように、摑んだ袖口を左右に開いたりょうがぴょんと飛び出した。

「おおっ、おりょうか。一別以来だなあ」

「はい、えらいご無沙汰どしたけど、先生のことは、忘れたことあらしまへんでしたえ」

何をぺらぺら調子のいいことを！　佐奈はりょうを睨みつけ、彼女を引きずり倒してでも座らせようと、帯に手を伸ばした。

「たあっはっはっは。そいつは嬉しいねえ」

嬉しいのか⁉

佐奈が海舟に顔を戻すと、彼は愉快そうに手招きしている。りょうがひょいひょいと奥に向かうのに遅れじと、佐奈も立ち上がった。

「すまねえが、いまちょいと取り込み中でな。政府への建白を待たせてるものだから、おまえさんたちの話はこいつを書きながら聞くことになるが」

佐奈とりょうが文机の前に座ると、海舟は大きな硯《すずり》に筆の先をちょんとつけ、再び切紙に筆を走らせ始めた。

「御多忙の折、まことに申し訳ありません。本来ならば、このように突然お訪ねする御無礼は避けるべきでしたが」

「堅苦しい挨拶はいらねえ。それに、よんどころねえ事情って奴があったんだろ。おまえさんのことも重太郎から聞いていた。一度連れてこいって言ってたんだよ。噂に聞く千葉の鬼小町に一目会ってみたくてな」

そんなことを応えているくせに海舟は忙しく筆を動かし、視線は切紙から離れない。佐奈は複雑な微笑で返した。

「重太郎は元気でやってるかい」

「おかげさまで、いまは北海道開拓使の方に」

「うん。よろしく言っといてくれ。たまには顔でも見せろってな」

海舟はそこで手を止め、顔を上げた。佐奈とりょうの顔を交互にまじまじと見つめる。

「さて。おいらにとっちゃ縁浅からぬ二人と、こんな妙な取り合わせで会うことになるとは思ってもいなかったが、いってえ折り入っての相談とはどんなことなんだい」

佐奈が、りょうが道場に現われてからの経緯を話し始め、時折りょうがそれに補足する形で口を挟んだ。

最初は黙って聞いていた海舟は話が進むにつれ、さすがに表情が硬く変化してきた。ついには小さく驚きの声をあげもした。

佐奈が話し終えたとき、海舟は筆を置き、腕を組んで瞑目していた。

「おりょう」

目を開けて一度天を仰ぐと、海舟はりょうに呼びかけた。

「はい」

「えれぇ目に遭ったな。恐かったろ」

「いやあ、刀を振り回す男なら、龍馬とおった時の方がもっとようけ見てますし」

「お佐奈さん。あんたもだ」

「え？」

「よくこのおりょうを助けてくれた。龍馬に代わって、俺からも礼を言わせてもらう」

「いえ、そんな」

佐奈に向けて軽く一礼する海舟に、彼女は心の中で叫んだ。

――その言い方はない。

龍馬が佐奈に片袖を預けたのは、彼が海舟と神戸に向かう前夜である。そのことを海舟は知らないのだろうか。

よしんば海舟が龍馬と自分の関係を知らなかったとしても、そんな言われ方はされたくない。

結果的にりょうを助けることになったかもしれないが、それはあくまで成り行きというもの。

が、いまはそんなことも言っていられない。この男こそ、唯一にして最高の頼みの綱なのだ。

「だがこいつは厄介な話だぞ。いまのおいらの立場も厄介だが、この話は輪を掛けて厄介の極みだ」

「お頼みします、先生」

さすがにりょうが殊勝な態度を見せた。

「先生のお力で、二つの事件をないことにしようとしてるのは司法省の誰か、探ってもらうわけにはいきまへんやろか」

「そりゃあ、あそこにもおいらの顔が利く奴はいるから、できない相談でもないが」海舟はりょうに顔を向けた。「そいつがわかったとして、その後どうする」

「龍馬を殺したんは新選組でも見廻組でも、どっちゃでもええ。ただ、龍馬を殺せと言うた人間がまだ生きてるなら、うちはそいつの面《つら》を見てみたい思うて、東京まで出て来たんどす。そやけど、そいつを探そうとしたら、二人も人が殺された。うちの邪魔をして、その犯人が捕まらんようにしようと思てる人が司法省にいるなら、その人が龍馬を殺せと言うた本人かもしれまへん」

「じゃあ、もしその役人の名前がわかったら、おまえさんはそいつを殺すのかい？」

いきなり海舟は核心を突いてきた。その言葉はりょうと同時に、佐奈の喉元にも突きつけられている。

そうだった。もし龍馬暗殺を命じた黒幕がわかったとして、自分はその人物をどうしたいと思っているのか。

斬るのか。自分の婚約者を殺した仇として。それとも……。

「殺す」あっさりとりょうは認めた。「龍馬を殺せ言うたんが、ほんまにその人やったなら」

佐奈は微かに狼狽《ろうばい》した。

「ほう」海舟の視線は微動だにしない。「どうやって？　見たところ、おまえさんに武道の心得があるとも思えねえが」

「うちにはこれがある」

持ってきてたのか、それを!?

懐から短銃を抜き出したりょうを見て、佐奈は危うく叫びそうになった。

「ほう」

なぜか海舟の声に、どことなく楽しそうな気配が滲む。

「弾は何発お持ちだえ？」

「二発」

「二発じゃ足りめえよ」

「うちは一発で仕留められる」りょうは短銃を懐に戻しながら言った。「長崎ではよう龍馬と舟で海に出て、二人で的当てやったもんや。いっつもうちが勝ちましたえ」

龍馬は剣術だけでなく、射撃でも女に後れをとっていたらしい。

「ふうん」

海舟は袖の中に腕を入れて腕組みした。

「仇討ちは今年から禁止だぜ。もしも勝手にそんな真似をしたら、そいつも仇持ちと同罪だ」

「大事な男を殺された者の恨みは、ほったらかしどすか？」

「もちろん理不尽に誰かを害せば、そいつは国によって捕縛され、国が裁きにかける。そこで死罪が妥当となれば、そう仕置《しおき》されるだろう。つまり人の恨みは今後一切、国が代わって晴らすというわけだ」

「国?」信じがたいことに、りょうは鼻先で笑った。「そんなん……国が仇《かたき》やったら、どないしたらええんどす?」

佐奈は顔から血の気が引く思いがした。

この大事な場で海舟相手に、何ということを口走るのか!

この女、やはり酔ってる。佐奈は彼女を連れてきたことを後悔したが、あとの祭。

「相変わらずおまえさんは、おもしれえことを言う」

海舟は呟いたが、口とは裏腹に彼の目が笑ってないことに、佐奈は気づいていた。

「実はおいら、今朝方いきなり政府に呼び出されてな、無理矢理参議にされちまった」

「参議?」佐奈は思わず聞き返し、慌てて両指を前についた。「それは、おめでとうございます」

「何がめでてえもんか。いままでも誘われるたび、ずっと断り続けてたんだ。そもそも幕臣のおいらが、何の面目あって新政府の役人になぞなれるかってな。が、今度ばかりはのっぴきならねえ事情もある」

海舟は片膝を立て、りょうに続けた。

「ま、そんなわけでおいらはいま、歴とした政府の人間てえわけだ。そんなおいらにおまえさんは国が仇だの、役人を殺すかもしれねえだの、物騒な話を聞かせてくれている」

「お待ちください、勝先生」

焦った佐奈が呼びかけたが、海舟はりょうから目を逸らさず、

「ただでさえこの町じゃあ、官員がちょくちょく襲われてんだ。いまのおいらの立場から言やあ、こんな話を耳にして、おまえさんたちを放っておくわけにいくと思うかい」

「勝先生、それは誤解です」

「ごかいもろっかいもあるけいっ！」

決して大声をあげたわけではないのに、その言葉は凄まじい気の流れとなって、二人の体を貫いた。が、一瞬でその気は退き、

「とはいえ、おまえさんたちは俺にとっちゃあ身内のようなもんだ。ここで邏卒《らそつ》に引き渡すような真似はしたかねえ」

穏やかな声に戻ると海舟は、諭すように言った。

「おりょう、悪いことは言わねえ。このままおとなしく京へ帰れ」

「いやどす」

りょうの応えはきっぱりしていた。

「おいらが、こうして頼んでもかい？」

「お佐奈はん」

いきなり声を掛けられて佐奈は我に返った。

「え？」

「帰りましょ」

「は？」

りょうはすでに立ち上がっていた。

「龍馬が口を開けば当代一の大人物や言うて、さんざん聞かされてた先生が、こんなにきんたまのちっこい人やとは思てもいんかった」

「き、きん……って」

たじろぐ佐奈に矛先を変え、海舟がなおも説得を続けようとする。

「おまえさんは定吉先生の娘だ。だったらもう少し分別があるだろう。よく考えな。女がいまさらどうにもならんことに首を突っ込んで、身を危うくするんじゃねえ」

何かが佐奈の頭の中をこつんと叩いた。

「女は、男のなしたことは黙って見ていろと、そうおっしゃるのですか」

「そんな意味じゃねえ。おまえさんたちの身が大事だと思うから言ってんだ」

佐奈もりょうの横に立ち上がった。

「お手間取らせて、申し訳ありませんでした」

「待ちな」

書斎の敷居をまたいだところで、海舟は二人を呼び止めた。

「これからどうする」

「先生には、ご迷惑をおかけいたしません」

「おりょう、西郷には会ったかい？」

問われてりょうは、当惑の色を浮かべた。振り向いたその顔を見て、海舟は頷いた。

「だろうな。いまの西郷は、それどころじゃねえはずだ」

佐奈は、なぜ海舟がいきなり西郷のことを持ち出したのかが気になった。

「どういうことです？」

「あいつは参議を辞めたよ」

「え？」

「一昨日辞表を出して、昨日正式に受理された。おかげで急においらが呼び出されることになったんだ。他のことなら何とでも言い逃れるが、あの西郷の尻を拭けと言われると、なるほど役不足とも言えねえや」

「なんで……なんで？」

りょうは二度同じ言葉を呟いて、口をぱくぱくとさせた。佐奈はりょうが衝撃を受けていることに、意外の思いを抱いた。

「経緯《いきさつ》はいろいろあるが、何にせよこの話は今日明日で新聞にも漏れる。世間は新政府始まって以来の騒ぎになるだろう。ただしその頃、奴はもう東京にいねえ。恐らく薩摩《くに》に向かう船の上にでもいるはずだ」

海舟は両腕を文机の端にかけ、身を乗り出した。

「だから念のため言っとくが、西郷には近づくな。奴はもう政府と何の関わりもない立場になった。それに西郷は辞表捧呈《ほうてい》後、屋敷に籠もって一切姿を現わさねえそうだ。周りは奴を信奉する薩摩士族や近衛兵が固めていて、たとえ他の参議が会いに行っても門にたどり着く前に追い返されるとよ。わかったか。あいつにはもう誰も会えねえ」

海舟の言葉が終わる前に、りょうは一人で廊下を歩き出していた。佐奈はやや決まり悪そうに目礼し、後を追った。

長屋の障子を開けると、奴は土間の上がり口に腰を掛けたままだったのさ。

ぼんやりと人の顔を見上げたが、最初は誰だかまったく見当も付かなかったのだろう。無理もない。あれから六年の風雪は、よく女子にも喩《たと》えられた俺の面貌を、跡形もないほどに刻み替えていたはずだ。

だがそこは、さすがに隠密《おんみつ》働きを務めただけはある。すぐに奴は俺に気づいた。いかにも意外そうに、こう声をあげたではないか。

――おぬし、生きておったのか⁉

それから奴は懐かしげに、愚にも付かぬことを聞いてきおった。どこの戦でどうしたとかこうしたとか、月真院の誰それがどこでどうなったとか。ただ、そんなことは俺にとって、もうどうでもいいことだ。

俺は一言だけ訊ねた。女と話したかと。

その問いの意味を、奴は奴なりに頭の中で読み解いたのだろう。昔から自分の知恵には自信を持っていた男だ。何を納得したのか、にんまりと笑顔を浮かべたな。

——そうか。おぬしもこの一件に噛んでおったのか。

それで俺は、奴が己の役目を終えたことを知った。

そうとも。その刹那、俺の右手は鞘から刀身を抜き放ち、奴の肩から腹にかけてさくりと一気に斬り下ろした。中西昇はもしかすると、倒れても自分が斬られたことに気づいていなかったかもしれぬ。

なにしろ事切れた奴は、斬られる寸前に見せた笑みを浮かべたままだったからな。


独りごつように、昨日仕遂げた殺人の記憶を反芻していた男の思考は、そこで中断した。屋敷の角から、再び人の気配がしたからだ。

男は海舟の屋敷から道を挟んで、十間ばかり離れた銀杏の根元に身を隠していた。

この銀杏は、やはりこの一角を占める武家屋敷の塀の外に一本だけ生えていたが、その屋敷もとうに空き家となっているため、大きく張った枝の下は積もった落葉で盛り上がっている。

塀側の幹に背中をつけて腰を下ろしていた男は、むくりと身を起こした。

体の上から落葉がぱらぱらと地面にこぼれた。遠目に見ればそれはまるで、木の幹の一部が根元近くから、いきなり意思を持ってはがれていくようにも見えただろう。

ここへ着いたときまだ明るかった空は、一面の墨に霧を吹いた星空となっていた。男はかなり大胆に木の陰から顔を出し、後方を窺った。

海舟の屋敷から出てきた三人の男女は、来たときよりはどこか消沈した足取りで、外堀方面に向かっていく。その様子から、今夜の彼らは桶町に戻るより外にないと確信した。ならば、それほど焦る必要もない。

男は腰の下の落葉の山に手を突っ込んだ。再び抜いた手の先に、大刀を納めた黒鞘がしっかりと握られていた。

12

桶町に戻るまで、佐奈とりょうは始終無言であった。そんな様子に久蔵は別れ際、門前でようやく佐奈に訊ねた。

「大丈夫ですかい？」

「大丈夫よ。私一人じゃないし」

そう応える佐奈の横を、どこか放心した顔つきのりょうが通り過ぎていく。

「余計に心配なんですがね」久蔵は深い息を吐いて、小さく咳払いをした。「やっぱり、海舟は力を貸さねえと」

「勝先生は参議になられたそうよ。そのお立場では難しいこともあるわ」

佐奈の顔が、雲間に覗いた月に照らされた。眉間に小さな皺が見える。薩長に距離を置く立場であるはずの海舟にきっぱり協力を断られ、さすがに少し弱気になったか。

「私たちが相手にしようとしているものに比べて、私たちは小さすぎるかも」

「一寸の虫という言葉もありやす」

佐奈は意外そうに久蔵を見返した。後ろ盾のあてがなくなった以上、久蔵は事件から手を引くよう言い張ると思っていたのだが。

「もともとあっしは海舟を頼るのはどうかと思ってやした。奴は一戦も交えず、御城を公方さまごと薩長にくれてやった張本人だ。あれこれ言っても、あの男は新政府とぐるみたいなもんでござんしょ。そのおかげであんなお屋敷に住んでいられる。建物は古いが、結構な広さだったじゃねえですか。一方じゃ押借りに身を落とし、心中する旧幕臣もいるってのに」

久蔵はあたりを気にしてか、大きくなりかけた声を低くした。

「あっしも何やら向かっ腹が立ってきたんでさ。所詮、力のない者はお偉い方々にとっちゃ塵《ちり》芥《あくた》みたいなもんかってね。功成り名を遂げた連中にしてみりゃ、塵芥の暮らしなぞ知ったこっちゃねえんでしょうが」

「じゃあ、私に反対はしないのね」

「それとこれとは話が別で」久蔵は釘を刺した。「あの女に引きずられて無茶をやられちゃたまりません。ただ、新政府の連中が何か胡散臭《うさんくさ》いことをやってるってんなら、あっしらにも五分の魂くれえあると言いたくなる」

そこで久蔵は、大きく頷いた。

「あの連中がお膝元に踏み込んできても、あっしら町人がほとんど抗《あらが》わなかったのは、連中がこれは維新だ世直しだって言い続けてたからでさ。だがあれから五年、世の中は公方さまの頃に比べてどれほどよくなりやしたかね。城の主が薩摩弁や長州弁を話すようになっただけで、相変わらず町には浮浪や行き倒れが溢れ、長屋じゃ明日喰う米の心配をする声が聞こえてくる。俺たちは結局、体よく騙されただけじゃねえかと……」

突然、口を閉じた久蔵はむっつり顔に戻り、「駄弁が過ぎやした」と呟いて提灯を返そうとした。佐奈は明日、持ってくればいいと言って押し戻した。

久蔵は愚痴の多い男ではあるが、こと政治に対して私見らしき言葉を漏らしたことは、佐奈の記憶に一度もない。

大獄の時代を生き抜いた、それが知恵というものだ。と、かつて定吉は佐奈に語ったことがある。あのときは言外に、おまえもそういう処世を身につけよという主旨だったと思うが、主旨の方はとうに忘れていた。

だが今夜、このような心情を吐露した久蔵に、佐奈は新鮮な驚きを覚えた。もしかすると久蔵も、いまの暮らしに何か違う風景が見え始めているのだろうか。

闇に揺れる提灯の明かりが徐々に小さくなるのを確かめて、佐奈は門の扉を閉じた。


屋敷に戻った佐奈は、朝に作った生醤油で煮た枝豆と、大根の香の物という簡単な夕食を整え、りょうを呼んだ。

「次の手は、何か考えてるの？」

佐奈は手酌で湯呑みに酒を注ぐりょうに、頃合いを見計らって聞いてみた。

「東京には海援隊上がりの役人もいはるし、そこらから多門はんのことを聞いて回るわ」

「わかった。私も付き合うから、決して一人で出かけては駄目よ」

　そう念を押して佐奈も猪口を飲み干した。「東京では、西郷さんにも会うつもりをしてたの？」

　一瞬りょうの目に警戒の色が浮かんだが、先に酒が入っていたおかげか、滑らかになり始めた口は押さえようがなかった。佐奈の作戦勝ちである。

「吉井はんが会わせてくれるはずやったんよ。こっちは右も左もわからんし、とりあえずあの人を訪ねたら、万事おいに任しとけと言わはって」

　りょうはそこで目を伏せ、ふっと笑った。

「まあ、まさかそのまま人のこと妾《めかけ》にするつもりやとまでは思わなんだけど、どのみちあの人には、はなからうちを西郷はんに会わせる気はなかったみたいや」

「でも、西郷さんと親しい薩摩の人なら、他にも大勢知ってるんじゃないの？」

「あの人斬りを司法省が隠そうとしてるなら、いまは誰も信用でけん。特に薩摩の連中は」

「だって、薩摩と坂本さまは、盟友とも言うべき間柄だと……」

「薩摩に気をつけぇ言うたんは、龍馬や」

「え？」

　りょうは黙って聞けとでも言わんばかりに、湯呑みを持つ手を軽く振った。

「龍馬が京に入る寸前に大坂から送った手紙があんねん。あのときは公方さんが将軍を辞めるかどうかの騒ぎで京が一番物騒なときやったけど、龍馬は自分との連絡は先斗町《ぽんとちょう》の近江屋でつくと報せてきた。ただな」

りょうはそこで小さな溜息をついた。

「しばらく居場所は誰に聞かれても漏らすな、自分も今度の入京はほんまにわずかな人間にしか教えてへんし、わけても薩摩筋には、たとえあの西郷はんの名代を名乗る人間でも断じて教えたらあかんって、わざわざ念を押してたんよ。いつも冗談みたいなことしか書かへんあの人が、そんな切羽詰まった手紙送ってきたん、後にも先にもそのときだけや」

「どうして、そんな」

龍馬が江戸を離れてからの行動を、佐奈は重太郎を通じてしか知らない。その重太郎によれば、維新を成し遂げる中心となった薩長土肥の四藩、この四藩を裏でつなぐのに龍馬の功績が大きかったと聞いている。

特に薩摩の西郷や大久保利通、長州の桂小五郎に龍馬は深く信頼されていたというが、彼らはいまや新政府の枢要だ。重太郎の言を借りれば、龍馬の活躍なくしてこの政府の成立はなかったということになるが、そこまで過大に評価せずとも、彼が薩摩や長州の重要な同志であったことは間違いない。

なのになぜ、龍馬が薩摩を警戒する必要があるのか。

「わからんけど、京へ行く前後に薩摩と何かあったのかもしれん。何にせよ龍馬は、自分の身の危うさにかけては獣みたいに勘の働く人やったさかいな」

せめて女の気持ちにも、そうであればよかったのに。

「でもあなたは西郷さんに会おうとしてる。あの人こそ薩摩閥の元締よ」

「あんたは西郷はんに会《お》うたことないやろ」

りょうの口調にはどこか優越の響きがある。

「大きい人や。体だけやない。あの人の前に立つとたいていの人間は、自分の小ささを思い知らされる。あの人には私というもんがない、龍馬はようそんなこと言うてた。もちろん龍馬は西郷はんを信用してたし、西郷はんも西郷はんで、龍馬を大事にしてくれてはった。薩摩での人のお屋敷に招かれたとき、龍馬が褌《ふんどし》をな……」

「つまり西郷さんは」佐奈はりょうを遮って続けた。「谷さんが感じているような疑いに、正直に答えてくれると？」

「うちが直《じか》に聞くならな」

りょうはゆっくり頭を縦に振った。

「うちには多分、あの人は嘘つけへん。知ってることは教えてくれはる。ただ、あの人と話すなら曖昧なことは許されん。ええかげんなこと聞いたらええかげんな答えしか返ってけえへんし、ちゃんとしたこと聞いたら、ちゃんとした答えをしてくれはる」

だから彼女は京に届いた手紙を頼りに、一人で佐々木多門や中西昇に会いに行ったのか。

だとすればあの二つの殺人は、りょうを西郷に会わせたくない誰かの意を汲んだものという解釈もできる。

実際、もし龍馬暗殺の裏に陰謀の存在を示唆する材料が見つかり、りょうがそれを直接西郷に伝えたらどうなるか。

西郷が本当に龍馬やりょうの信頼する通りの人物だったとして、彼が真相究明に立ち上がれば、陰謀に加担した人間には大きな脅威になるだろう。なにしろ西郷は政府最大の実力者なのだ。

だから、手がかりを握っていたと見られる証人は消された。その証人を消した男も捕まらないよう手が打たれた。もはやりょうは西郷に会う意味を失い、おとなしく京に帰るしかなくなった。一見筋は通っている。

だが、詳しい事情はわからないものの、西郷は失脚したという。この陰謀者は、果たしてそこまで計算していたのかどうか。

「その手紙、持ってる？」

「何の？」

「坂本さまが大坂から送ったという手紙よ。それだけでも坂本さまと薩摩の間を疑わせる手がかりになる」

「もうあらへん」

「あらへんって？」

「うちが長崎や下関に一人で残されてる間、しょっちゅう龍馬から手紙が届いたけど、それも含めてみぃんな、土佐を出るときに桂浜で焼いてきた」

「何ですって⁉」思わず声がうわずる。「どうしてそんなことを！」

「そやかて、荷物にもなるし」

「に、荷物って」

佐奈は自分がなぜ狼狽してるのか、わけがわからない。

「うちと龍馬の思い出はうちらだけのもんや。あの人の手紙は全部うちのここに入ったある」

と言ってりょうは自分の胸を指さした。「それにあの人の手紙は、あんまり人には言えんようなことも書いたったしな」

「人に言えないって、どんな?」

「たとえばぁ」

「いえ。やっぱりいい」

すんでの事に思い直した佐奈は慌てて付け足し、再び猪口の酒を飲み干した。

「あんたは龍馬に手紙をもろたことないんか」

「坂本さまが初めてここに来られたときは十九だった。帰国されても若輩の身では、私事で江戸に文などままならなかったはずよ」

満年齢で言えば龍馬の千葉道場入門は十七歳、佐奈はその頃十四である。しかも龍馬は最初の江戸詰を一年で終えて帰国している。この時期に佐奈と龍馬は、互いを意識した覚えなどない。

だが佐奈は端々に挑戦的なりょうの言葉に、あえて反応してしまった。

「思えばあなたが出会う十年も前から、私と坂本さまは知り合いだったのね」

「知り合うたときに、何かあったんか？」

「何かって？」

「男と女の何かいうたら、目合《まぐわい》したかどうかに決まってるやろ」

あえなく返り討ちに遭って、佐奈は飲みかけた酒でむせそうになった。

「い、いきなりそんなことあるわけないでしょ。私はまだ十六だったのよ」

りょうは薄笑いを浮かべて頷いた。

「そんなことやろと思た。十六ならもう十分使える年やんか」

「つ、使えるって……」

「ええか、お佐奈はん」りょうは佐奈の側に体を倒して右手をつき、なまめかしさを含んだ目で佐奈を見た。「男と女が出会ういうことは、それをするかどうかだけや。何にもないなら百年そばで眺めとっても、草木が生えてるのと変わらせん」

「私が坂本さまにとって草木と同じだったって言うの⁉」

「あんたがほんまに龍馬に惚れてたいうんなら」りょうはいつの間にか、佐奈との間を詰めていた。りょうの温かい息を、襟足に感じる。「なんで龍馬を手放した？」

「え？」

「神戸でもどこでも、なんで一緒についてかんかった。あんたは結局、ここの暮らしを捨てられんかっただけやないか。道場で鬼小町言われてええ気になって、いずれ龍馬を入り婿にでもするつもりやったか」

りょうの左手が、着物の上から佐奈の胸元をゆっくりとさすり始めた。

「馬鹿なこと言わないで。私がそんな……」

動揺する佐奈の顎を摑み、すれすれまで顔を近づけたりょうは、低くかすれた声で、

「あの人は檻《おり》に入れられるような人やない。そんなこともわからんかったんなら」

「おりょう……」

耳元にとどめの一言。

「あんたはまだ、龍馬に出会うてもおらんかった」

「やめてっ!」

りょうを突き飛ばす勢いで、佐奈は彼女に体を向けた。だが、りょうはすでに一歩退いて立っていた。

「龍馬が京に向かう前の日、長崎の沖に二人で船を出したんよ」

りょうの視線は佐奈の頭上を越え、暗い庭先に向けられた。

「幕府の瓦解は目前で、龍馬は京に入る前に新政府の構想を、大坂で西郷さんらと会うて打ち合わせるつもりをしてた。うちが舳先《へさき》で、いよいよ大詰めやなあ言うたら、艪《ろ》を漕ぐあの人も笑《わろ》うて、そうや、今度こそ将軍は大政を奉還するやろうし、そうしたらおおよその片は付くやろう言うてな。

そやけど新政府ができたらあんたはまた忙しいなって、こんな風にのんびり遊ぶ暇がのうな

るのは嫌やなあて言うたら、そんならおまんはどうしたいがやて聞かれたんよ。

それでうちは、せっかくあんたは船を持ってるんやさかい、いつか聞かせてくれた海の向こうのいろんな国を、あんたと見てみたいと言うた。

大きな屋敷も贅沢な暮らしもいらん。あんたのいるとこがうちの家や。うちはどこまでもいつまでもあんたのそばで、あんたの行くとこへ一緒について行きたいって。

そのとき龍馬は言うてくれたわ。艪から離れて、うちの肩をこう摑んでな。

おりょう、約束する。おまんと離れるのはこれが最後やき。すべてが終わったらわしはおまんのとこへまっすぐ戻《も》んでくる。ほいで、二人で船に乗ろう。二人でまだ誰も行ったことがない世界を見に行くがじゃ。

そう、言うてたんよ……。

二人で過ごした最後の日、うちはあいつとそう、約束してたんよ。

佐奈は顔を下に向け、じっと板床の木目を睨んでいた。彼女が顔を上げた時、そこにもうりょうの姿はなかった。

りょうは龍馬の死に責任のある男を殺す。ただその目的のためだけに東京へやってきたのだと、改めて確信した。

彼女が懐に拳銃を忍ばせていながら、二度も目の前に現われた暗殺者に銃を向けなかったのは、必殺の一撃を正しい的以外に使いたくはなかったからだろう。

りょうが海舟の前で、敵を一発で仕留めると言い切ったのは、ただの見栄ではない。残る一発は別の目的に使うのだ。理屈ではなく、それは天啓のように佐奈の脳裏に閃《ひらめ》いた。

りょうはいまでも深いところで、龍馬と繋がっている。

りょうが現われる直前まで、それでも自分は龍馬との絆を信じていた。それなのに、りょうが来てから自分がいままで信じていたものは、次々と不確かであやふやなものへと変貌しつつある。

龍馬への思いも、婚約も、あれは何もかも自分の勝手な思い込みだったのだろうか。りょうの言葉か、酒のせいか。考えようとすると世界までもが揺れ始める。

ふと気づけば、膝に載せた両手の指先が強ばって、着物に皺を作っていた。指の力を抜かねばと意識する直前、落ちた滴が右手の甲に浮いた。

道場の門から道を挟んだ柳の下で、筵にくるまっていた男は意識を覚醒させた。

男に眠っていたという自覚はない。ここに張り付いてすでに五日目の朝。彼はこの間ほとんど一睡もせず、道場を出入りする者の動きに集中しているつもりだった。

現にいまも、湯島で会った佐々木多門をどのように斬ったかという手際を、男は熱心に説明していたばかりだ。この道場から出て行った女をつけ、先に土手の茂みに回り込み、二人の話に耳を澄ませた後、多門の前に飛び出して、一太刀で始末をつけた一部始終を。

相手は柳の根元に腰を下ろして、男の話を聞いていた。ただしその実体は誰の目にも映らなかったであろう。姿形は見えずとも、男は地べたに横になったまま、その存在をありありと感じていた。だから頭の中だけで、その相手と会話することができた。

いつも集中力が途切れそうになる頃合いを見計らったように、男の無聊《ぶりょう》を慰めに来る相手は、名前がわかるときもあれば、わからないときもあった。いずれにせよ彼らは、過去に一度なら ず男と面識のあった者たちであり、そのうち何人かは、男が直接その命を奪った者たちだ。

男は意識が目の前の光景にないときは、ずっと死者たちと語り続けていたのである。

覚醒した男の視界に入る道は一面濃い霧で覆われ、伸ばした手の先も定かにはならない。道場の方はと見れば、大門の上に懸けられた屋根だけが、白み始めた東の空の光を受けて、霧の中にぼんやりと浮かんでいる。まさしくここは幽明の境であった。

やがて空は加速するように明るさを増し、男の話し相手も堀から湧いた朝霧と同様、周囲の空気に拡散して消えていった。男はまた顕界《けんかい》に戻ってきた。

時刻は六つを過ぎた頃になる。当世風に言うなら午前六時半。

大門の横に設けられた小門が内側から開き、抹茶色の着物を着て島田髷に手拭いをかけた女が、竹箒を持って現われた。

女はいつも決まった時間に出てきて、門の前を掃き清める。男は初めてあの女を見かけたときから、その隙のない所作に感心したものであったが、一昨日、実際に彼の一刀をかわした女の動きには舌を巻いた。やはり江戸は広い。

ただし真剣で立ち合えば、あの女は自分の敵ではない。誰であれ、自分が編み出したあの秘剣を破れる者などいるはずがないからだ。そう見切ってしまうと、それ以上の興味が向かうことはなかった。もともと女への関心は薄い男である。掃除を終えた女が再び門内に消えて、また何分かが過ぎた。

突然こめかみを左から右へ、一条の光が突き抜ける感覚を覚えた。男は筵の中でもぞもぞと頭を動かし、通りの左右に目をやった。

その人影は最初、鍛冶橋方面に見えた。まだ人通りは多くないが、それを差し引いても全身の輪郭がくっきりと際だち、この場所からでも相当に目立っている。姿が近づくにつれ、その理由ははっきりとした。

濃鼠《こいねず》の袴に漆黒の羽織をなびかせ、大股に近づくその人物は身の丈六尺を優に超えていた。いや、目立つのは体格だけではない。

そのような巨漢が二刀を帯びているだけで、威圧感は並々ならぬのに、撫でつけた総髪と角張った顎の間に位置する両眼には力が漲《みなぎ》り、四方にまったく隙を見せない。男の五感を反応させたのはこれだ。

これほどの気を発する人物を、男はいままでに一人しか知らない。その人物は六年前、京で横死とも呼ぶべき最期を遂げている。

恐れたわけではない。ただ、いまあの人物の目に留まることは避けるべきだと、別の誰かが囁いた。筵を頭の上にかぶり直し、男は百足《むかで》のようにゆるゆると移動を開始した。

13

昨夜のりょうとの会話の残滓《ざんし》が、佐奈を重い気分で目覚めさせた。それでも道場の周りを掃除し、灯明を上げ、そうやって日課を一つずつこなすうちに、次第に気分も晴れてきた。次はいよいよ朝餉《あさげ》の準備にかかるつもりで、台所に向かいかけたそのときである。

声ではない。しかし確かに気合いと思《おぼ》しき波動が、庭を越えて壁を伝ってきた。

体中の血管が隅々まで一気に拡がる感覚を覚え、踏み出した右足を反転。廊下を駆け、突き当たりの壁に架けられていた木刀を摑むや、白足袋のまま縁側から飛び降りた。

毎朝門前を掃いた後、小門の閂《かんぬき》は外し、道場の玄関も開ける。かつての門人が訪ねてきても気兼ねなく入れるようにとの配慮だが、同時にそれは、誰でも入れるということだ。

たとえ、あの人斬りであっても。

佐奈の感じた気配はただものではない。もしかしたら本当にあの男かもしれない。庭を走った足袋で道場の玄関をあがる。脱いだ草履が目に入った。やはり誰かいる。

稽古場の板襖は開いたまま。いったん呼吸を整え、一気に中へ飛び込んだ。すると。

突上げ戸はすべて上に押し上げられ、太い光の帯が、左右から道場の床を照らしていた。その中心に、真剣を上段に構える男の、黒い背中が見えた。

頭上に振りかぶった剣先は、真っ直ぐ天を指して微動だにしない。柄を握る二本の腕は、分厚く盛り上がった肩の筋肉に支えられ、背中全体がまるで山のようである。

「やっ！」

男は道場内を満たす気合いを発し、両手を振り下ろした。

ぶんっと唸りをあげた剣は、中段で左に直角の軌跡を描く。並の人間が見れば外光に反射した刀身が、ほんの二度ほど瞬《またた》いたようにしか見えなかっただろう。だが佐奈の目にはそれが、伯父千葉周作も得意とした切り返し胴とわかった。

膨らませた頰から「ふううっ」と一息を吐きだした男は、流れる動作で刀を鞘に納め、膝をついた。しゃっ、しゃっと袴が床に擦れる音。膝行《しっこう》で稽古場の正面に体を回した男は、いったん姿勢を整えて正座。それから両手を前につき、ゆっくりと一礼した。

頭を上げた男と、立ち尽くす佐奈の目が合った。顎の張った四角い顔に、どこかで見覚えがあるとは思った。だが、

「おお、お佐奈坊か」

「は？」

いきなり戸惑った。他人にそんな呼ばれ方をされたのは、ぎりぎり十代の頃以来だ。

「大きゅうなった。いや、そりゃ当たり前か」

のそりと立ち上がった男は、白い歯を見せて近づいてきた。佐奈は必死で思い出そうとしたが、焦れば焦るほど記憶が混乱してくる。

「あの頃はほんのねんねだったがなあ。こんな別嬪《べっぴん》になるとわかっとれば、唾でもつけときゃよかったわい」佐奈の前で足を止めた男は、頭一つも低い佐奈を見下ろすと自分を指差した。

「忘れたのか……俺だよ、お佐奈坊。鉄だ。講武所の鉄太郎」

「あっ」佐奈は思わず開けた口を片手で覆った。「……鉄舟先生⁉」

「俺とあんたの間で、先生はよしてくれ」

鉄舟こと山岡鉄太郎は苦笑いを見せ、襟足を右手で撫でた。

鉄太郎は天保七年の生まれというから、佐奈より二つ年上、龍馬よりは一つ下になる。

父親は御蔵奉行も務めた知行取りで、同じ直参《じきさん》でも海舟に比べれば恵まれた環境に育った。だが、その父親を早くに亡くした彼は、十九の年に築地鉄砲洲に新設された講武所に入門する。

講武所は安政年間、迫り来る外国の脅威に備えるため、幕府が旗本御家人の子弟用に作った武芸百般の訓練所で、設立当初は講武場と呼ばれた。当代一流の教授陣を招き、剣術槍術はもちろん、弓術や砲術、さらに洋式調練まで教えたのである。鉄太郎はここで、晩年の千葉周作に剣を学んだ。その縁で、彼は千葉一門の総稽古などの折、桶町から参加する佐奈ともよく顔を合わせていた。ただし、もう二十年近くも前の話になる。

それほど年の離れていない鉄太郎を佐奈が先生と呼んだのは、幕末期から維新にかけて、彼がそう呼ばれるに足る活躍と経歴を重ねていたからだ。

中でも有名な挿話は、鳥羽伏見での幕軍敗退後、講和の道を探る勝海舟が鉄太郎に密書を託し、実質的に新政府軍の総指揮官だった西郷隆盛への使者に立てた一事だろう。

勢いに乗って東上する新政府軍は江戸の包囲を着々と進め、使者といえども幕府の人間が府内を出れば、無事に帰れる保証など望めない状況であった。だがこのまま交渉の糸口が途絶えれば、江戸は火の海になる。

鉄太郎は、敵のひしめく東海道を持ち前の腕力と胆力で突破し、駿府に駐留していた西郷に直接密書を手渡すことに成功した。これにより海舟と西郷の会見が実現、江戸城下を舞台に新政府軍と幕軍の正面衝突という、最悪の事態は避けられたのである。

「では山岡さま」

「鉄でいいよ。俺とあんたの仲だ」

「山岡さまはなにゆえ、こちらへ」

鉄太郎は眉を八の字にしたが、すぐに諦めて説明を始めた。「実は昨夜、俺んちに勝《かっ》つぁんの使いが来てな」

「勝先生の⁉」

鉄太郎の住まいは四谷仲町。海舟の自宅とは一里と離れていない。

「前から人使いの荒い御仁だったが、まさか明治の世になってまで呼び出されるとは思わなかった。とはいえ、文句言ってもどうせ聞く耳ねえからな」

「勝先生のご用件とは」

「それが、いま桶町におまえさん好みの娘が二人いるんだが、ひとつ押しかけ用心棒を頼まれてくれねえかなんてふざけた話さ。おいらも都合ってもんがあるし、幕府も瓦解した当世、あの人の頼みを聞く義理もねえんだが」

鉄太郎は人差し指で頬骨のあたりをかきながら、佐奈を見下ろした。

「まあ報酬は払えぬが、もし行ってどちらか好みの方と昵《ねんご》ろになるってんなら見て見ぬふりをしてやるって、勝つぁんが言うもんでな」

「馬鹿ですか」

佐奈は冷気溢れる視線で切って捨てた。

それでも海舟が自分たちの訪問後、鉄太郎を呼び出したのは事実らしい。

「つまり、勝先生は山岡さまに、私たちを見張るよう仰せつけになったのですね」

「見張る？」鉄太郎は意外そうに目を剝くと、視線を落として静かに答えた。「何を勘違いしてるのか知らねえが、勝つぁんには、できる限りの便宜をあんたらに図ってやってくれと頼まれた」

「便宜を？」

「あらかたの事情は聞いたが、つまりあんたらは、どう言い聞かせても捕物ごっこをやめる気はないんだろ？　と言って、何の手蔓《てづる》もないのに政府を引っかき回すような無茶でもされたら、特にいまは極めて不都合なんだとさ。ならいっそ俺を道案内に、あんたらが知りたいことだけ調べられるようにすれば、勝つぁんも安心できるし、あんたらの捕物にも一番確かな方法だろうってな」

「勝先生がそんなことを」

これは素直に乗っていい話だろうか。それとも、何か底に狙いがあるのか。

「ですが、山岡さまにもお勤めが」

「役所には急用出来《しゅったい》のため休むと伝えた。毎日真面目に働いてんだ。一日や二日、大目に見てくれるだろ」

こともなげに鉄太郎は言ったが、相手はただの役所ではなく宮内省だ。実は彼は西郷隆盛の推薦で、昨年から侍従として新政府に出仕していた。

至誠の塊のような鉄太郎は、西郷好みの人物である。密使として出会って以来、鉄太郎に惚れ込んだ西郷は、彼を年若い天皇の側に置くことで、好もしい影響を与えたいと考えたらしい。

「いや、こらいかん。腹が鳴ってしもうたわ」

突然、鉄太郎は大きな手でぱんと自分の腹を叩き、照れ笑いを見せた。

「早くに家を出てきたものでな。起きてから何も口に入れとらんのだ。お佐奈坊、何か喰うもんはないか、その、漉餡《こしあん》でも粒餡《つぶあん》でも構わんが」

甘党の趣味は変わっていないようだ。

「朝からそのようなものは用意しておりませんが、朝餉の仕度ならすぐにかないます」

「ああ、それでいい、それでいい」

よほど腹が空いていたのか。鉄太郎は佐奈の言葉を最後まで聞かず、戸口に向かって歩き始めた。慌てて後を追おうとした佐奈だが、その前で鉄太郎はいきなり立ち止まった。

「そうだ。勝つぁんからもう一つ、言伝《ことづて》があったわい」

「はい？」

「俺のきんたまはそれほど小さかねえとか何とか」

振り向いた鉄太郎を、佐奈はかあっと赤らめた顔で睨みつけた。

「必ず伝えてくれろと念を押されたが……いってえそりゃ、どういう意味だ？」

「知りません！　それから私をお佐奈坊と呼ぶのはやめてください！」

眉根を寄せた佐奈は、きょとんとする鉄太郎を大股で追い越し、母屋へ戻っていった。


朝餉は鉄太郎と一緒に、座敷でとることになった。床の間を背にした鉄太郎の前に、佐奈とりょうの二人が並んで座っている。

佐奈は鉄太郎を、立場上動けない海舟の代わりに来てくれた助っ人だと紹介したが、りょうはそもそも鉄太郎のことをよく知らず、海舟にはいまだに腹を立てている様子だったから「へえ、そうどすか」と言ったきり、さしたる反応も見せなかった。

佐奈は佐奈で、昨夜のりょうとの会話以来、どこかぎすぎすした空気が残ってしまい、結局二人は食事の間中、互いに視線を避けるように、ただ黙々と箸を動かし続けていた。

「佐奈さん、これをもう一杯つけてくれ」

沈黙に耐えきれなくなった鉄太郎は、葛でとろみを付けた味噌汁のおかわりを頼み、りょうに笑顔を向けた。

「のう、おりょうさん。あんたもこの観世汁《かんぜじる》はなかなかだと思うだろ」

「ごちそうさんどした」

りょうは表情を変えずに一礼すると、立ち上がって部屋を出て行った。

「どうしたんだ、あれは」

口の端に笑顔のかけらを残したまま、鉄太郎は小声で聞いた。

「どうしたとは？」

「えらく陰気な女じゃないか。俺は坂本龍馬の嫁女《よめじょ》と聞いて、もっとこう、陽気で派手な女を想像しとったのだが」

「どうせ私は陰気で地味です」

口を結んだ佐奈を見て、鉄太郎は虎の尾だらけの屋敷に踏み入った気分になった。

「ええと、それじゃあ」落ち着かない様子になった鉄太郎は一通り食事を終えると、椀を膳に戻して右膝をぱんと叩いた。「そろそろ出かけるか」

「出かける？　どこへですか」

「中西昇をよく知っている奴のところだ」

「えっ⁉」

「俺が一番とっかかりやすいところから始めろと言われれば、まずは新選組の伝手をたどるしかあるまい」

当惑する佐奈に鉄太郎はやっと余裕を取り戻し、無邪気な笑みを浮かべてみせた。

「知らなかったのか。新選組は半分、俺が作ったんだぜ」

佐奈はりょうに声を掛けたが、彼女は頭が痛いと言って、部屋から顔を出そうともせず、佐奈も強いて同行を求めなかった。りょうは他人の目や心情を斟酌《しんしゃく》して愛想笑いを浮かべるような女ではない。無理に連れ出せば、朝餉のとき以上に鉄太郎に気まずい思いをさせるだろう。さらに話を聞く相手は元海援隊というわけでもなかった。

外出用の草色の小紋に着替え、鉄太郎と道場の門を出た。さらりとした風が頬を撫で、空には髪の毛を梳《す》いたように細い白雲が、幾筋も見えていた。

訪ねる相手は根津神社の近くに住んでいるという。道すがら佐奈は、その相手について鉄太郎に聞こうとした。意外なことに鉄太郎も、その男を直接は知らなかった。

「そいつは近藤たちが京で新選組を旗揚げした後に入隊した男だ。俺は連中を京まで連れて行っただけだからな」

新選組を作ったとは言い過ぎだが、成立の経緯に鉄太郎が一枚噛んでいたことは事実だ。

もともと新選組の前身は文久三年、幕府が江戸で募集した浪士組が母体となっている。

これは十四代将軍徳川家茂《いえもち》が、天皇の要請で上洛することになった折、治安悪化著しい京での警護を行なうことを主な名目に組織された集団だ。徴募にあたってはその名の通り、腕に覚えさえあれば出身藩はもちろん、士分かどうかすら不問とされた。

多摩の郷士に過ぎなかった近藤勇や土方歳三など、後の新選組の中核となる男たちも、多くがこの時期の参加者である。

応募者が殺到して総勢二百数十名にもなった浪士組の世話には、幕府に任命された浪士取締役があたった。玉石混淆、曲者《くせもの》揃いの集団を京まで連れて行くのは相当の難事であったが、鉄太郎もこの取締役の一人に抜擢され、道中の引率と世話に骨を折った。

しかし様々な政治的思惑が絡んで寄木細工のようだった浪士組は、上洛直後、一部の隊士が朝廷に接近しようとするなど迷走を始め、在京わずか十日足らずで機能を停止。さらに朝廷から江戸帰還命令が出されるに及んで、組織は混迷の極みに達する。このとき断固として京に残ることを主張する浪士たちとの間でついに浪士組は分裂し、鉄太郎は仕方なく、帰還に同意した浪士たちと再び江戸に戻った。

この、京に残った浪士が中心となって結成したのが、後の新選組だ。

「あのときの浪士組の名簿はまだ手元にある。新政府の手前、さっさと処分しちまえと忠告する奴もいるが、簡単には捨てられんよ。俺は近藤らのなしたことすべてが正しいとは思わんが、奴らは奴らなりに徳川家に殉じようとした。その心ばえは哀れともあっぱれとも思う。あの頃の直参旗本に、近藤の誠のせめて半分でもあれば、戊辰の成り行きもまた少し様子が違ったかもしれねえってな」

だらだらと続く坂道を上りながら、鉄太郎は坂の上に視線を向ける。

「いまでも元浪士組の消息はときどき耳に入ってくる。近藤と京に残った連中はもうほとんどこの世にいないが、名簿に載った名で生きてるとわかった者がいれば、直に様子を見に行くようにしてるんだ。ほんの短い縁だったが、俺は取締役だったたからな。暮らしに困ってないか、ちゃんと職はあるか、いろいろ気にすることもある。まあ、中には昔を隠し、あの頃のことなど思い出したくもないといって、会うことさえ拒む奴もいるがね」

おかげで鉄太郎は、何人かの元新選組隊士に顔が利いた。彼が海舟の屋敷から戻るその足で、以前に面倒を見た元隊士の家に寄って中西の名前を出したところ、それは自分より詳しい人間が根津に住んでいると教えられたそうなのだ。

「そいつは月真院《げっしんいん》に行った奴だと言われてな。ならば同じ生き残りでも月真院派に聞くのが間違いなかろうと」

「月真院?」

「新選組は瓦解直前に二つに割れたことがあるんだ。局長の近藤が、当時尊皇家として評判のあった伊東甲子太郎《かしたろう》という人物を入隊させたのがそもそものきっかけでな。自分の門人と一緒に参加した伊東を、近藤はいきなり幹部扱いしたから、隊内に二つの派閥ができちまった。しかも経綸《けいりん》に明るく学者肌の伊東と、田舎育ちの近藤はどうにも合わなくなり、ついに伊東は自分の仲間を連れて隊を脱《ぬ》けた。表向きは円満な分離で、伊東は近藤の了解を得たつもりになっていたというが、それが勘違いだったことは半年後にわかる。ともかく伊東は新たに禁裏《きんり》御陵衛士《ごりょうえじ》の看板を掲げ、高台寺の月真院という塔頭《たっちゅう》に屯所を構えた」

「でも中西という人は」佐奈は疑問を口にした。「昔、自分は新選組にいたという意味のことを言ったそうです。いまの話だと、御陵衛士と名乗る方が自然ではありませんか」

「確かに妙な話だ。だいたい中西が真に伊東の同志だったなら、口が曲がっても新選組と関わりがあった過去など人に話さんだろう」

「どういう意味です」

鉄太郎の顔に、微かな翳《かげ》が差した。

「その年の秋、近藤は伊東を妾宅に呼び出して宴席を設けた。その帰路、ほろ酔い気分の伊東は闇討ちに遭って命を落としたんだ。やったのは油小路《あぶらのこうじ》で待ち構えていた新選組さ」

鉄太郎はふと、思い出したように付け加えた。「そういやあれは、坂本さんの事件の二、三日後だったな」

「え？」

いきなり出てきた名前に佐奈は顔を強ばらせたが、鉄太郎は続けた。

「このとき伊東の救出に向かった仲間たちも次々と討たれ、結果、御陵衛士は壊滅した。生き延びた連中がその後ほとんど官軍に身を投じたのは、勤王の志からだけではない。敵の最前線に新選組がいたからだ。近藤や土方の姿を求めて彼らは先陣で戦った。つまり御陵衛士だった者にとって、新選組は憎んでも余りある師の仇であり、同志の仇でもあったというわけさ」

鉄太郎は足を止め、顔を上げた。大正寺という額の掲げられた小さな山門の前であった。

うん、ここだと頷いた鉄太郎は、ずいと門の中に足を踏み入れた。

14

庫裡《くり》の玄関で応対に出た初老の住職に、鉄太郎は来意を告げて封書を手渡した。それは彼が昨夜訪ねた元新選組の男に書かせたものである。住職はいったん奥に姿を消し、しばらくすると外を回って現われた。

「こちらで、お会いになるそうです」

玄関から庫裡の外壁を左に見て進み、竹を編んだ建仁寺垣で仕切られた一角に突き当たった。垣に設けられた木戸の前で、僧衣の袖口を合わせた住職は、軽く頭を下げて戻っていった。

木戸の内側には竹の疎林を配した小さな築山、その手前に三歩で渡り切れそうな石橋を渡した池水が見えた。大名屋敷の庭園に比べれば箱庭のようなものだが、庫裡の離れにしては寂《さ》びた味わいがある。

右方から建物の縁先がせり出し、その沓脱《くつぬ》ぎの上に雪駄《せった》を履いた男が立っていた。

背格好はやや小ぶりで引き締まった体型をしている。年の頃は鉄太郎と同じくらいか。紺地の着流しを角帯で締め、後ろ撫でつけにした頭を、ゆっくり下げた。

「山岡さんですか。御高名はかねがね」

「仁科《にしな》くんから伺ってきました。貴兄が」

「内海次郎です」

名乗りながら内海は、鉄太郎と佐奈の顔を交互に見た。穏やかな表情を作ってはいたが、足の置き方と目配りに油断がない。

「こちらは千葉定吉先生の御息女で、佐奈殿と申される。貴兄のお話を伺うはこの方に関わりのあることゆえ、同席お許し願いたい」

「ほう。では桶町の」

内海の表情から、警戒感が薄らいだ。

「そういえば、貴兄とは同門の間柄でもありますな」

「あいにく私はついぞ、流祖の稽古を受ける機会はありませなんだ」

このやりとりで佐奈は、目の前の男も北辰一刀流の門人と知った。考えれば当然だが、殺人が半ば日常化していた幕末の京で、北辰一刀流も立派に実戦剣法として通用していたのだと、改めて悟った。

「仁科の書状では、なんでも月真院におった者の話を聞きたいとか」

「仁科くんから、御陵衛士に参加した貴兄が詳しいはずだと紹介されまして」

「本音を申せば、私は昔のことで煩わされるのは迷惑千万と考えております」

「手間は取らせない。二、三確かめさせてもらったらすぐ退散するつもりです」

「我らと新選組には、抜き差しならぬ因縁がござってな」

「それも承知。だが貴兄と仁科くんは、いまでも親交を結んでおられると聞いた」

内海はふうむと溜息を漏らした。とりたてて、不快そうな表情でもなかった。

「仁科は壬生の頃から面倒見の良い男で、私もなにくれと世話を受けた恩がある。新選組というと皆、鬼の集団のように言うが、中にいた者には案外気のいい連中も多かった。それにあの者は、油小路には加わっていませんからな」

自分で自分の言葉に小さく頷いた内海は、池の水面に視線を移した。

「先年、幕末に殉難した同志の霊を慰めるべく、生き残った仲間で京の戒光寺に墓碑を建立しました。私はそれを潮に昔のしがらみ一切を断つつもりで東京に出てきたが、慣れぬ地で勝手もわからず、たちまち途方に暮れましてな。そんな折にいかな奇縁か、あの仁科に両国で声をかけられた。それどころか住む場所にも困っていた私に、この寺を紹介してくれもした。過日、私がいまさらこんな世話を焼いて何の得があると聞くと、奴はお互いさまだと答えました。あの時代をくぐり抜けてきた者は皆仲間だと。あの男も維新後、山岡さんにいろいろ助けていただいたと聞かされたのは、そのときです」

内海は吹っ切れた表情になった。

「であれば、私が山岡さんの頼みに応ずるは、天地の道理と申すべきかと」

「かたじけない」

鉄太郎は佐奈に目配せした。すかさず佐奈が口を開いた。

「中西昇という人を、ご存じですか」

「中西？」

「新選組の隊士だったらしいのです。でも山岡さまがその名を仁科さまに確かめたら、それはもともと伊東甲子太郎という方のお弟子さんで、後に御陵衛士に加わった人だと」

「違う」

内海は即答した。

「違う？」鉄太郎も怪訝な表情を浮かべて聞き返した。「この男を知らないと？」

「いやいや。私は深川にあった伊東先生の道場で、中西と共に師範代を務めておりました」

「何ですって⁉」

「ゆえに中西は伊東先生の門人には違いない。だが御陵衛士となると……」

「違うのですか？」

「いささか、事情がござる」内海は顎をあげ、記憶を辿る顔つきで眼を細めた。「先生が深川の伊東道場に入門した頃、中西はすでに道場の師範代を務めておりました」

「それじゃ、この人は伊東さんの兄弟子だった？」

「ええ。ですが伊東先生は先代師範に見込まれ、その入り婿となられたのです。それまで鈴木の姓を名乗られていた先生が、伊東の名になったのもその時からのことで」

「となると、その中西という男は心中面白くなかったのではないかな」鉄太郎が口を挟んだ。

「いずれ師範の娘と結婚して道場を継ぐのは自分だと思っていたのに、弟弟子に全部かっさらわれた」

「あの男が本心でどう考えていたかはわからない」内海は淡々と答えた。「しかしその件で中西が不平を漏らしたという話はない。のみならず伊東先生が道場主となった後も師範代は続けたし、先生が始めた国学塾にも通ってきとりましたから」

「では真に勤王家として目覚め、伊東さんを師と認めたということですかな」

内海は鉄太郎に頷いて見せた。

「あの頃はそうだと思っていた。ただ、伊東先生も中西には多少の遠慮がありましたな。先生が新選組の徴募に道場を挙げて応じたのは元治元年九月。私を始め、同志はその折に上洛しましたが、このとき中西は江戸に残りました。これは当時、病身の老母を抱えておった中西に先生が配慮して、あえて同行を求めなかったからです。もっともその半年後、母御を見送った中西は、我らの後を追うように上洛して入隊しましたが」

「でも伊東さんが御陵衛士を作ったときは」

「確かに中西も我らと行動を共にしたが、いまから思えば、あれは分裂のどさくさに紛れて隊を脱けたのです。なぜなら伊東先生が近藤の罠に嵌められる直前、中西は月真院の御陵衛士屯所から忽然《こつぜん》と姿を消し、そのまま消息を絶ってしまいました。だからあの男の名は、衛士の名簿にも載せていない」

「あなたさまは何か、この方を疑ってらっしゃるように聞こえますが」

内海は口をへの字に曲げて、佐奈を見た。

「そうですな。本人が目の前におれば、幾つか問い詰めたいことはあります」

「それは無理です。中西昇は死にました」

「な」

口を開けて内海は絶句した。佐奈は中西が二日前、紺屋町で殺されたことを話した。

「……なんと因果な」

「因果とはどういう意味ですか。中西の最期は、新選組での行ないの報いだと？」

「さにあらず。新選組であろうと御陵衛士だろうと、我らは無益な殺生をした覚えなどない。因果と申したは……」

佐奈の挑発に乗ったことに気づいて、内海は苦笑を浮かべた。

「そうですな。互いに死んだのであれば、これは話してもよかろう」

そう前置きすると、内海は話し始めた。

御陵衛士結成時、佐原太郎という男がおりました。これは新選組にいた頃、一度つまらぬ喧嘩で隊規に触れ、切腹させられそうになったことがあるのですが、伊東先生が近藤にとりなして一命を救ってやったため、以来先生に心服するようになったものです。

この佐原から相談を持ちかけられて祇園に出かけたのは、闇討ちの数日前のことでした。待っていた佐原は私の顔を見るや「内海さんは中西さんと古い付き合いと伺っていますが」と念を押してきた。なぜと聞き返したら奴は十日ほど前、四条のあたりで偶然、中西を見かけたという。

我らと新選組は表向き穏便な分離とはいえ、市中で行き合えば思わぬ事態を招かぬとも限らず、先生は隊として動くとき以外、無用な外出を禁じておられた。その口、佐原は伊東先生の使いで御所に出かけた帰りでしたが、中西が外出する理由はなかったのです。

そのときの中西は見知らぬ武士と、下駄屋の路地で話し込んでおったそうで。ただ、その二人ともに人目を憚《はばか》る気配があり、不審を抱いた佐原は独断で中西を探り始めたという。

私は思わずかっとなりました。いろいろ事情はあったにせよ、中西は私にとっても兄弟子、かつ深川以来の仲間なのです。おまえは同志を疑うのかと声を荒らげますと、佐原も決死の形相で、

「中西さんは二日にあげず、その男と会っております。この相手が何者か調べたいが、自分一人では跡を追うのも難しく、まずは内海さんに御相談しようと考えた次第。それにもし、先生に御報告する段になったとしても、中西さんは古参ゆえ、私より内海さんから伝えられた方が取り合っていただけるかと」などと理屈を言い返しましてね。

そんなあやふやな話には乗れんと突き放しました。ただでさえ隊士同士の疑心暗鬼がもとで、切腹にまで追い込まれた新選組の仲間を何人も知っております。おまえは御陵衛士を新選組のようにしたいのかと怒鳴りつけますと、

「私は伊東先生をお守りしたいだけです。先生の周りで不審な動きをする者があれば、気になるのは当然ではありませんか」

なるほど先生は、自分の身を守ることに少々無頓着なところがありました。北辰一刀流免許皆伝の自信もさることながら、自分が説得すれば他人はすべて味方になるという思いも強かったようで。

結果的にそれはあまりに無邪気で無用心な考えであり、それこそ近藤や土方なんどという、人の寝首を掻くことに長けた連中にかかっては、ひとたまりもなかったということになりますが。

ただ私が中西を疑うに至ったは、もう少し後の話になる。中西が月真院から姿を消し、伊東先生が殺された後でさえ、私は中西と先生の事件を結びつけたりしなかった。なにしろ根拠は佐原の話だけでしたからな。

我ら御陵衛士の残党が官軍に参加したことはご存じでしょう。明治初年、私は北陸を転戦しておりましたが、そこで思わぬ形で佐原と中西の消息を知りました。なんと捕虜の中に新選組の隊士だった人間がおりましてな。ええ、もちろん面識のあった者ですが名前は勘弁してください。それもしがらみの一つという奴です。

この男は鳥羽伏見の戦の後、幕軍にもう一度合流するまでの間、大坂に潜んでおったそうです。で、その折に元御陵衛士同士が起こした事件の噂が耳に入ってきた。その主役が佐原と中西だったというわけでして。二人の前身がわかってからは謎の同士討ちとして、大坂では評判にもなったといいます。

あらましは佐原と中西。この二人がどういうわけか一緒に酒を飲んだ後、ほろ酔い気分で天神橋の袂まで歩いてきたかと思えば、突然中西が佐原の胸を脇差で突いて、姿をくらましたというんですな。佐原は何を言い残すこともなく、その場で絶命しました。

直前まで同席していた酌婦によると、二人は別にもめる様子もなく、むしろ時折笑みさえこぼしながら酒を飲んでいたというから、いったい何が原因やらわからないという話ですが、聞いた途端、私ははっきりわかった。

どういう経緯で再会したかは知らぬが、出会ってしまった二人は間違いなくそれぞれの思惑があったはず。少なくとも佐原の方は、中西が新選組の間者であったかどうかの真偽を確かめようとしたんでしょう。あるいは中西に裏切りの証拠を突きつけ、先生の仇を討とうとして返り討ちに遭ったのかもしれません。いずれにせよ佐原は死に、中西は消えた。

無論、真実は謎のままだが、私にはそうとしか考えられぬ。私が佐原の話をもっとまともに取り合っていればと、思い返せば悔やまれるばかり。その中西も殺されたとあれば、つくづく因果は巡るものだと思いましてな。


「中西が会っていた相手は、本当に新選組の人間だったのでしょうか」

話し終えた内海に、佐奈は訊ねた。

「どういう意味かな」

「内海さまは新選組隊士でまったくご存じない顔は幾人くらいおありでしょう」

「ふむ」少し宙を睨むように考え込んで、内海は答えた。「我らが新選組を脱けたは慶応三年三月。以降に入隊した者には馴染みのない顔もありましょうが、それ以前からおる者なら、たいてい見覚えはある」

「なのに佐原さまは見知らぬ顔と言ったのですね。おかしいとは思われませんでしたか」

「しかし中西は、先生の殺害前に姿を消した」

「もしも本当に新選組の間者で、伊東さまを罠にかける機会を窺っていたのだとしたら、そんな大事な謀《はかりごと》の連絡を、内海さまも知らないような日の浅い隊士に任せるでしょうか」

内海は思案顔になる。

「細心の注意を払う事柄であればなおのこと、古参の隊士があたりそうなものです。佐原さまが知らない顔だったというなら、それは新選組の隊士ではなかったのではないかと」

「中西は、油小路の一件とは無関係だと？」

「いえ。中西が御陵衛士の襲撃に関わっていたことはほぼ間違いないと思います」

「おっしゃりたいことが、よくわからぬが」

「中西昇は確かに間者だった。ただし、この人を動かしていたのは新選組ではなく、新選組もまた誰かに利用されていたのだとしたら、辻褄が合いそうな気がするのです」

「なんですと」

「佐奈さん、それは」

鉄太郎も意外そうな顔を佐奈に向けた。佐奈は冷静だった。

「謀の要諦《ようてい》が、自分は表に出ずに己の意志を実現することなら、それは必ず身代わりに誰かを動かして目的を遂げる形を取ります。さらにその誰かには、自分の意志でこれを行なっていると思わせられれば上の上策でしょう。だから謀殺の場合、明らかになった犯人は真の実行者ではないと言えることもあるのではないでしょうか」

「私はあの夜、所用で出かけておったが、油小路でいかに凄まじい斬り合いが行なわれたか、その翌朝に現場を見て知っている。襲ったのは間違いなく新選組の連中だ。それが犯人ではないというのか？」

「本当に新選組の意向だけで行なわれたかどうかが問題なのです。私は近藤勇という人を存じませんが、山岡さんも一目置くほどの御方が、一度離脱を許した相手をどうして、何カ月も経って騙し討ちで殺すような真似をしたのか。そこがわからなくて」

「無論、近藤の卑劣極まりない性格のゆえだ。伊東先生の遺骸は路上に二日も晒され続けた。何とかしたかったが近づくに近づけん。片付けに来た者がいれば即座に襲いかかろうと、周囲の民家に隠れる槍の穂先が、格子の向こうにきらきらと光っているのが見えた」

内海はそこで当時の光景を思い出したのか、見開いた日が充血してきた。

「すでに先生の周りには先夜の戦闘で斃《たお》れた同志の死体が……左様、散らばってとしか言いようのない有様で放置されてあった。まるで我らに対する撒き餌のような扱いよ。これが武士のやることとお思いか。郷士あがりの近藤や土方なればこそのやり口であろう」

「ですが」

「佐奈さん」

なおも食い下がろうとする佐奈を、鉄太郎が制した。

「もう、よかろう。これでおおよそ、訊ねたいことは聞けたのではないかな」

声を掛けられて佐奈は、目の前の内海が内心の昂りを抑えていることに気づいた。

「これは……嫌なことを思い出させて」

「いや」内海もまた、もとの温和な表情に戻った。「関わった者もほとんど鬼籍に入り、とうに捨てた昔の話と思っていた。なのに思い返せばいまだこのように胸が騒ぐ。お察しくだされ」

礼を述べた二人は、庭に背を向けて木戸に近づいた。その時、内海が佐奈を呼び止めた。

「聞いてどうなるというものでもないが」

「はい」

「中西を殺したのは、どのような男であったかと」

佐奈は、振り向いて刺客の風体を説明した。荒れた顔であったため、年齢は読みにくかったが、年長に見ても三十を出ているかどうか。黒みの脱けた乾いた髪を肩まで垂らし、六尺足らずの体軀は枯木のように細い体をしていたことなど。

聞き終えても内海は首をひねった。

「やはり判別のしようがないですな。もしや、見知っていた者ではとも思ったが」

佐奈はふと思いつき、鉄太郎に大刀を貸してくれないかと頼んだ。

怪訝な表情を浮かべる鉄太郎と内海の前で、佐奈は左手に持つ刀の鞘をぴたりと腰につけ、刀身を抜き放った。

「本当は両手で構えていたのですが」そう断った佐奈は右手の刀をゆらゆらと振りながら頭上に構え、

「こう、振り下ろしてきました。踏み込んだ足の位置はこう」

やや内股気味に右足を前に進め、同時に刀を振り下ろした。「さらに、こう」佐奈は手首を返し、下から上に刀を振り抜いた。左足が前に、体は半回転する形になった。

額の前で右手首を止め、受けの形を決めた佐奈は、おもむろに刀を鞘に戻した。

「間合いの読みにくい相手で、返しの時に切っ先が三寸余りも伸びてきます。油断すれば、危ういところでした」

説明を終えた佐奈が鉄太郎に刀を返しながら、内海を見た。

「内海さん？」

内海の顔面が蒼白になっていた。

「内海さん、どうされた？」

鉄太郎も問いかけた。内海は表情を強ばらせ、目を見開いていた。

「そんな……そんな、馬鹿な」

やっと声を絞り出した。

「兵藤数馬は、死んだはずだ」

15

久蔵は桶町で途方に暮れていた。

無理もない。彼は昨夜遅く長屋を訪れた万吉に聞いた話を伝えようと勇んでやってきた。なのに、肝心の佐奈が不在なのである。

勝手口でしつこく佐奈を呼び続けた久蔵の前に、いかにも渋々と現われたのはりょうだった。

案の定、話がまったく要領を得ない。

「行き先くらい、聞いてねえのかよ」

「うちは最前まで頭が痛うて寝てたさかい」

「お一人で出かけなすったのか」

「いやあ」りょうは人差し指を唇にあて、焦点のぼやけた視線を宙に向けた。「確か、鉄とか銅とかいう人と」

「誰なんだよそれは⁉」

久蔵は上がり口にどかっと腰を下ろし、草鞋《わらじ》を脱ぎ始めた。

「せっかく耳寄りな話を持ってきたってえのに、昼前に動けなきゃらちがあかねえ」

「まだ昼までには時間があるやん」

「そりゃそうだが、お嬢さんがいなきゃな」

「耳寄りな話って、どんな？」

「そいつはおめえ……」

囁くような声の近さにふと横を見ると、隣にしゃがんだりょうの鼻先が、ほとんど久蔵の頬と触れあわんばかりの位置にある。

「わっ！」のけぞって、両手を背後についた。

「お、おどかすないっ」

りょうは目を細め、唇を緩めた。

「お佐奈はんはあんたが来たら、先に用件だけ聞くように言うてはったえ」

「だ、駄目だ。俺はまだ、おめえを信用したわけじゃねえ」

「どう思おうが勝手やけど、あの人も早さが肝心やて言うてはったやろ。あんたのせいでうちらの動きが一手遅れたら、その差は詰まらんえ」

佐奈の名を出されると弱い。それに久蔵は、早くこの話を誰かにしたくてたまらなかった。

「例の、元富士の屯所に調べの風向きを変えさせた男、万吉が目星をつけたそうだ」

「そんなこと、ようわかったな」

りょうが感心した声を出すと、久蔵はまんざらでもない顔つきになった。

「所長の部屋を探ってみろと言ったのさ。もしや日誌に面会録があるかもしれねえってな。なに、元々そういうことが得意な男だ。すると二日前、中西の事件が起きた後に司法省から来た男は一人しかいなかった」

「誰なん？」

「巡察の阿部十郎って野郎だが、こいつが連絡係と見てまず間違いねえ」

「阿部……薩摩やろか？」

「それが違うらしい。万吉が親しい警部に探りを入れたら、とんでもねえ話を拾ってな」久蔵は上唇を舐めた。「その男、新選組にいたとかいねえとかって噂があるんだと」

「なんやて⁉」

りょうの顔色が変わった。久蔵は、すっかり得意であった。

「そうよ、またぞろ新選組さ。もし本当なら、新選組を役人にできる奴が後ろにいるってことだ。中西が出仕するつもりだったてえ話も、あながち法螺《ほら》じゃなかったかもしれねえ」

りょうが聞き入る様子に満足げな笑みを浮かべた久蔵は「そこでだ」と膝を叩いた。

「日誌によれば、そいつは今日にもまた元富士に立ち寄る予定になっている」

「ほんま、耳寄りな話」

立ち上がったりょうは、土間に降りて下駄を履いた。

「どっか出かけるのか？」

「何言うてんの。それならその屯所へ急がんと、阿部って人に会えへんやん」

「ま、待て。そいつはお嬢さんがいたらってえ話だ」

「いつ帰ってくるやわからん人を待ってたら、千載一遇の機会を逃すことになるえ」

「相手は元新選組の噂がある男だ。万一怒らせたりしたら、俺たちには太刀打ちできねえ」

「心配あらへん」りょうは顎をあげ、下目に久蔵を見ながら、にまあと笑みを浮かべた。

その瞬間、久蔵は教えなくてもいいことをぺらぺら喋ってしまったことに気がついた。

「うちかて助っ人の心当たりくらいある」

「す、助っ人……？」

呆気にとられる久蔵に背中を見せて、りょうは勝手口から外へ出た。


「一つ、こちらからお訊ねしておきたい」

内海は、離れの座敷に請《しょう》じ入れた佐奈と鉄太郎の前に座ると、おもむろに口を開いた。

「最初に中西の名を出されたとき、実《まこと》に失礼ながら私は、佐奈殿があの男に騙されるか何かされたと勘違いしておりました。だが、ことはそれほど単純ではないらしい。ならば兵藤数馬についてお話しする前に、そちらの本当の狙いをぜひともお聞かせ願いたい」

「私は過ぐる慶応三年、京の近江屋にて殺された土州浪士、坂本龍馬の許嫁でした」

内海は、ぽかんと間抜けた顔で佐奈を見た。

彼女は構わず、数日前に屋敷に投げ込まれた差出人不明の手紙に、湯島の佐々木多門という男を訪ねれば、龍馬暗殺の真犯人がわかると書かれてあったのだと説明した。あとはりょうの辿った足取りを、佐奈自身に置き換えて話を続けた。

「なんと。そのような因縁が」膝に置かれた内海の手に力がこもった。「私は直《じか》に会うたことはないが、なかなかの人物だったとか」

「新選組に殺されたと聞いております」

龍馬の話になると、佐奈の声は険を含んだ。

「ただ、剣客ぞろいの新選組にしては、坂本さまの刺客に立ったのは誰か、それさえ判然としておりません。そこへ六年も経って届いた手紙に導かれてみれば、行く先々で証人の口を封じられた。察するにあの事件には、いまだに触れられては困るお人がいるのかもしれない。少なくともこの件に関わっているらしき人物が新選組であれ御陵衛士であれ、内海さまのお知り合いだったならば」

「待たれよ。誓って申し上げるが、近江屋の一件は当方まったく与《あずか》り知らぬこと」内海は慌てて否定した。「無論、衛士にも坂本さんを生害する謂《いわ》れなどなく、私もあれは新選組の仕業と聞いておる。なにより伊東先生はあの御仁を買っておられた。坂本さんが京に戻ったと聞き、秘かに近江屋へ出向かれたほどで」

「え？」

「何のために!?」

意外な話に、鉄太郎もつい聞き返した。

「新選組が血眼で捜し回っていると忠告に行ったのです。坂本さん遭難の報せが届いた後、先生本人からそう聞きました」

「古参の内海さまが、そんな話を事前に報されてなかったのですか」

「坂本さんの所在は隠密の事柄ゆえ、軽々な他言は控えられたのだと思う。隊内には中西に限らず、疑い出せばいくらも怪しい者がおりましたから。先生は藤堂という衛士一人を伴って面会し、念のため薩摩屋敷に移るよう勧めたが、にべもなく断られたそうで。襲われたのはその数刻後。あのときもっと強く勧めておけばと、先生は臍《ほぞ》を噬《か》んでおられた」

「坂本さまと伊東先生は、いつ頃から交流を」

「それは、あの日が初対面ではなかったかと」

「え？」

「先生は御陵衛士旗揚げの後、よく薩摩藩士の集まりに顔を出されていた。在京の家老に、先生の熱心な支持者がおりましてな。先生の方でもいずれ薩摩を、思う通りの勤王藩に仕立てる腹づもりだったのでしょう。現に衛士と薩摩は何か事が起これば協力しあう旨密約を交わし、このおかげで我らは油小路の後に命を拾えた。坂本さんの名はこの家老からも常々聞かされており、先生は一度、直接会って人物を確かめたいと申されていた」

「伊東先生は、坂本さまが近江屋にいることをどなたから」

内海は顎を引き、小さく首をひねった。

「それはわからぬが、信ずべき筋から耳に入ったので、間を置かず動かれたと存ずる。なにしろ坂本さんの神出鬼没は有名でしたから」

「そろそろ、兵藤数馬の話を」

鉄太郎に促され、内海は「おお」と呟き、背筋を伸ばして天井の一点を見た。

「あの年の八月初旬、月真院に置いた我らの屯所に、汗と埃にまみれた旅装束の若者が現われました。聞けば同志の服部武雄に会うため、播州赤穂から夜を日に継いでやって来たという。それが兵藤数馬との出会いで」

「……服部武雄？」

佐奈は、その名にどこかで聞き覚えがあった。鉄太郎が付け加えた。

「その男も同門だ、佐奈さん。玄武館の直弟子ではないが、江戸の門人の間ではかなりの腕と聞こえていた。そういえば確か、赤穂脱藩との触込みだったか」

「その通り。服部もまた深川以来の仲間で北辰一刀流免許皆伝。京にいた頃は、人を大根のように斬る域に達しておりましたな。国元を離れた事情は詳しく存ぜぬが、数馬は年の離れた弟で、服部脱藩の後にその罪累を避けるため、養子に出されておったとか」

内海は鉄太郎に軽く頷いて、続けた。

「幼い頃に生き別れた兄と再会を果たした数馬は服部にしがみつき、見ているこちらまで心動かされる光景でした。国元で服部が御陵衛士になった噂を伝え聞いた数馬は、兄会いたさと、国事奔走への思いを抑えきれず、ついに養家を飛び出してきたのです。事情を聞いた伊東先生は、とりあえず見習いとして月真院での起居を許されましたが、あのときの数馬の喜びようはなかった。ただ、ほどなく起きた先生の遭難で、数馬が正式に衛士に名を連ねることはなく、思えばやっとの思いで再会した兄も目の前で殺され、数馬の運命はすべてあのときから狂い始めたのかもしれぬ」

「まさか、油小路に⁉」鉄太郎が唸った。

「ええ。数馬は伊東先生を救うため、兄と共に向かいました」

「でも、兵藤数馬は死んだはずと申されましたね」続けて佐奈が訊ねる。

「こういうことです。新選組の襲撃を逃れた衛士は、ほとんど薩摩屋敷に匿《かくま》われた。その後、新政府軍として参戦した我らは鳥羽と伏見で幕軍を撃破。その余勢を駆って征討軍が再編され、私は北陸鎮撫の部隊に回されることとなりました。東山道先遣の赤報隊に組み入れられた数馬とは、これで顔を合わせる機会もなくなりましてな」

赤報隊の言葉に、鉄太郎が広い額の下でやや奥まった目を、ぎょろりと剝いて内海を見たが、彼はその視線をやり過ごした。

「ご存じかどうか、その赤報隊は味方のはずの政府軍に捕らえられ、隊長の相楽総三《さがらそうぞう》以下、主だった者が斬首される騒ぎがあった。当事者ならぬ私にはわけのわからない事件だが、ともかく数馬もその折に斬られたと聞いたのです」

「似た剣を使う者がいる、ということではないのですね」

「数馬は優しい顔立ちをしていたが、剣を持てば兄同様、天性の鋭さと激しさがあった。惜しむらくは服部という師を脱藩で失い、数馬は徐々に我流の剣を模索するようになっていったことです。先ほどの太刀筋を見てすぐに思い出しました。あんな剣を使う男は数馬のほかに見た覚えがない」

「数馬という方の消息に詳しそうな方はもういらっしゃいませんか」

「おりませんな。そもそも数馬が月真院にいた時期は短く、思い出すのに苦労するような者もおるほどで。そんな事情ですから墓碑建立のために集まった同志内でも、数馬の名を入れるかどうかで一悶着あり、私は見習いとはいえ共に戦った仲間には違いないと主張したのですが、結局外すことに相成りました」

首を振る内海に、佐奈は質問を変えた。

「内海さまに死んだと伝えたのはどなたです」

「それは」言いかけて内海は口ごもった。

「どんな些細なことでも構いません。何か手がかりがあるなら教えてください」

内海は硬い表情で佐奈を見た。

「その男はかつて同志であり友でもあったが、いまは絶縁しております。私が衛士の過去と訣《けつ》別《べつ》せんとしたのも、元はと言えばその男と墓碑建立の際に口争いしたゆえ」

「兵藤数馬は、必ずまた誰かを殺します」佐奈は断言した。

「内海さまはこの数馬に同情しておられるのでしょう？　では一刻も早く止めなければ。この人は自ら破滅への道を走っています」

「それも己で選んだ道なら、もはや是非なきことにはござるまいか」

「本人が好んで選んだとお思いですか？　内海さまは他人から強要されたり、またはその場の大勢に流されて、自分の本意と異なることをした覚えなど一度もないと⁉」

内海は腕を組み、目を閉じた。

「お話を聞けば、この人も生まれながらの殺人鬼とも思えません。ならば私は質《ただ》したい。いったい誰のためにこんなことをしてるのかと。熱に浮かされて動く人間は、問われて初めて己が行ないに気づくこともありましょう。ちょうど幕末の熱から冷め、己を問い直そうとされてるあなたさまのように！」

――この女、どこまでずけずけと人を見るか。

瞑目して佐奈の声を聞く内海は、湧いてきた苦い笑いを嚙み殺した。そこまで見透かされては仕方がない。

「司法省に、いまは確か屯所巡察の任に就いておる阿部十郎という男がおります。元新選組にして御陵衛士の経歴は私と同様。ただし、戊辰では薩摩藩砲兵として戦い、維新後は薩摩の後ろ盾を得て出世した。機を見るに敏で油断のならぬ男だが、私などより遥かに彼我の事情に通じている。私に数馬の死を伝えたのはこの男です」

一礼した佐奈は、横目で鉄太郎を見た。

鉄太郎も小さく頷くと、傍らの鞘を摑み、膝を立てた。

黒羅紗の外套に身を包んだ阿部十郎が、屯所の奥より現われて玄関に立つと、門衛に呼ばれた人力車が、冠木門《かぶきもん》の外から砂煙を立てて入ってきた。車夫は阿部の個人的な従者ではないが、市内の屯所を幾つか移動する際は、朝から人力を一日雇うこともある。ただし今日の出張は、この本郷元富士町を最後に一通り終えた。

「呉服橋門から司法省に」

梶棒を地に下ろして控える菅笠の車夫にそう指示して乗り込むと、阿部は革帯から刀の鞘を抜き、開いた両足の間に立てて杖代わりとした。人力は屯所の門をゆるゆると走り出て、やがて徐々に速度を上げていく。阿部は座席の真ん中に腰を落ち着け、右頬の上ではねあがる口髭の先を撫で揃えた。

いま、城内にあるすべての官庁は、にわかに不穏な気配でざわついている。

正式な発表はまだだが、一昨日、政争に敗れた参議西郷隆盛は政府に辞表を叩きつけ、それが今朝、正式に認められた。その報せは政府末端まで駆け巡り、それを受けて役人たちが一斉に暗鬼にとらわれ始めた。

何より政府関係者の不安をかき立てる存在となったのが、近衛兵の動向である。

近衛兵は昨年まで御親兵と呼ばれていた。

これは東京城と改称された、かつての江戸城警護を名目に組織された明治政府初の直属軍、言わば国軍の原型とも呼ぶべき組織だったが、当初は人員を各藩からの献兵に頼ったため、その実力には心許《こころもと》ないものがあった。

この事態を憂慮した西郷は、戊辰を戦い抜いた薩摩兵を率先してここに編入、訓練にも厳しさを以て鳴る薩摩式を取り入れるなど、制度と内容の両面から改革に着手した。その結果、御親兵はその名も近衛兵と改め、帝都を守る精鋭軍団として生まれ変わったのだ。勢い、近衛は西郷の影響力が極めて大きい軍となる。それでなくとも西郷は参議であると同時に陸軍大将、近衛都督も兼任しており、名実ともに軍最高司令官の立場にあった。

その西郷が突然すべての公職から身を引き、そのまま蛎殻町《かきがらちょう》の広大な自邸に籠もっている。これで近衛が動揺しないはずがない。

これは西郷の訣別宣言だ。多くの人間はそう感じただろう。事態がこうなってしまえばもはや、本人の真意など関係ない。西郷は自ら作り上げた政府を見限った。これが彼の行動から人々が受け取った彼の意志となる。

これにより明治政府は発足以来、最大の危機を迎えることとなった。

近衛に属する少なからぬ数の兵士、ほとんどは薩摩出身者だが、彼らは命令を無視し、持ち場を離れ、西郷の屋敷に続々と駆けつけている。いま、政府に関わる人々が息をひそめて見守っているのは、果たして西郷は起《た》つや否や。すなわち近衛兵は動くのかという、その一点だ。

賢明にも西郷は、門を閉ざして自邸から一歩も外へ出ず、押しかけた近衛兵の前には姿さえ見せていないという。だが、不安はぬぐえない。西郷が己の政治的意志を貫き通したいと願えば、彼はここ東京において唯一最大の武装集団を動かし、現政府を転覆させることさえ可能と見られていたからだ。

無論あの西郷が、そんな軽率な行動を取るはずはない。彼を知る者なら誰もがそう信じていただろう。それでも卓抜した実力を持つ人間に対する周囲の畏怖は、やがて本人の実力以上に膨れ上がる。いまの西郷はその存在自体が明治政府にとって極めて巨大、かつ深刻な脅威となっていた。

幕末から維新を軽業のように立ち回り、世間を泳ぎわたってきた阿部も、いまの潮目は読みかねている。一つ選択を間違えれば、ここまで築き上げてきたすべてを失うという、ひりひりとした緊張感が、阿部には懐かしいものとして蘇ってきた。

溜息をついて顔を上げると、道の両側一面が桑畑になっていた。

桑畑と言っても人手は入っておらず、桑の葉は荒れるに任されている。右も左も生い茂ってそのまま枯れた桑の木以外に、人家らしき建物は見えない。

「おい」車夫を呼んだ。「これは……道が違うのではないか」

車夫は答えず、走り続けている。

「止めろ。わしの問いに答えるのだ」

阿部は柄《つか》を握る手に力を込めて左右に揺れる体を固定し、菅笠の下を見定めた。元富士まで彼を運んできた男とは、まったくの別人であることに、そこで気づいた。

「貴様、何奴か⁉」

右手を返し、刀の柄を握り直した。抜く寸前、車体が大きくかしいで、阿部は思わず頭のてっぺんを幌《ほろ》の根もとに打ちつけた。

人力車は荒れた桑畑に突っ込み、枯木の列を幾筋か踏み越えていた。体勢を立て直した阿部が、抜いた刀を車夫の背中に突きつけた時、人力車は道から数十間離れた畑の真ん中に、ぽつ

ん と場違いな姿を曝《さら》して停止した。

「何のつもりだ。わしが雇った車夫はどうした？」

車夫は梶棒を持ったまま、顔を左に向けた。

「へえ。屯所前の溜り場で、急に腹具合が悪くなったとか申しまして、足の空いてたあっしが替わってやることに」

「そんな話を信用できると思うか」

「ならば、こういう話はいかがかな」梶棒を降ろした橋本慎八郎は、阿部に体を向けた。

「貴殿にぜひとも伺いたき儀があるという女性《にょしょう》がおりましてな。それがし微力ながら、その者に助力つかまつらんと決めた次第」

「女性だと？」

「うちのことどす」

聞こえた声に、阿部は座席から身を乗り出した。あらかじめここで待ち合わせていたのか。

車夫の五、六歩左に、細身の女が立っていた。思わずざわついた心を抑え、阿部は役人らしい横柄さで胸を反らせた。

「わしを誰かと知った上での狼藉なら、女だてらによい度胸と誉《ほ》めておこう」

「司法省の阿部十郎はんどすやろ。それとも、元御陵衛士の阿部さまとお呼びしたらええんやろか。あるいは新選……」

「女、名乗れ」

「うちの夫が生きてた頃は、坂本りょうと名乗っとりました」

「坂本」

「六年前、京であんたの仲間に殺されたのはうちの夫や。坂本龍馬ゆうたら、嫌でも聞き覚えがあるやろ」

「知らん名だな」

「中西はんは、あんたの名前を教えてくれはりましたえ」

「中西だと？」

「白《しら》を切っても無駄や。新選組でも御陵衛士でも一緒でしたやろ？　それに面白い話も聞きましたで。中西はんとあんた、それに海援隊にいた佐々木多門はんは、みんな薩摩から小遣銭をもろてたんやてなあ」

「藪《やぶ》から棒に、いったい何の話だ」

首を振りながら阿部は刀を鞘に戻し、人力車の座席から地面に降りた。

「一度だけは女の酔狂と大目に見てやる。二度とわしの前に現われるな」

そう言うと、りょうに背を向けた。

「うちはあんたらが誰のために働いて、誰を裏切ってたかなんて話には興味あらしまへん」

りょうは阿部の背中を睨みつけながら、右手を懐に差し入れた。

「ただ、うちが是が非でも知りたい思てることを、あんたは知ってる。それを教えてくれるだけでええ」

阿部が溜息混じりに振り向くと、自分に向けられた銃口が目に入った。

「わしが知っていることだと？」

「うちの人を殺せと言うたんは誰か。中西はんはあんたなら知ってるはずやて。実際、もうあんたしか生き残ってへんしな」

「話さんとわしを殺すというのなら、いささか無理のある話ではないか」

薄笑いを浮かべた阿部に、りょうは左手を右手に添え、がちりと撃鉄を起こした。

「うちはもう、誰でもええねん」

「なに？」

「あんたが教えてくれるならよし、教えられへんいうなら、それはそれでもかまへん。あんたが殊勝に誰かの身代わりを務めたい言うんなら、お望み通りあんたを殺して、ちっとは腹いせにさせてもらうわ」

「腹いせだと？　……おまえはいま坂本の仇を探ると言ったばかりでは⁉」

りょうの真意を計りかねた阿部は、薄笑いを顔に張り付けたまま固まった。

「もお、うちは……なんもかもめんどくさいねん」引金に掛けた指がわずかに動き、りょうは続けて声を張り上げた。

「あんじょう死にやあっ！」

「まま、待てっ！」

阿部も劣らぬ大声で、応えた。

16

大正寺を出た佐奈と鉄太郎は、神田に抜ける本郷の坂を下っていた。

坂の左を延々と遮る白壁の内側は、かつて百万石と謳われた大藩の屋敷があった場所だ。維新後、この土地を接収した政府は広大な敷地を二つに分け、半分を欧米から招請した御雇外国人の居留地とし、残り半分には増え続ける囚人や浮浪者の収容施設を置いた。

どちらも政府にとっては、一般人と距離を置くべき存在という意識があったかどうか、いずれにせよ維新後、多くの武家屋敷が凄まじい速度で取り壊されていくなか、この敷地全体を囲む堅牢な土塀は、いまのところ温存されている。

警杖を持った邏卒《らそつ》が、長屋門の大扉の両側に胸を張って立っていた。その前を通り過ぎると坂は緩い曲がり角となり、塀に沿って曲がりきれば、眼下にこの坂と交差する小路が見えてくる。佐奈は、鉄太郎を振り向いた。

「これは私の当て推量ですが」

「あんたの当て推量はよく当たると、昔から評判だった」

「中西昇は薩摩の手先だったのでは」

「京で中西が連絡を取っていた相手は薩摩の男だったと?」

「直《じか》に薩摩の人だったかはわかりません。あるいは薩摩の指示を受けて、つなぎの役をとっていた他家の者かもしれないけれど」

「中西は生前、新選組出身をほのめかしたんだろ? 新選組と薩摩は仇敵だぜ」

「内海さんの話を聞くと、中西と伊東さんの間にはやはり、わだかまりがあったように思えるんです。深川の道場を伊東さんに奪われ、御陵衛士は伊東さんが作った。中西が新選組の過去にこだわったのは、新選組は伊東さんのものではなかったからじゃないかって」

佐奈は下帯をさらし、己の血の海の中で倒れていたあの男の姿が、脳裏に蘇っていた。室内で斬殺されるとは、誰もあのような姿になるということなのか。

中西は晴れ間でもぬかるむあの界隈をうろつきながら、理不尽な思いにとらわれていたに違いない。御陵衛士の生存者は勤王派として戦った功績により、次々と出世を遂げている。なのに同じ動乱の世を生き抜いた自分は、湿気《しけ》った長屋の片隅で息を潜めるように生きている。

すべては伊東甲子太郎のせいだ。

あの男とさえ会わなければ、自分にはもっと違った人生があったはず。仮に顕官《けんかん》は望めずとも、たとえば下町の小道場主として妻子に恵まれ、平凡だが満ち足りた暮らしを送っていたかもしれない。あの男がすべてを奪い、滅茶苦茶にした。中西の心の底には、そんな怨念が渦巻いていたのではないか。

もちろんこれは推理ですらない。佐奈の想像力が産み出した、ただの印象に過ぎないが、彼女は中西が住んでいた紺屋町の長屋に、あの男の屈折した心根が表われていたように思えてならなかった。

「わからんな」鉄太郎は首を振った。

「そんなわだかまりがあって、なぜ中西が伊東に弟子入りし、京へ後を追い、伊東が斬殺される直前まで行動を共にするんだ。憎んでいた相手なら、どうしてそんなことを」

「中西という人の不幸はもしかしたら」佐奈は、ついさっき思いついた考えを口にした。「伊東という人物にどう逆立ちしても勝てないとわかってしまう程度には、ものが見えたことではないかと。この人は伊東さんを憎む一方、心酔もしていた気がするんです」

案の定、佐奈の解釈は鉄太郎には通じなかった。彼は酢でも飲んだような顔をすると、呟きながら再び坂を下り始めた。

「わからん。他人なんてものは好きか嫌いか、あとは知らねえ奴の三種もいればたくさんだ」

鉄太郎は腕組みをほどき、佐奈に続きを促す。「で、中西が薩摩の密偵という根拠は？」

「御陵衛士を気にかける組織は、新選組でなければ薩摩のほかにないからです。というのも内海さんの話から、御陵衛士旗揚げの陰に、薩摩の援助があったのではないかと」

「それはわかる。伊東という人物をよくは知らんが、その言動から察するに、どこか己の才を恃《たの》み過ぎるきらいはあったようだ。そもそも伊東の新選組加入も、いずれ隊を乗っ取り、禁裏の用にかなう組織にする腹づもりだったと話す者もいる。だから薩摩が近づいてきたのを幸い、これを手玉に取るつもりで逆に薩摩の思惑に乗せられたという筋はあり得るな」

「御陵衛士を薩摩の道具にするためには、隊内の様子や伊東さんの動静を細かく監視する必要があります。しかもそういう人間は多いに越したことはない。内海さんの口ぶりでは中西だけでなく、阿部という人も薩摩に関わりあるように取れましたが」

「西郷なら複数の間者を同じ場所に置くくらい、お手の物だったろう。たとえばあの頃、薩摩は潤沢な資金を使い、表向き薩摩とは何の関わりもない徒党を江戸に幾つも組ませていた」

「どうしてそんな」

「自らの手を汚さずに荒い仕事をさせるためだ。ずいぶん付け火や打ち壊しをやられたし、ついには挑発に乗せられて、開戦のきっかけまで与えちまった。つくづく西郷とは恐ろしい男だと思ったさ」鉄太郎は、思い出して苦笑した。「うん。俺が会いに行った頃の西郷は、目的のためならどんな手段でも、正しいと言い切れる男だった」

その言葉を反芻するように、佐奈は地面を睨みながら歩いている。

「ただ薩摩の手先は、たいてい無頼《ぶらい》の親玉のような手合いだった。ちんぴらほど勤王を気取りたがったし、用が済めば、そんな連中が死のうが捕まろうが、薩摩には痛くも痒《かゆ》くもない。しかし勤王家伊東甲子太郎の名はそれほど小さくないぞ。仮にも禁裏御陵衛士を名乗る集団を、最初から使い捨てるつもりで肩入れなどできるものだろうか」

「同じですよ」前を向いたまま佐奈は、ぽつりと答えた。

「山岡さまの人物評が確かなら、西郷という人には無頼の親玉も伊東さんも、同じ手駒という感覚しかなかったのかもしれません。現に御陵衛士は壊滅したではないですか」

「壊滅と言っても、あれは新選組が……」

鉄太郎は立ち止まった。佐奈に顔を向ける。

「佐奈さん、まさかあんたは、新選組の衛士襲撃は薩摩が裏で糸を引いたと？」

「当て推量だと言ったはずです」

「もし本当にそんなことができたなら、つまり薩摩が新選組を使って御陵衛士を潰したというなら、御陵衛士、いや、伊東甲子太郎は薩摩にとって、決して表沙汰にはできない何かを知っていたか、薩摩に代わってその何かをしてやったことになる。それは何だ」

「わかりません」

ゆるく首を振る佐奈の耳に、声が聞こえた。最初は空耳だと思った。二度目は、はっきり自分の名を呼んでいるとわかった。

「知り合いか」

足を止めた鉄太郎が前を見たまま聞く。一町ばかり先に見える小路から、よたよたと坂を上ってくる久蔵の姿を認め、佐奈は目を疑った。こころなし左の足を引きずっている。年甲斐もなく、また走り回ったらしい。

「お嬢さんっ！」

「久蔵さん？」

久蔵は走っているのか転びかけているのかわからぬ動きで佐奈の前に駆け寄ると、そこで両手両膝を同時に地面につき、肩で大きく息をし始めた。

「久蔵さん？　どうしてこんなところに⁉」

しゃがんでその肩に手を掛ける。久蔵は顔だけあげて、佐奈を見た。

「すまねえ。あの女を止めようと後を追ったんだが。いかんせん、向こうの足が速くて」

「あのね、順序立てて話してちょうだい」

「司法省から中西殺しの調べに待ったをかけにきた男がわかったんでさ。阿部十郎って野郎ですが、そいつは今日、この元富士の屯所に来ることになってたんです」

「阿部十郎だと⁉」

鉄太郎の太い声に久蔵は全身を硬直させた。

「いや、これは驚かせてすまん。だが阿部十郎が来るのか？」

本郷元富士の屯所は、この坂下を左に折れれば目と鼻の先。さらに真っ直ぐ行けば不忍池だ。

「俺たちも、その男に会いたいんだ」

戸惑う久蔵に佐奈は鉄太郎の名を明かす。山岡鉄舟といえば旧幕びいきの町人には生きた英雄。へえと恐れ入りかけた久蔵を、佐奈は急かして説明を急がせた。

「あの女、いつの間に手なずけやがったか、例の橋本ってえ車引きを仲間に、屯所前から阿部をかっさらっていったんでさ。途中まで追ったんだが見失っちまい、詮なくここまで戻ったところで、ばったりお嬢さんに」

「さらっていった……ですって？」

佐奈は言葉を失った。仮にも相手は司法省の役人である。それを白昼堂々誘拐するなど、無茶を通り越して、ただの馬鹿ではないか⁉　一歩間違えば反政府勢力の一味とみなされ、殺されても文句は言えない。

鉄太郎は腕を組み、小首を傾げて呟いた。

「なんと豪気な姐《ねえ》さんだ」

「感心してる場合じゃありません！」

鉄太郎に目角を立てた佐奈は、久蔵に顔を戻した。

「おりょうさんはどっちに向かったの？　見失ったのはどこ？」

「ついてきておくんなさい！」

久蔵は右膝を手のひらでぱしっと叩き、勢いをつけて立ち上がった。


「聞きたいことには答えてやったぞ。これで文句はなかろう」

人力車の車輪の横に立ち、阿部の声はどこか開き直った気配が感じられた。

阿部に銃口を向けるりょうは、見た目の優位さとは裏腹に気圧《けお》されていた。阿部自身にではなく、彼が語った言葉の内容にである。

「そうとも。これが掛け値のない話だ。いまさら知ってどうなるというものでもないがな」

阿部はりょうを見つめたまま、半歩、後ずさった。

「用は済んだはずだ。帰らせてもらう」

りょうは落ちかけていた手首をくいと上げ、もう一度、阿部に銃の狙いをつけ直した。

「うちと一緒に来ておくれやす。その話をもっぺん、してもらわんと」

「断る」

「これでもかえ？」

りょうが右手をさらに伸ばす。阿部は、両手を勢いよく開いた。

「撃ってみろ！」

口髭が目尻に向かってせり上がる。

「何度も同じ手にのるか⁉　おまえにわしは撃てん。撃つつもりもない。おまえが殺したいのはいまわしが話した男。そうだろ？　得心いかぬなら直に聞いてみるがいい。無論、そんな機会がおまえに得られればの話だが」

「そやから、あんたは生き証人として……」

「断ると言ったはずだ！」

阿部は両手を伸ばしたまま右足を引き、りょうに対し半身となった。彼の体に遮られていた背後の光景が目に入った。

いつからそこにいたのか。後方三、四間、畝《うね》に沿って並ぶ桑木の前に、胸板細く血色も悪い男が一人、忽然と立っている。

襟のほつれた鼠色の着物に乾いた泥で白く汚れた半袴、肩まである髪は男の横顔を隠していたが、左手に黒塗りの鞘を摑み、幽鬼のように佇むその姿に、りょうは見覚えがあった。

「あの男……！」

兵藤数馬はりょうたちに向き直った。鞘を帯に通しながら、ゆっくりと近づいてくる。

りょうの左横にいた慎八郎が反応した。彼は人力車の前でしゃがみ、蹴込みの裏にごそごそ手を入れたかと思うと、どう留めていたのか、隠していた刀を取り出した。佐奈の道場に来たときに腰に差していたものだ。鞘を摑んだ左手を真っ直ぐ前に伸ばし、りょうの前に立った慎八郎は、数馬に視線を定めたまま言った。

「おりょうさん、逃げろ」

「橋本はん？」

慎八郎は急かすようにりょうを振り向く。

「そやけど、橋本はんは？」

数馬は阿部のすぐ背後まで迫っていた。

彼が一歩近づくたび、慎八郎はあたりの空気が息苦しくなるほど重くなっていく感覚に襲われていた。これは殺気などというものではない。何かもっと、禍々《まがまが》しいものだ。

「心配無用。適当にいなしたら折を見て逃げる。だがあんたを背にしては、いささか不利だ。仮に逃げようとしても思うように動けん」

「ほんまか？」拳銃を懐にしまったりょうは念を押した。「ほんまに逃げるつもりやな？」

「まあ、二、三合は手を合わせてから考えるが」慎八郎は余裕の笑みを見せた。「あんたには、これからその銃でやらねばならんことがあるのだろ？　無駄弾を使う余裕はないはずだ。ぐずぐずしていてはならん」

「ほなら先に行くけど、気ぃつけてや。桶町で待ってるさかいな！」

りょうは慎八郎に背を向けて、枯木の間に飛び込んだ。

数馬が阿部とすれ違うと、阿部はその耳元に囁いた。

「男は話を聞いた。殺せ」

数馬は歩きながら刀を鞘から抜き放ち、逆手に持ち替えるや、左脇を通して背後に刀を突き立てた。

「ぐっ⁉」

立ち去ろうとしていた阿部は、右の太腿裏を数馬の刀に貫かれ、どっと突っ伏した。すぐさま体を反転させて、叫ぶ。

「か、数馬⁉　何の真似だっ！」

「おまえの言う通りここが最後の切所《せっしょ》なら、もうおまえの役割も終わった」

低くて小さいが、しかしはっきりと聞き取れる声で、数馬は答えた。

「役割だと？　わしの役割だとっ⁉」

阿部はうろたえた。この男は自分の指示で動いているはずだ。あの女の行跡を洩らさずつけて回り、あの女が近づいた証人の口を封じるよう命じたのは、この自分なのだから。

「おまえの指図までは見届けさせてやる。あの男を片付けるところを、しかと確かめろ」

「貴様、誰に向かってそんな口を」

興奮した阿部の言葉は途中で切れた。数馬の剣の切っ先が一寸ばかり、開いた阿部の口中に突き入れられていた。

「俺としてはいま、このまま突いても別に構いはせんのだがな」

数馬は吐き捨てた。

「所詮おまえも、薩摩の犬ではないか」

阿部は顎が外れるほど口を開けたまま、どっと脂汗をかいた。その口中にかすり傷一つつけず、数馬は刀を抜くと一歩、踏み出した。

背後にりょうの気配が完全に消えると、慎八郎は右手で刀を抜き放ち、その鞘は足下に捨てた。正眼に構えて数馬と相対する。

構えた刹那、呑まれた。剣を合わすまでもない。力の差は歴然としていた。

――なるほど。死ぬか。

自分の命について、瞬時にそんな判断をできてしまうところが、どうしようもなく武士である。

りょうを、この男が追っても間に合わないほど遠くへ逃がす。自分に必要なのはそのための時間だな。……ならば、どう死ぬ。

数馬は阿部を過ぎて、二歩目を踏むと同時に八双に構え、三歩目。

飛び出してきた。

慎八郎は思わず後退《あとじさ》った。引くのを許さず、数馬の剣先が。

ぎんっ。

振り下ろされた数馬の刀、すんでで左に体をかわした慎八郎が、半回転してその鎬《しのぎ》を打ち押さえる。

と、慎八郎は全身で数馬の体を跳ね飛ばし、離れた隙に畝の間を走り始めた。数馬も跡を追う。

――何だ、いまのは!?

走りながら慎八郎は考えていた。数馬の刀を叩いた時だ。

最初の手応えは確かにあった。鋼の削れる音もした。が、直後。敵の剣を押さえた慎八郎の手に伝わる一切の抵抗が、ふっとかき消えたのだ。それはまるで、沼に刀を沈めるような感触だった。

戸惑いながらもこの体勢の不利を咄嗟に判断し、相手をはねのけた。さて、どうしたものか。答えに至らぬうちに、追いつかれた。このままでは背後から斬られる。慎八郎は足を止め、再び向き合って正眼に構えた。

「何者だ」

無駄とは思いつつ、訊ねてみる。数馬は慎八郎の正面から向き合うと、刀を下段に構えた。地面に触れるか触れないかの剣先を、ゆっくりと体の右背後にずらしていく。

「服部……」男の口から息が洩れた。「数馬」

その名乗りで生まれた吸気に、慎八郎は気合いを発して踏み込んだ。正眼の位置から、ほぼ直線に近い形で胸元に。相手は下段。受けが間に合わなければ、勝てる。

が、数馬は慎八郎の刀が届く寸前に体を屈め、刀を返して慎八郎の剣を受けた。すると。

押さえ込もうとした慎八郎の腕に伝わる力が、またしても消えた。

当惑する慎八郎は己の剣を左右に振り、突いては引いた。が、数馬の剣は呼吸を合わせて、ぴたりと慎八郎の剣に絡みついている。まるで振り払おうとしても払えぬ一匹の白蛇が、まとわりついたようだ。

焦りを面に出さぬよう注意を払いながら、慎八郎は顔を上げた。正面の数馬と目が合う。

数馬は土気色の顔に満足げな笑みを浮かべ、慎八郎にだけ聞こえる声で囁いた。

「くちなわと、覚えて死ね」

突然、その白蛇は頭をもたげ、ぬめぬめと左右に体を揺らしながら剣の上を走り、慎八郎の手元にするりと近づいてきた。

「む」

体の中心に、ちくりと痛みを感じた。顔を落とすと数馬の刀の切っ先が、慎八郎の鳩尾《みぞおち》に深く埋もれているのが見えた。

数馬が腕をえぐるように回して刀を抜くと、慎八郎は自分の体の中心から、じわあと生温かいものが周囲に流れ出ていく感触を覚えた。

流れ出ていくのはどうやら血だけではない。まるで破れた紙風船にでもなったようだ。両手両足から、みるみる力が抜けていく。

「……うふぅ」

ついに立っていられなくなった慎八郎が、溜息にも似た息を吐いて膝をついた。

そのとき数間先に、女の声が響いた。

「橋本さんっ⁉」

17

時間は少し遡る。

佐奈と鉄太郎が久蔵の先導で向かったのは、幕臣の武家屋敷が並ぶ小石川であった。とはいえ、このあたりの住人の多くは徳川家を追って静岡に移住するか、累代の知行地に入って帰農するかしたため、主を失った邸宅には、取り壊されて畑になったものも目立つ。久蔵が人力車を見失ったのは、そんな屋敷町を縦横に走る小さな坂の一つだ。佐奈は、あのあたりと久蔵が指差す方角に足を早めた。道幅はそれほど広くないが、山の手になった坂の頂を越えると、視界は空中に開けた。

西の彼方、空の下半分を霞ませた狭霧《さぎり》の中に、富士の輪郭が鈍色《にびいろ》に浮かんでいる。足下から下り坂となる道の左右は、やはり畑地になっていた。もともと人の気配は薄い町だが、いまも日中というのに静まりかえっている。

佐奈が踵《きびす》を返そうとした寸前。七、八間先で、道の右側に密生した桑の枯木が、がさがさと音をたてて揺れるのが見えた。そして微かに、何やら呻くような声。

「山岡さまっ!」

ただならぬ気配に、鉄太郎を呼びながら駆け下りる。その前方に枯木の中からぬうっと、男の手が道に突き出された。続いて芋虫のように体を屈伸させ、道の上へ這いずりだそうとする、太い口髭を蓄えた洋装の男の上半身。

「た、助けてくれ……誰か」

人の気配に阿部は声を絞り出した。駆け寄った佐奈は、全身小枝まみれになった阿部の腕を力任せに引っ張り、路上に仰向けとさせた。外套の前釦《ボタン》を外し、上着の胸を開きながら聞く。

「襲った相手は、まだ近くに?」

「連れて、行ってくれ、早く、あいつが追ってくる」

「誰が追ってくるって? どこへ行けと⁉」

出血場所が足だけだと確認した佐奈は、阿部の腰のベルトを抜き取り、血浸しになったズボンを脱がせ、下帯も露わな右腿の付け根を、ベルトで締め付けた。

「し、司法省」

佐奈は手を止めた。そこへ鉄太郎が追いついたので立ち上がった。

「佐奈さん、どうした?」

「この人が阿部十郎です」

「なに!」

鉄太郎が阿部と佐奈を交互に見返すが、佐奈は「あとを頼みます」と言い残し、桑畑に飛び込んだ。

阿部は一目でわかる刀疵《かたなきず》。とすれば、りょうの仕業ではない。その点には安堵したが、刺したのは誰か⁉　それにりょうの姿が見えないのはなぜ？

膨らむ不安を抑えつけると、桑木の間をすり抜けすり抜け、何列目かの畝を越えた瞬間、目の前に痩せた男の背中が見えた。

その肩越しに橋本慎八郎の姿。彼は朱に染まった左手で半纏《はんてん》の下の腹巻をつかみ、両膝をがくっと地面に落としたところだった。

「橋本さんっ⁉」

男は背中越しに佐奈を振り向いた。

落ちくぼんだ眼窩《がんか》から異様なほど強い光が放たれ、佐奈の肌をざわっと擦り上げる。

これほど力のある目を持つ者はよほどの達人か、でなければ狂人だ。

「兵藤……数馬さま、ですね」

男の顔には何の変化も現われない。佐奈はそれで、相手が数馬だと確信した。

「内海次郎さまにお会いしました。あなたがご無事と聞いて大変驚き、心配されていましたよ。あなたに会ったらぜひ、自分の所へ来るよう伝えてほしいと。あの方なら……」

佐奈の言葉が終わらぬうちに、数馬は右手だけで刀を突いてきた。

佐奈は反射的に左足を引いたが、まだ数馬の間合いに入った覚えはない。ただの牽制だったのか、数馬は刀を引くと同時に佐奈に背を向け、畝の間を走り出した。

「兵藤さま、待って」

数馬は振り向きもせず、畦道《あぜみち》から畑の外へ、そして一気に坂下へと駆け去っていく。

その気になれば数馬は、無腰の佐奈に斬りかかってもこれたろう。彼がそうしなかった理由はすぐわかった。抜き身の峰を肩に押し当て、めしめしと桑の枝を折りながらすぐ後方に、鉄太郎が迫っていたのだ。

「佐奈さん、怪我はないか」

「私は大丈夫。阿部十郎は？」

「久蔵が人力車を探しに行った。あの傷なら車に乗せて、何とか医者まで運べるだろう」鉄太郎は数馬の逃げた方角に顔を向け、刀を鞘に戻した。「もしや、いまの男が」

「ええ、兵藤数馬です。山岡さまのおかげで助かりました」

鉄太郎は、慎八郎の傍らに膝をつく佐奈を見下ろした。

「その男は？」

「元幕臣の方です」

「なに⁉」鉄太郎の顔色が変わった。「ではこの男も医者に」

「いえ、この方は、恐らく」

佐奈は沈んだ表情で首を振った。

「小町、どのか」佐奈に気づいた慎八郎がうっすらと目を開けた。「お、りょう、さんは」

「無事に逃げおおせたようです」

「そう、か」慎八郎は半眼のまま、大きく息を吐き出した。「戊辰で死に後れた命、このまま車夫で全うするかと思うたが」

慎八郎は、目尻に皺を寄せた。

「口惜《くちお》しや。あいにくそれがしも、まだ武士であったわ」

「見事なお働きでございました」

声が震えぬよう気を配りながら、佐奈は応えた。慎八郎はふと切羽詰まった顔になり、佐奈の袖を掴んだ。

「中西は、桐野に飼われていたそうだ」

「え?」

「阿部という男が、そう答えた」

「桐野とは、桐野利秋のことか!?」

鉄太郎も横から意外そうな声をあげた。

桐野利秋。維新前は中村半次郎と名乗っていたが、京では人斬り半次郎の呼び名でも通る。その異名が示す通り、薩摩では筋金入りの武闘派として知られていた。

自他共に認める西郷の腹心、文字通りの懐刀として西郷の行くところ、影のように付き従う桐野の姿が常にあった。現にいまも、彼は西郷と共に官職を辞し、自邸に籠もる西郷の近くにいるはずだ。

「どうして、そんな話を」

「おりょうさんが、ご亭主殺しは誰の指示かと、阿部を問い詰めた」

「え？」

りょうは阿部の名を、今日初めて聞いたはずだ。いくら新選組にいた噂があるからといって、それだけで龍馬の事件と結びつけるのは飛躍が過ぎる。なのに何の根拠で……。

「な、中西という男が、阿部なら知っていると言ったそうな」

――あのあばずれっ！

危うく叫びそうになった。何とか堪《こら》えたが、体内の血はふつふつと沸き立ってくる。

一連の事件に関し、りょうはもう何も隠し事をしていないと誓った。紺屋町では中西もりょうには何も語らなかったという言葉を、佐奈は信じた。だがそれは嘘だったのだ。

「も、もう一つ」

慎八郎はさらに首をもたげようとして、濁った咳をした。唇の端から血の泡が飛び、しばらくぜえぜえと苦しそうに肩で息をした。

「もういい、橋本さん。もうわかったから、楽にして」

「なんの、このことは、是非にも……」

慎八郎の出血は、相当量に達していた。その血の黒さは傷つけられた内臓の深さを示し、血を止める手段がない以上、佐奈はもう手の施しようがないことも悟っていた。

それでも慎八郎は最後の力で、彼が数馬と戦う直前に見た光景、すなわち数馬を操っていたのは阿部で、しかしその阿部が数馬に突かれた顚末《てんまつ》を、佐奈に語って聞かせた。

佐奈は次第に小さく、途切れがちになる慎八郎のかすれた声を聞くため、耳を彼の口元に近づけた。

「くちなわ」

それが聞き取れる最後の言葉だった。が、佐奈には意味がわからなかった。

「山岡さま」

立ち上がった佐奈は、足下に目を落とした。横たわる慎八郎の瞼《まぶた》は閉じられ、二度と開く気配はなかったが、その表情は穏やかで、どことなく満足げにも見えた。

「戻りましょう。阿部十郎に、どうしても聞かねばならぬことができました」

佐奈は鉄太郎の返事を待たず、歩き出した。


久蔵が一足先に桶町に戻ったのは、午後四時を少しまわった頃である。

佐奈たちとは小石川で別れた。久蔵が見つけてきた二台の人力車に分乗して、彼らは神田の方へ下っていったのだ。

慎八郎の遺骸の始末は久蔵が請け合った。ちょうど伝通院《でんづういん》裏に、昔、久蔵が本堂の修理で通った寺があることを思い出したからだ。

そこの住職には手下時代の顔を利用して、久蔵の頼みを嫌とは言えない貸しを一つ作ってやったことがある。案の定、久蔵の要所をぼかした説明を聞いても、住職は何も問い返さずに、さっそく寺男と戸板を出してくれた。仏は旧幕臣と明かしたのも効いたろう。このあたりの寺は、概ねまだ幕府贔屓《びいき》である。

慎八郎は妻帯していなかったと聞くが、いずれ落ち着いたら係累を探し出し、位牌がこの寺にあることを教えてやろう。そう考えながら桶町に戻る久蔵は、佐奈からもう一つ、もし先にりょうが帰ってきたら、必ず屋敷に引き留めておくようにとも頼まれていた。

要するに逃がすなってことだな。久蔵はそう理解した。

一石橋を渡って堀端を歩く久蔵の目に、道場の板塀が見えてきた。りょうが戻ってるかどうかは、まだわからない。堀に面した大門には門を掛けてきたが、脇の小門は押せば開く。いずれにせよ中に入ればわかることだ。道場が近づくにつれ、気が急いてくる。

その足がぴたりと止まった。

小門の前から、絣に袴姿の男が現われた。久蔵は咄嗟に背中を向け、堀沿いの柳に近づくと、その陰に寄った。

十分距離はある。気づかれてはいない。木陰からもう一度、道場を見やる。

年は三十前後。一見書生風だが、あの歩き方、目配りに、久蔵の体は反応してしまった。

――密偵だ。

そう看破した目には自信がある。が、なぜそんな男が白昼、千葉道場の周りをうろついているのか。そもそもいったいどこの誰が、この道場を探れなどと命じたのだろう。久蔵は頭に血が上ってきた。

自分がそんな仕事をしていた過去は、思い出したくもない。

仕事がら、自分を信用してくれた人間を手ひどく騙し、裏切るような真似もした。だいたい密偵を続けて長生きした奴など一人もいない。退《ひ》き時をしくじった密偵は、たいてい無惨な最期を遂げている。

もちろん格兵衛が想像するような、いなせな話などあるわけない。だからその頃の話をせがまれるたび、彼の頭を殴りつけたくなる衝動に襲われたし、何度かは実際にそうした。

それでも久蔵はあの仕事が、江戸の治安を守るためだったと、それを固く信じることであの頃の自分を、かろうじて許していた。つまり密偵の敵は、世間の敵のはずなのだ。

いま眼前に千葉道場を窺う男の姿を認めて、久蔵はその理屈さえ、己を納得させる方便だったことを悟った。

千葉道場にいったい、何の疑いを持たれる理由があるのか。あの密偵は相手が世間の敵であるかどうかを問わず、ただ力ある者の意を受けて動く道具に過ぎないではないか。

——こうなりゃ、野郎をふん捕まえて。

久蔵は腕をまくり、柳の下から踏み出した。

あの男に不意打ちを食らわし、屋敷に引きずり込んでから、誰の言いつけで道場を探っていたか聞き出してやる。

二歩目を踏み出そうとした久蔵は、ほぼ同時に道場手前の路地からひょいと飛び出た女の姿に思わず「あっ」と小さな声をあげ、再び飛び退くように身を引いた。

りょうは道場の門の前で立ち止まり、堀の方を振り向いた。堀端から道を渡って絣の男が近づいていく。どうやら男が呼び止めたらしいが、もちろん二人の会話は聞こえない。

会話と言っても二言三言だろう。男は手にした切紙を押しつけるようにりょうに握らせ、彼女が出てきた路地へ入れ違いに姿を消した。りょうはその紙に目を落とし、当惑した表情を浮かべていたが、やがて左右を確かめ、それを懐にしまって門内に入った。

「疫病神め。ついに馬脚を露わしやがったな」

久蔵は苦虫を二、三四、まとめて嚙みつぶした気分になった。

18

佐奈は二台目の人力車に乗り込み、阿部と鉄太郎を乗せた人力車の後を走っていた。車が停まったのは、神田猿楽町の表通りに、長生堂と看板を出した店の前である。

店の脇から人目につきにくい路地に入って車を止めさせた鉄太郎は、車外に降りると阿部を座席に固定していた縛《いまし》めを解き始めた。佐奈は一足先に店に入ることにした。

そもそも彼女は鉄太郎から、阿部を海舟の知り合いの医者に診せると教えられ、てっきり病院に行くのだと思っていた。

が、よく考えれば怪我人は司法省の役人。それも救護というより、これは立派な拉致である。官立施設である病院に、阿部のような人間をおいそれと連れて行けるわけがない。

とはいえ、ここはどう見ても大店の薬種商だ。佐奈は軒先に出された、何やら軟膏《なんこう》の名前を書いたらしい円形の木製看板を眺めながら、広い入口の暖簾《のれん》をくぐった。

店の敷居をまたいで土間に入ると、一段高くなった板間の帳場格子に囲まれて、縞の着物を着た中年男が、背中を丸めて熱心に膝の帳簿を繰っていた。

小柄だが顔も体もころりと丸く、月代《さかやき》を剃った頭に髷を結っている。佐奈に気づいた男は警戒心をにじませた顔を上げたが、続いて店内に入ってきた鉄太郎を認めて、ほっとした様子であった。

「これは山岡さま。お久しゅうございます」

「すまんが、また離れを使わしてもらいたい」

番頭の顔にさっと緊張の色が走った。が、次には慣れた動きで膝を揃え、立ち上がる。

「かしこまりました。いまご用意を」

路地に進入させた人力車から、番頭と手代が二人がかりで阿部を抱え下ろした。阿部は猿轡《さるぐつわ》を噛まされた苦しさと傷の痛みで半ば失神状態にあり、抵抗する気配もない。運び込んだのは板塀で囲まれた中庭の一隅にある、離れというよりは土蔵にしか見えない建物だ。

ところがその中は畳一畳ほどの寝台が、土間の中央に一定の間隔を置いて六床ばかり並べてあり、漆喰の壁際には薬棚と思しき、細かい引出しの付いた大簞笥《おおだんす》が据えられていた。

番頭と手代は入口に最も近い寝台に阿部を寝かせると、手分けして蔵の中のランプに火をつけて回った。薬くさい蔵の中が、昼のように明るくなる。

その光景を戸惑いながら見つめる佐奈の耳に、鉄太郎がここは野戦病院だと囁いた。作ったのは海舟だという。

五年前、江戸に官軍総攻撃の危機が迫る中、海舟は秘かに幕軍負傷者の治療、看護にあたれる場所を市中に何カ所も作らせた。大っぴらに目印の旗を立てれば、官軍の攻撃目標になる恐れがあったためだが、ここはその一つ。

明治の世となり、他の施設はとっくに廃棄されたものの、この病院だけは院長的立場にある人物の意向で、いまだに隠し病院としての機能を保持している。そこまで説明した鉄太郎は、嘆息混じりに首を振った。

「俺があの御仁をつくづく喰えねえと思うのは、そういうところさ。幕臣たちに口では徹底恭順を説き、官軍には一切抵抗せず、戦を避けろなんて触れ回っておきながら、その裏では空恐ろしくなるほど周到に戦に備えていたんだからな。まあ上野戦争の折には、ここが残っていたおかげでずいぶん助かったが」

佐奈は氷川で会った海舟の姿を思い出した。

あのとき海舟は本気で、りょうの境涯に同情を寄せているように見えた。が、もしかしてそれは海舟を形作る精神の、ほんの一面に過ぎなかったのだろうか。あの人物は見た目のざっくばらんさから受ける印象よりは、もう少し広くて深い淵《ふち》を、その内面に抱えているのかもしれない。

手前の寝台に乗せられた阿部が、唸り声を一つあげて、意識を取り戻した。

「どこだ、ここは」

「病院です。すぐに医者が手当てを始めれば、あなたは死なずに済む」

寝台の横に立った佐奈の声に、猿轡を外されていた阿部は、当惑した顔を向けた。

「誰だ……」

「でもその前に、おりょうさんに何を話したのか聞かせて。それと兵藤数馬との関係も」

「いきなり耳元でわけのわからぬことを言う。ここが病院ならとっとと医者を呼べ」

阿部はかすれた声で吐き捨てると蔵の梁《はり》を見つめ、口を一文字に結んだ。

「では聞き方を変えます。中西は薩摩のために働いていたけれど、あなたも同様でしたね」

阿部は土蔵の梁を睨んだまま、答えない。

「あなたと中西は御陵衛士から、佐々木多門は海援隊から、それぞれ薩摩に隊の内情を報せる間者だった。あなたたち三人は坂本さまの襲撃事件でどんな役割を果たしたの⁉」

顔を覗き込む佐奈に、阿部は脂汗を垂らしつつも黙っている。その面つきを見た瞬間、頭の中で耐えていた何かが弾けた。

「ぐあっ！」

背中をのけぞらせて阿部が大きく呻いた。見れば佐奈は彼の太腿をつかみ、まだじくじくと血を流し続ける傷口に、包帯の上から指を立てている。

「答えなさいっ！」

「佐奈さん、やめろ」

たまりかねて鉄太郎が佐奈の手首を掴んだ。

「この人がすべての鍵を握っているはずです！」

さらに指に力を込める。阿部の悲鳴がひときわ高くなった。

「わかってる。だが焦ってはならん。仮にも相手は官員だ」

「官員ですと⁉」

別の声が土蔵の中に響いた。佐奈と鉄太郎が振り向くと、羽二重の長着に羽織を重ねた散切《ざんぎ》りの男が、蔵の入口に立っていた。

「おお、来てくれたか」

「ご無沙汰をいたしております、山岡さま」

鉄太郎に声をかけられた人物は、やや下ぶくれた仏頂面で軽く会釈を返し、羽織を脱ぎながら近づいてきた。

「いま官員がどうとか……まさかこの怪我人は山岡さまが？」

「馬鹿な。松本良順ともあろうものがとんだ見立て違いだ」

佐奈は寝台の横で阿部の包帯をほどきにかかる男の後ろ姿を見直した。男はすでに細紐で襷《たすき》をかけ、袖口をたくしあげている。

松本良順と言えば、旧幕時代に奥医師から医学所頭取まで務め、将軍の侍医《じい》としても知られた人物だ。戊辰戦争が始まると幕軍の軍医となり、江戸開城後は奥羽列藩同盟に身を投じて新政府軍と戦い続けた、筋金入りの幕臣でもある。ただし仙台落城後、捕虜となった彼はその能力を惜しまれて赦免され、いまは官立病院の医師として働く一方、次第に形を整えつつある明治新政府軍のため、軍陣医学の研究も進めていると聞く。

「この包帯はどなたが」

「私です」

振り向く良順に、佐奈は緊張して答えた。

「太腿の止血は大の男でも難渋するものだが、この包帯はまことに手際よく縛られておる」

「桶町の千葉道場は存じておろう。こちらは千葉定吉先生の御息女で佐奈さんと申される」

良順は仏頂面のまま二、三度軽く頷き「なるほど、金瘡《きんそう》には慣れておいでか」と呟くと、両手を阿部の顔、首、はだけた胸に走らせて触診を始めた。

「しかし急を聞いて駆けつければ、怪我人に穏やかならざる振舞をなされていたようだが」

佐奈は、良順の不機嫌の理由がわかった気がした。

「良順、これには少々わけがある」

「ここに運び込まれる者は、たいていわけあり、でございましょう。ましてや勝先生絡みのお話となれば、腹に含むべきこともわきまえております。なれど」

良順は徳利ほどもある焦茶色の硝子《ガラス》瓶を壁の棚から持ってくると、寝台の横にある台に置き、じろりと佐奈を見た。

「敵味方の別なく、怪我人の苦痛を和らげんと力を尽くすのが医師たる者の務め。かような行ないは医師として、看過でき申さず」

阿部の傷を、手桶の水で拭き終えた良順は、次に硝子瓶の中の液体を番頭が用意した片口に少しだけ分け、そこから木の匙《さじ》を使って呻き続ける阿部の口に含ませ始めた。

「ご気分を害して申し訳ありません。ですが、この方から至急に聞かねばならぬ話があり」

「私の気分を斟酌《しんしゃく》していただけるなら、あなたはここを出て行くがよろしかろう」

「松本先生」

「聞こえなんだかな。いますぐ出て行くよう申し上げたのだが」

「俺からも頼む。回復を待って話を聞くとか、そんな悠長なことは言っておれんのだ」

「山岡鉄舟ともあろう方が」良順はこれ見よがしに溜息をついた。「武士に士道がある如く、医師にも医道がござる。これ以上治療の邪魔をされるなら、山岡さまにも外していただくまで」

もうなりふりを構ってはいられない。誰に何を話し、何を隠すべきか。そんな判断はとりあえず後回しだ。佐奈は一歩前に出た。

「お願いです。私にこの方と話をさせてください。いまこうしている間にも、西郷さんは東京を離れてしまうかもしれないんです」

背中を向けていた良順の動きが止まった。

「西郷？」ゆっくり振り向く。「とは……西郷吉之助のことか？」

「はい」

「西郷とこの男に、何の関係があるのです」

「それを話せば、少々長くなりますが」

良順は阿部に顔を戻し、小さく首を振った。

「私は本院をひそかに脱け出てきている。いくら目と鼻の先とはいえ、助手どもが気づく前に帰らねばならず、話は手短に願いたい」

「では手短に」佐奈は息を継いだ。「私は幕末の京で起きたある奇怪な事件について、西郷さんの果たした役割を確かめたいと思っています。この方はその事件に因縁浅からず、ことの真相を知っているはずなのです」

「幕末に奇怪な事件など、別に珍しうもありませんでしたな」良順の低い声が返ってきた。

「どの事件のことかは知らぬが、私とてあの頃の薩長を、すべて是としておるわけでもない。だが、いまさらそれを蒸し返してどうなります。ともかくもこの国は新政府の下、すべての民が力を合わせ、大きく変わろうと世界に踏み出した。かような時に後ろを向いて、進む道を誤ってはなりますまい」

海舟にも似たようなことを言われた。あの時は大した反論もできなかった。

が、要は腹のくくり具合だったのだ。いまいましいことに、それはりょうに気づかされた。

「私たちがいまどこへ向かっているのか、その方角は振り向いて確かめねば、わからないのではありませんか」

「何ですと」

「私たちが己の頭で考えず、時の勢いに任せて突き進み、いずれ国ごと道を誤ることにでも至れば、先生は何とされます」

「この国が、誤った道を進んでいると申されるか」

「維新直前の薩長に、理《り》非《ひ》曲直《きょくちょく》を明らかにすべき事柄もあるのではないかと申しております。いま薩長の力は大なればこそ、国を正しくあらしめんためには自ら襟を正すことも肝要。もし過去に彼らが犯した罪があるなら、その責を負うべき者を糺《ただ》すのは筋。たとえそれが……」

「佐奈殿、でしたな」

すかさず良順が佐奈の言葉を遮った。

「あなたの理《ことわり》が正しいとする。だとしても、その筋を通せばこの国に、再び無用な混乱を招来することとなりはせぬかな。万一戊辰のような戦がまた起これば、今度こそこの国は滅ぶやもしれず。病に効く薬は同時に大きな毒でもあるのをご存じか。病を治して患者を死なせるようなことは、決してあってはならないのです」

驚くべきことに良順は、佐奈と会話を続けている間も休みなく両手を動かし、すでに阿部の太腿の傷をほぼ縫い終えていた。

阿部はと見れば、しっかり両眼は開けているものの、もはや苦しそうな息は消え、それればかりかどこか夢見心地のような顔つきだ。唇の左端から、きらりと光る一筋の涎《よだれ》が寝台の上まで延びていた。

「ですが松本先生」

なおも言い募ろうとする佐奈を、良順は左手で遮るように制した。二の句を継げずにいる間に良順は処置を進め、やがて襷を外しながら佐奈に向き直った。

「治療は滞りなく終わりました。あなたに外してもらう必要もなかったようです」

「あ、阿部は……」

「傷を縫う痛みを抑えるため、麻酔を用いました。このまま眠りに落ちれば、あと半日は切ろうと突こうと目覚めますまい」

佐奈は下半身から力が抜け、思わず土間に両膝をついてしまった。

「良順、見損なったぞ！」鉄太郎が、羽織を着込む良順の肩を背後から摑んだ。「おまえは心まで薩長に飼い慣らされたか。勝つぁんの反対にもかかわらず、この土蔵を残したおまえの反骨はどこへいった⁉」

良順は鉄太郎を見返した。

「幕府が消えた以上、幕臣であった私も消えました。いまの私は新政府の一員。私の反骨を問われるなら山岡さま、あなたや勝先生の反骨の在処《ありか》を、まず明らかにしていただきたい」

野犬が唸るような声が聞こえた。鉄太郎の喉の奥だ。

普通の人間ならこんな状態の彼に睨まれて、すくみあがらぬ者などいない。しかし、鉄太郎の手をゆっくり肩から剝がした良順は、泰然と蔵の戸口に向かう。

と、彼は敷居に渡された木の踏み段に足をかけたところで立ち止まり、一つ言い忘れたと断って、佐奈を振り向いた。

「この麻酔で患者が眠りに落ちるまで、しばしの猶予があります」

佐奈は気の抜けた顔で良順を見た。

「だからいまはまだ、こちらの話を理解し、答える力もある。ただし麻酔が効いておりますゆえ、頭の中はいささか……左様、まるで酒の度を過ごし、甚だよい心持ちで酩酊《めいてい》しておるような、そんな気分でありましょう」

「それは、どういう？」

意味かと訊ねかけたところで、良順は初めて目尻に皺を寄せた。それが微笑みだと理解できるまで、さらに数秒の間があった。

「酔っ払いの相手をされたことがおありかな。人が真底酔えば、心の箍《たが》は悉《ことごと》く外れる。いまならこの男、知っておることは聞かれるままに答えるでしょう。痛めつける必要など、どこにもなかった」

佐奈は跳ねるように立ち上がった。

阿部の寝台に駆け寄り、ふと気づいて背後を見たが、良順の姿はもう蔵の中になかった。

「答えて！」

佐奈は、焦点の合わない目で薄笑いを浮かべる阿部を見下ろした。「京の近江屋で坂本さまを斬ったのは誰⁉」

「えへ、えへ、えへへ」阿部は、だらしのない笑い声をあげた。「いまさら、そんなこと聞いて何とする」多少ろれつが怪しい。

「知っているなら教えて。もう、あなただけが頼りなのです」

「わしだけが頼り？」阿部は仰向けのまま、眼球をさらに瞼の上に向けたが、すぐ佐奈に視線を戻した。「いい女だなあ」

「坂本さまを襲ったのは、新選組の誰と誰？」

「新選組だってぇ」

「違うの⁉」

阿部は笑いを必死で堪える様子に見えた。

「近藤は心《しん》から驚いたろうさ。一晩明ければ、自分が命じた覚えもない、坂本殺しの首謀者になっとったんだから」

「では坂本さまは誰に……まさか兵藤数馬？」

「あれは、服部の仕業だ」

「服部武雄か⁉」あっさり言った阿部の言葉に鉄太郎も反応した。「だがなぜ。どうして御陵衛士の服部が坂本を襲う理由がある？」

「おまえの頭では、思い至るまい」

「貴様、おとなしく聞いとれば！」

「山岡さま、ここは私に」

今度は阿部に摑みかかろうとする鉄太郎を、佐奈が押し止めた。彼女にはいまようやく、おぼろげながら事の次第が一つ一つ、頭の中で繋がり始める気がしていた。

「服部さまが、御自分だけの考えで暗殺などされる理由はない。とすれば、命じたのは伊東甲子太郎、そういうことになります」

「伊東……」落ち着いた佐奈の声に、阿部もやや冷静さを取り戻したか、梁を見上げる目を細めて感慨深げに呟いた。「懐かしい名だ。今日はずいぶんと懐かしい名ばかり聞く」

「わからないのは伊東さまが坂本さまを襲う理由です。伊東さまは事件前にわざわざ近江屋を訪ね、身の危険を忠告までしたとか」

「それはただの下調べよ。あそこの二階は入り組んだ間取りになっとるからの。伊東は屯所に戻るや、すぐ藤堂に見取図を描かせ、それを服部に見せた。だが衛士でこれを知るのはこの三人とわし、さらに近江屋襲撃に加わったあと二人くらいだ。一般の隊士はほとんど知るまい」

やはりそうかと思いつつ、佐奈は驚いた声をあげてみせた。「伊東さまは坂本さまに、いったいどんな恨みが」

「恨みなぞあるか」そこでまた阿部はくつくつと、くぐもった笑い声をあげた。

「あえて忖度《そんたく》すれば、坂本を除けば自分がその立場に立てるとは、思ったかもな。伊東がいくら薩摩に食い込みたくとも、そこにはもう坂本がおった。それほど薩摩の信を得ておった坂本に、伊東が少なからぬ妬ましさを覚えたとして不思議はない。あれは坂本が殺される数日前のことだ。滅多に激する姿など見せぬ伊東が、癇癪《かんしゃく》混じりに己が文を引き破り、屯所の庭で燃やす騒ぎがあった。後で聞けば、伊東が薩摩重臣の入京を待って手渡すつもりだった新政府の献策だったそうな。ところが伊東が考え抜いた案とほぼ同じ内容を、先に坂本が薩摩に渡していたと聞いて、頭に血が上ったらしい」

「では、坂本さまの暗殺は伊東さまが独断でなされたこと？　まさか、そんな理由で」

阿部は薄ぼんやりした目で佐奈を見た。

「あの件は、頼まれ事だ」

「頼んだ相手とは……」

「無論、薩摩さ」

悪びれもせず、阿部は認める。

「皮肉なものだ。あの申し出が一年前でも一年後でも、伊東は坂本殺しなぞに決して手を貸さなかったろう。大政が奉還され、いよいよ維新が現実のものとなったあのとき、維新後に己の力をふるう場を得たい伊東と、坂本を除きたい薩摩の思惑が一致した」

「そんな話、信じられるとお思いですか。坂本さまは薩摩の誰もが認める盟友。そんな方を、いったい誰が除こうとしたというんです」

りょうから聞きかじった話を織り交ぜながら、あえて挑発的に聞いてみた。

「知れたこと。あの頃、薩摩の一挙手一投足はすべて、あの男の一存で決められていた」

「あの男……」

阿部が唇の両端をあげると、また涎が寝台の上まで垂れた。

「西郷以外にそのようなこと、決められる男がおるか。あれは西郷の指示だ。桐野から坂本の居所を聞いて、伊東に伝えたこのわしが言っておるのだから、間違いない」

19

「よし。これより血路を開く」

まるで野良《のら》の草刈りにでも行くような口ぶりで、刀の柄を二、三度握り直すと、兄は右足を一歩、前に摺《す》り出した。

雲間の月に時折きらめく刀、手槍や刺股《さすまた》で埋め尽くされた路地の先は、広い背中にふさがれて見えなくなった。と、思うが早いか、

「きぁっ」

前方から甲高い気合い。その声に反応して眼前の背中がわずかに沈んだと見るや、しゅっと鞘から刃の走り出る音が聞こえ、
次の瞬間、刀を握った手首が手甲ごと、顔をかすりそうな勢いで目の前を飛び去った。

「兄上っ！」

足下に落ちた提灯が燃え上がり、奴凧のように両手を伸ばした姿が浮かび上がる。右手に大刀、左手には小刀。兄が磨きをかけた二刀流を、俺はついぞ学ぶ機会がなかった。

「次に出てくる男を斬れば、右の路地が手薄になる。あそこに隠れとるのはせいぜい二人。間髪を入れず飛び込み、あとは己で切り開け」

「私はここで兄上と共に」

「ならぬ！」

断固とした声だった。

兄は相対する前方の敵に心を残しながら、わずかに首を右にひねり、横顔を見せた。

「おまえは兵藤家の世取《よとり》だ。そもそもこうなるとわかっていて連れてくるべきではなかったが、いま言うても詮無いこと。高台寺には決して戻るな。一目散に国元を目指し、与えられた生をまっとうせよ」

「嫌です。ようやくお会いできたというのに」

「聞け」横顔は、薄く笑った。「人を非業に死なせた者は非業に死ぬる。武士とはつまり、その理《ことわり》を覚悟する程度のことであった。悟ってみれば、つまらぬ話よ」

後ろから刃の打ち合う音と、複数の気合いが聞こえてきた。あの刺突《しとつ》の動きは藤堂平助か。

わずか数間先の人間がすべて、重なり合った影絵に見える。

小路の前後を塞がれ、袋の鼠となった自分たちに切り抜ける見込みがわずかでもあるとすれば、それは各自が散らばって逃げるしかない。味方は俺を勘定に入れてもわずか八人。待ち構えていた敵は少なく見積もって三十人はいる。まとまれば数で押し潰されるに決まっていた。

いったいなぜ、こんなことになったのか。

月真院に現われた、町奉行の手の者を名乗る男から、油小路七条の辻で伊東甲子太郎らしき人物が倒れているとの報を受けたのが、およそ一時《いっとき》（二時間）前。それを聞いてその場にいた三樹三郎、毛内《もうない》有之助ら血の気の多い者たちが押っ取り刀で飛び出そうとした。

これは罠だと言って止めようとした兄に、彼らは百も承知と開き直った。たとえ罠だろうと、先生をそのままにしておけるかと。

しばし玄関で押問答が続いたが、騒動の気配に奥から現われた加納道之助、篠原泰之進、富山弥兵衛らは、事情を聞くと平助らに同調、ともかくいま手の空いている者だけでも油小路に向かおうということになった。是非もなし。兄はそう呟くと、腹を決めたようだ。

その場で同行を志願した俺は、にべもなくはねつけられた。ただ、平助と三樹三郎が取りなしてくれたため、万一の時は必ず逃げ延び、月真院への連絡役を果たす約束で許しを得た。

人の命などわからぬ。

一つだけ確かなのは、それはたいてい本人が予想もしていない時に、本人の最も不本意な形でいきなり終わるということだ。

夕刻、揚々とした足取りで月真院を出た甲子太郎は、切り刻まれた肉塊となって数間先の地面に横たわり、俺たちといえば、おびただしい敵に囲まれた修羅の場に立っている。

まったく、ほんの半時（一時間）ほど前まで、今日死ぬとは思ってもいなかった。甲子太郎にしても、近藤勇に呼ばれて馳走を受けた帰り道に、まさかその配下の新選組が待ち伏せしているなど予想もしていなかっただろう。

無論、近藤が自分の隊を割った甲子太郎を快く思うはずはなかったが、騙し討ちするほどの憎悪を滾《たぎ》らせていようとは。甲子太郎が新選組を去ったのは、近藤にとってそれほど我慢のならないことだったのか？

「何をしておる、走れっ！」

兄の左拳に右肩をぐいと押され、あっと思う間もなく弾き飛ばされた。目の前に商家の板塀に挟まれた路地が、闇の裂け目のように開いている。

「兄上？」

「行けっ！」

「しかし」

ためらう隙を与《くみ》しやすしと見た男二人、突出して俺の左右を挟み、八双に構えたが、

「うあっ」

「ぐ!?」

刈られた草と見紛う勢いで、二人はほぼ同時に背をなぎ払われ、ばたばたと倒れた。その向こうに大刀を血振るいさせた兄が、阿修羅の形相で叫ぶ。

「数馬、達者でな」

それが兄の声を聞いた、最後だ。

討手に囲まれた兄の側へ戻ろうとした俺は、左の袖と襟を摑まれ、逆に路地へと引っ張り込まれた。顔を見れば富山弥兵衛だった。

「離せっ！」

「服部さんを無駄に死なす気か！」

その一喝に胸が詰まった。兄はとうに、己の死は覚悟していたのだ。

左の鬢《びん》にざわっと逆立つ気配を覚えた。考えるより早く鞘を払い、大刀を抜いて右に薙いだ。くぐもった低い悲鳴が聞こえ、頬にびさっと血しぶきを受けた。生温かい。路地に隠れていた新選組か。こう周りが暗くては、いま斬った男の顔さえ確かめられない。

「富山さん」弥兵衛を呼んだが返事がない。かわりにむせそうな殺気が返ってきた。

「そこかっ！」

怒号が聞こえ、反射的に体をひねる。踏み込んできた男の一撃を鼻先でかわし、引こうとするその両腕を切断した。

膝をついた男は両肘から血を飛び散らせ、釣り上げられた魚のように暴れまくる。一太刀で首筋に止めを刺してやったが、何か妙だ。

油小路で待ち構えていた男たちは、羽織の下に鎖帷子《くさりかたびら》を着込み、間合いを測った攻撃を仕掛けてきた。だが、いま斬った相手に剣の素養があるとはとても思えない。これが同じ新選組かと倒れた男に目を凝らせば、黒の筒袖に、黒漆で固めた韮山笠《にらやまがさ》をかぶっていた。

「こっちにいたぞ！」

「逃がすな！」

後方から複数の人間が迫る気配に、危険を感じてまばらな林の間を駆けだした。足裏に枯れた枝葉を踏みしめる音が響く。小路の奥にこのような森が拡がっていようとは。いや、違う。ここはすでに洛中ではない。

「見つけた！」

目の前に同じ格好の男たちが五人、横に並んで行く手を阻む。そのうち三人は銃の狙いを俺につけている。その距離わずか三間。

「なにゆえだ」腹の底から声を張り上げて問いかけた。「なにゆえ我らがこのような目に遭わねばならぬ!?」

「往生際の悪かわろが。官軍の名を騙《かた》り、東征軍の先鋒と称して、行く先々で人心を乱した科《とが》は逃れられん」

指揮官らしい男が歩み出て、嗄れた声で応えた。俺は重ねて訊ねた。

「騙ったと？　俺たちは東山道宣撫《せんぶ》の使命を帯びた、れっきとした官軍だ。年貢減免の触れも、大総督の名で命じられたからこそ」

「それが人心を惑わした動かぬ証ではなかか。そげん話、総督閣下は無論のこつ、承知しておる者など一人もおらんわ」

「嘘ではない。今朝、本隊に呼ばれて相楽隊長が出向いたはず。隊長に聞いてくれ。その話は西郷さんから直に……」

「相楽総三に聞けとな」指揮官は俺の言葉を遮り、意地の悪そうな笑みを浮かべた。「もはや首だけの総三に、いけんして喋らすとか」

その言葉を聞くや、俺の体は石火の光で前に飛び出た。

四歩で近づき、五歩目と同時に振り抜いた剣が、指揮官の首を中空に刎《は》ね上げた。

いきなり指揮官を失って狼狽した兵たちは、俺が一呼吸で移動する間に斃《たお》れていった。最後に残った男は明らかに俺より若かった。そいつは腰の刀を鞘ごと投げ捨てて跪《ひざまず》き、何か哀願する様子だったが、俺は無言でその胸に切っ先を突き入れた。細く長い悲鳴をあげて、若者は事切れた。

逃げなければ。とにかく一刻も早く。一歩でも遠く。捕まれば間違いなく、相楽と同じ目に遭う。

どこをどう走ったのかわからない。いや、俺はもしかしたら何日、あるいは何カ月もこうして走り続けていたのかもしれなかった。なにしろあたりの景色は、木々の間を覆い尽くした濃い霧が、暁闇の光を孕《はら》んで乳色に発光を始めたところである。

場所の間隔も時間の感覚もとうに失せた。ただ時折、彼方からどぉん、どどぉんと、砲声らしき音が低い地鳴りのように空気を震わせる。ふと気づけば目の前に、黒い人影が走っていた。

男は洋装の軍服姿で、くるぶしまで覆う黒い靴を履いている。腰に二刀は差しているが、いま手にしているのは新式銃。どうやら俺は、この男の背中を追っていたらしい。

「弾だっ！」

突然、前の男が立ち止まり、身を屈めながら叫んだ。「弾よこせっ、早く！」

男は前方を警戒しつつ、開いた右手を背後の俺に伸ばす。それで初めて俺は、背負子《しょいこ》を背負っていることに気がついた。慌てて膝をついて背負子を外し、括りつけていた木箱の蓋を開けた。中にはまだ半分ばかり弾丸が残っている。

「何をしている、数馬っ！　間に合わんぞ！」

業を煮やして男は振り向いた。その整った白皙《はくせき》の顔立ちを認めた瞬間、俺はいまこの日を、この瞬間をこそ待ち望んでいたことを思い出した。

男は顔を戻し、敵の前線の動きを確認している。背後から近づいた俺はそろりと脇差を抜き、男の腰の上からやや斜め上に向けて、刀身の半ばあたりまで一息に突き刺した。

男は、眉間に深い縦皺を寄せた顔で振り向いた。

「数馬……何の、つもりだ」

俺はその耳元に口を寄せた。

「油小路の意趣、晴らさせてもらう」

「油小路だと？」

「服部武雄は、俺の兄だ」

男はなぜか、軽くうなずいた。自分がこのような目に遭うことに、得心がいったらしい。それから己が刀に手をやろうとしたので、俺は再び脇差を腹中深く、抉《えぐ》るように突き上げた。男は血の泡と一緒に最後の息を吐いた。

「おまえも……騙された、な」

目を開けたまま絶命した男の顔は、なぜか笑っているようにも見えた。

俺はその背から刀を抜き、血糊《ちのり》を拭き取ると鞘に納め、あたりに響き渡る大声で叫んだ。

「隊長がやられたあっ！　土方隊長が討たれたぞおっ！」


俺はいつものように堀端の柳の下で、菰《こも》にくるまって寝転がっていた。いま、土方を刺したと見えた目の先には、道を挟んで千葉道場の門が見えている。ただしその形も黄昏《たそがれ》を迎えた薄闇の中で、どうやらそれと判別がつく程度のこと。

先刻、桑畑から逃げ去った女の行方を追って日本橋まで足を伸ばし、その動向を見定めてかららここへ帰ってきた。どうせあの女にはこの道場以外、行く場所はないはずだからだ。だがここで女を待つうちに、つい何年も昔に起きたはずの出来事を目《ま》の当たりにしてしまった。

俺はこのまま狂っていくのだろうか。

この数日で以前にも倍して、目に見えぬものと見えるものの間《あわい》があやふやになってきている。箱館で捕まった頃は、それほどでもなかった。俺の目の前に、入れ替わり立ち替わり死者が現われるようになったのは、東京に送られてからの話。伝馬町《てんまちょう》の獄で土方が最後に漏らした言葉を頭の中で反芻するうち、俺はいつか死者と会話するようになっていた。

それをうるさいとも面倒とも思わない。あの死者たちは俺が呼び寄せたのだ。それに彼らの導きがなければ、俺はここまでたどりつくことはできなかった。あと少し。もう間もなく俺は俺の役割を終える。死者たちがそう囁いている。

だからあと少しだけ。最後のあの男にまみえるまでは、

――俺に一分の正気を残しておいてくれ。

長生堂で鉄太郎と別れた佐奈が、桶町に帰ったのは、兵藤数馬がまどろみから覚めたのとほぼ同じ頃である。

半日歩き回って、さすがに足に疲れの溜まる年齢《とし》にはなっていたが、玄関で待ち構えていた久蔵から、すでにりょうも戻っていると聞くと、そのままりょうの部屋に直進した。

「おりょうさん！」

怒りを含んだ声で襖を開けたが、部屋の中には誰もいない。

肩すかしを食らった気分で、佐奈は久蔵を睨んだ。

「誰もいないじゃないの」

「あれ？　いや、確かにさっきまで……」

思わぬとばっちりを食らった久蔵は、廊下の突き当たりに顔を向けて声をあげた。

「あっ」

「どうしたの？」

「きっと庭だ。そういやさっき、雨戸を開ける音がした」

ぴしゃりと襖を閉めた佐奈は、縁側に向かう廊下を歩き始めた。久蔵もあとを追う。

雨戸が半分ほど開いていた。立ち止まった佐奈は、庭を見下ろした。

「そこで何をしてるの？」

板塀の上まで届きそうな山茶花《さざんか》の手前で、りょうは自分の足下を見つめている。

黒っぽい綸子《りんず》の袷《あわせ》が光って見えるのは、彼女の足下で焚火の炎が時折、ちろちろと舌を出すためだが、その明かりに照らされた白いりょうの顔は、一瞬、佐奈の背筋を粟立たせた。

「阿部十郎に会ったわ」

りょうは表情に何の変化も見せない。

「言っておくけど、すべて聞き出したから」

久蔵が佐奈の下駄を持ってきて、沓脱石《くつぬぎいし》の上に置いた。

「あなたは佐々木多門から、必要なことはほとんど聞いていた。あの人が御陵衛士の中西昇と一緒に薩摩から接待を受け、やがて金銭ももらうようになったこと。そのために彼らは、それぞれ自分たちの組の内情を薩摩に伝える役割もこなしていたこと」

下駄を履いて庭に降りた佐奈に、りょうはぼんやりとした視線を向けた。

「それから慶応三年の秋、多門は中西から、京に入った坂本さまの居場所を早く教えるようせっつかれていたこととか。さすがに多門も坂本さまの暗殺に加担するとは夢にも思わず、伊東が坂本さまに会いたがっているという理由をそのまま信じたらしいけど」

「多門はんが龍馬の居場所を知ったのは、事件の起きた日の夕方や言うてた。やっとその頃、海援隊でも龍馬が京に戻ってるいう話が聞こえてきてな。それですぐ衛士の中西に報せをやったけど、そのとき伊東はもう、近江屋の龍馬に会いに行ってたそうや」

「ええ。薩摩が衛士に潜ませていたもう一人の間者、阿部十郎がその朝、伊東に坂本さまの所在を教えたからね。阿部にそれを伝えたのは桐野配下の連絡係。薩摩は中西を通じて、海援隊の筋から坂本さまの居場所を探っていたのに、なぜか薩摩の内側からいきなり出てきた。普通に考えれば坂本さまは、西郷さんだけには自分の居場所を報せていたのかもしれないけど」

「違う。あのとき龍馬は手紙の中で、このことに関しては西郷さんにもしばらく黙ってるつもりやてはっきり書いてたもん」

佐奈は頷いて、話を続けた。

「私もそう思う。坂本さまはあの時、薩摩を警戒しなければならない事情があった。その薩摩が、どうして海援隊より早く坂本さまの居場所を知ったかはわからないけど、多門と中西が維新後、人目を避けて生きてきたのはほとんど同じ理由よ。つまり二人とも師と仰いだ人物の殺人に手を貸したことに後ろめたさを感じ、かつての仲間の復讐を恐れてもいた。だからときどき互いに連絡を取り合い、生きてることを確認してたのね。どちらかに異変があれば、すぐ逃げられるように。殺しに来た相手は違ったけど、結果的にその懸念は当たったことになる」

焚火はおおむね灰となった落葉の中で、再び燃える種を見つけたか、やや勢いを増した。

「あなたは中西から、近江屋の事件が御陵衛士の仕業であることも知った。だけど、阿部は全体の絵図を描いた人間が誰か知っている」

「阿部が、あんたにそれを話すわけあらへん」

「もちろん、私に話すのは予定外だったと思う。でも、阿部があなたに真相を話すのは、最初から仕組まれていたとも考えられる」

「どういうことや？」

「あなたを東京へおびき出す手紙を手配させたのは、阿部十郎だからよ」

　さすがにりょうは意外そうな表情を浮かべた。

「え？」

「阿部ははっきりそう言った。わかる？　あなたも最初から利用されてたの」

「誰に……何のために？」

「それはまだわからないけど、あなたは佐々木多門から中西昇、阿部に近づいて話を聞き、役目を終えた証言者は次々と殺されている。阿部は自分がこの陰謀の中心にいるつもりでいたみたいだけど、あの男自身も操られていたのよ。私と山岡先生が間に合わなければ、阿部だって殺されていた」

　りょうは、はっと思い出したように訊ねた。

「橋本さんは、あの人は？」

　佐奈が黙って首を振ると、初めてりょうの瞳がぶれた。

「そんな……絶対逃げると言うてたのに」

「阿部が殺されかけたということは、詰めが近いということよ。あなたは見事に誰かの思惑通りに動き、しかもその誰かは間もなく、目的を遂げようとしている」

「わけ、わからへん」

「そうね。私もまだ、わからないことは多々あるわ。でもその誰かが何をしようとしているのかは、見当がついてきた」

「何をするつもりやて」

「その前に言っておきたいことがある」佐奈は、りょうの顔を正面から見据えた。

「隠し事はなしにしようと約束したのに、結局あなたは中西から聞いた話を私に隠して、一人で阿部に会いに行った。あなたがすべてを打ち明けてくれていれば、橋本さんだって死なずにすんだかもしれない」

その言葉はいささかりょうの琴線に触れた。

「橋本さんが死んだんはうちのせいか!?」

「少なくとも私や山岡先生が一緒にいれば、橋本さんだけをあんな目に遭わせずにすんだ」

「あんたも見たやろ、あの狂犬みたいな奴。あいつに殺されてたのはうちかもしれん、どっちも命がけで、橋本さんが逃げえ言うてくれたから逃げたんや」

「いいえ。あなたは決して殺されない」

「どういう意味？」

これからりょうがまだ聞いてない話をしてやる。佐奈はようやくわき上がる優越感を感じながら、半歩前に出た。

気圧《けお》されたりょうが半歩後じさり、彼女の足下の焚火が、よりはっきりと見えた。

もう火はあらかた消え、幾筋かの細い煙が立ち上っている。落葉を集めたと思しき灰の中に、黒い布きれのようなものが目に入った。くすぶっていたのはその布だったのだ。

そこに、白く染め抜かれた桔梗紋を認めた瞬間、佐奈の頭の中は真っ白になった。

わっと叫んだ佐奈はその場に膝をつき、まだくすぶる灰の中に両手を突っ込んだ。驚いた久蔵も、裸足で庭に飛び降りた。

「お、お嬢さん!?」

「久蔵さん、水を！　水を汲んできて！」

佐奈は叫びながら、焚火から布を摑みだした。それはいつか佐奈がりょうに見せた、龍馬の片袖である。

久蔵が庭の手水鉢《ちょうずばち》から手桶に水を入れて持ってきたが、もはや遅かった。袖はほとんど原形をとどめないほど、ぼろぼろに焼け焦げていた。佐奈は地面に座り込んだまま肩を大きく揺らし、ゆっくり顔だけりょうに向けた。

「……どういうつもり？」

「うちは、あんたが嫌いや」

「なに」

「こぉんなもん、後生大事に仏間なんかに飾って、気色悪いたらあらへん」

佐奈はゆっくり立ち上がると、両手に持った袖の残骸を広げ、りょうに迫った。が、興奮して息が続かない。

「これは、あの方の、私にとってはたった一つの……」

「龍馬はあんたのもんやない」

りょうは言い放った。

「うちの人もいつか言うてたわ。千葉道場の娘に言い寄られて、えらい難儀したてな。武骨なだけが取り柄やさかい、下手に扱うたら怖いと思うて片袖ちぎってなだめたとか……」

ぱしっ。と、庭に響く乾いた音に久蔵は振り向いた。

見れば佐奈の右手が、りょうの左頬で鳴らした音だった。佐奈は目に涙を溜め、りょうを睨みつけている。

「出ていけ！」

佐奈が鋭く叫んだ。

「二度と私の前に、その顔を見せるな。でないと、私はあなたに何をするかわからない」

「あほか」りょうもまた、無表情に小首を傾げた。

「先に手ぇ出したんは、あんたの方やないか」

次の瞬間。

りょうは右手を固く握り、その拳を佐奈の顎の下から上に向けて、力の限り振り抜いた。

「ぐ!?」

意表を突かれた佐奈は、りょうの拳をまともに顎に食らい、仰向けに庭の地面に倒れてしまった。

「これであいこや」

意識を失う佐奈の耳に、りょうの声が遠く響いた。

20

目覚めると暗天に瞬く星が目に入り、続いて心配そうに覗き込む久蔵の顔に焦点が合ってきた。背中から尻にかけ、ひんやりした土の冷気が着物越しに染みこんでくる。

「気がつきなすったか」

「あの女は？」

佐奈は上半身を起こし、顎をさすった。指先で押さえると、まだ痛みが強い。

「出て行きやした」

「出て行った……？」

久蔵は手桶に漬けていた手拭いを絞り、佐奈に渡した。さっそく顎に押し当てる。

「あっしがお屋敷へ出入りするようになってこのかた、こんなざまのお嬢さんを見るなんざ、初めてのこって」

「久蔵さん、あなたまさか、感心してない？」

「とと、とんでもねえ！」

久蔵は慌てて、顔の前で手を振った。

「まさか拳で顎を狙ってくるなんて」

「まったく、よくもあれだけ思いもかけないことを、次から次へしてくれる」

やっぱり感心してるに違いない。

「久蔵さん、私……」

「ええ、あんな不意打ちを食らったら、あっしだってひっくり返りまさ」

「そうじゃなくて」

佐奈は立ち上がろうとして、足下に焼け焦げた袖の一部が、黒い紋様を残していることに気がついた。

突然、悲しみが湧いてきた。佐奈はその場に膝をつき、焦げた袖を握りしめた。

「お嬢さん」

「ごめん、久蔵さん」

限界だった。もう何もかも。

「一人にして」

掴んだ手に力を込めると、焦げた袖の一部が砕けて、庭の上を散っていく。

「お察ししますが、ちいとばかりお耳に入れておきてえことが」

久蔵も佐奈の横にしゃがみ込んだ。

「放っておいてと言ってるでしょ」

「六年前も、お嬢さんはそんな風におっしゃった。それであっしや大先生は見て見ぬふりを続けてめえりやしたが、果たしてそれでどうなったんでしょうね」

佐奈は顔を背けてうなだれたが、今日の久蔵は引かなかった。

「いま、あなたの愚痴を聞ける気分じゃない」

「結局ずっとお嬢さんの瘡蓋《かさぶた》はじくじくしたままで、一向に新しい皮もできる気配がねえ」

「久蔵さん」

佐奈は懇願した。苦しくて、一人で泣きたかった。なのに久蔵は言うことを聞いてくれない。

「あの女が、どこへ行ったかご存じで」

「私の知ったことじゃないわ」

「多分、上野でござんす」

「上野？」

久蔵は懐から、折り畳んだ紙を取り出した。

「あの女、戻ってきたときに、道場前で待ち伏せていた男から、何やら書き付けを受け取りやした。あっしはてっきりあの女が薩摩とつるんでる証だと思い、そうしたらこの指が、うん十年ぶりに勝手に働きやしてね」

妙な理屈で久蔵は自分の掏摸《すり》行為を説明した後、

「ちょっとこれを見てくだせえ」

久蔵は佐奈の前で半紙を開いた。そこには筆勢は荒いが意外と律儀な文字で「御来江の御趣意承知。委細は今宵五つ半、上野五重塔の元にて　吉」とだけ書かれてあった。

「この吉ってのが、いったい誰のことなのか、お嬢さんなら思い当たるんじゃねえですか」

途端、佐奈の頭の中で多くのことが一気に繋がった。もし彼女の推理が正しければ、敵は今夜、ついに目的を達しようとしている。

「この吉は、恐らく西郷吉之助のことね」

「あっしもそう思いやす。ただ、ちいと気になることもある」

「何が」

「西郷といやあ天下の英傑。それがなんでこんな逢い引きの誘いみたいな、ちんけな文《ふみ》を書くのかって。これ、本人だと思いやすか」

「さあ、私は西郷さんの字を知らないし」

「こういう思わせぶりの呼出し状を見ると、あっしなんかにはぷんぷんと釣り文の臭いがしてしまうんで」

「釣り文って」

「誰か邪魔な野郎を、人気《ひとけ》のない場所におびきだして消す、なんて具合に使われるんでさ」

佐奈の声に微かな苛立ちが混じった。

「久蔵さん、何が言いたいの？」

「夜の上野をご存じないでしょ。広小路までは屋台で賑やかだが、山中に入ればそれは昼とは打って変わった心淋《うらさび》しさでして。この文は、女一人をそんなところへ呼び出そうとしてるんですぜ」

「だったら、どうだというの」

佐奈はやや投げやりに言った。

「あの女は最初からずっと、自分の好きなように振る舞っていただけ。いちいち気にした方が馬鹿を見る。それに本当に上野に行ったかどうかなんて、わかるもんですか」

「じゃあ、このまま放っとくんでござんすね」

「私に何をしろって言うの！　あの人に関わるなって言い続けてきたのは久蔵さんでしょ！」

「あっしはただ……」

声を荒らげた佐奈に、久蔵はどことなく悲しげな顔を見せた。

「お嬢さんにもう二度と、悔やんでほしくはないだけで」

久蔵は立ち上がり、勝手口の方向に姿を消した。

佐奈は肩を落とし、握りしめた手を開いて、ほとんど炭となった袖の欠片《かけら》を見つめた。


龍馬が佐奈にこの片袖を預けて江戸を発った翌年の暮れ、前触れなく道場に現われたことを、実は彼女は知っていた。もちろん龍馬は自分に会いに来たのだ。そう思った佐奈は部屋で化粧を直し、帯が決まらぬことに癇癪《かんしゃく》を起こしたりしながら、焦燥と喜びに溢れて愛しい男の訪問を待った。結局、彼女はそれから、永遠の待ちぼうけを食わされることになった。

思えば父や兄が佐奈に対し、腫物に触るような態度を取り始めたのは、あの直後からだ。父は後日、龍馬が奔走家として身命を国に捧げる決意をしたため、婚約の話は繰り延べたい旨、申し入れがあったと説明した。人一倍勘の働く彼女が、そんな話で納得するとでも思っていたのだろうか。

ただ、認めたくなかった。認めるのが怖かった。だからあの片袖をよすがとして、頑なにその真相を念頭から払い続けてきた。

自分は龍馬に捨てられたのだと。

もしりょうが現われなければ、いまでも佐奈は、自分で作り出した龍馬との物語を信じ続けていただろう。きれいな悲恋の物語を。

あの女がすべてを壊していったのだ。佐奈がいままで守り、信じ続けてきたものすべてを。

その女、りょうは京で謎の手紙を受け取り、龍馬暗殺の裏に真の首謀者の存在を直感するや、固い決意を胸に東京へ出て来た。まず吉井友実を訪ねたのは、旧知の間柄でもあり、かつては西郷の片腕とも目された彼に、西郷との連絡を取りもってもらおうという狙いがあったためだ。

だが、吉井はいらぬちょっかいを出してくるし、彼の世話になったまま秘かに湯島の佐々木や中西を訪ねるのは不自由極まりない。そこでりょうは、吉井に自分と西郷を会わせるつもりがないことを見極めると、わざと吉井との間に亀裂を作り、屋敷を飛び出て桶町にやってきた。

それでも彼女は西郷だけは信じていた。

恐らくあれほど人を食った女でさえ、理屈抜きで信用させてしまう魅力を、確かに西郷という男は持ち合わせているのだろう。そして西郷の協力さえ得られれば、龍馬殺しの真犯人はすぐに炙《あぶ》り出せると思っていた。

だから勝屋敷で西郷の失脚を聞き、一瞬取り乱したのだ。さらに彼女が本当の衝撃を受けたのは、阿部の告白だった。

間違いない。りょうは上野に向かった。

彼女の性格は、直に西郷に事の真偽を質《ただ》さずにはすまされない。これが西郷に会える細い糸だというなら、考える前に迷わずその糸を摑む。あれは、そういう女だ。

群れず、靡《なび》かず、誰にも媚《こ》びず、りょうはいまも闇の中、まっすぐ上野山を目指している。三百年の幕府を倒した巨大な英雄、西郷隆盛とたった一人で対決するために。

——ああ、いかにも龍馬が好く女だ。

佐奈はゆっくり立ち上がった。その手に焦げた片袖はもうなかった。


庭から濡れ縁に上がり、自分の部屋に入って久蔵を呼んだ時には、腹は決まっていた。

決断とは熟考して行なうものではない。己の生死がかかるような状況ならなおさら、その瞬間に腹に落ちた行動を取るのだ。あとは体の動きに任せればいい。下手に頭で考えようとするから、迷う。りょうは必ずそんな類いの女だ。その意味では、自分と似ているところもあるのかもしれない。佐奈は勝手に笑みがこみ上げた。

これからやろうとすることは、りょうのためではない。あんな女のためになど、指一本動かしてやるものか。

だが、りょうが一途に、龍馬の仇に向かって進んでいるいま、それを座視していては己《おの》が一《いち》分《ぶん》が立たない。

捨てられた女にも、それなりの意地というものがある。自分が生涯に思い定めた男はただ一人。その男が心の底から愛した女が、いま死地に入らんとしているのだ。

——断じて、死なせはしない。

駆けつけた久蔵は、すでに彼女が銀鼠《ぎんねず》の野袴《のばかま》を穿き、白無地の稽古用の小袖に襷《たすき》をかけている姿を見て驚いた。髪は髷をほどいて、頭の後ろでまとめている。

「久蔵さん、四谷まで一走りお願いしたいのだけれど」

佐奈の目は、燃えた袖にうろたえていた先ほどとは打って変わり、強い光を放っていた。

「へ、へえ、しかしお嬢さん、これは」

「山岡さまのお屋敷を訪ね、この手紙を見せてちょうだい。私は一足先に上野に向かったと言って」

そう言って久蔵がりょうの懐から奪った書き付けを渡した。

「え？　なんでまた」

「あの女を連れ戻しに行くに決まってるじゃない。急いで！」

「い、いや、お嬢さん、だったら山岡先生をお連れするまで、待っててておくんなせえ。すぐ戻ってめえりやすから」

「私を動かしたくなかったなら、はなから私におりょうの話など聞かせないでほしかったね」

ああ。と、久蔵は内心嘆息した。佐奈はいま、本当に戻ってきた。この彼女の傲岸な物言いさえも、彼には心地よい。だが、

「お嬢さんに万一のことがあれば、あっしは大先生に死んでお詫びしなければならねぇ」

平伏する久蔵の前にしゃがんだ佐奈は、その肩に手をかけ、ぞっとするほど冷たい目で微笑んだ。

「私は死なないよ、久蔵さん。あなたの目の前にいるのは、いったい誰だと思ってるの」

久蔵は顔を上げ、ああ、ああ、と声に出して唸りながら、潤む目で佐奈に叫んだ。

「桶町千葉にその名も高い、無敵の鬼小町に違《ちげ》えねぇ!」


腰に小刀を差し、刀は背中に括り付け、佐奈は道場の門から駆けだした。中天にかかる月は半月。満月ほどの明るさはないが、まったくの闇というわけでもない。

太陽暦に変更された今年の正月から、時制も一日二十四時間の定時制が採用された。とはいえ、民間ではその感覚にまだ慣れることができず、午後八時と言うより五つと言った方が通りはいい。五つ半なら午後の九時。桶町から上野山までは一里半の距離だが、刻限はもう間近に迫っている。

一石橋を北上し、神田須田町を走り抜け、神田川を渡って下谷に入った頃には、胸を締め付けた晒《さら》しが、じんわり湿気を帯びていた。

江戸期の上野山は、ほぼ全域が寛永寺の寺域だった。

徳川家菩提寺という関係の深さから、維新の際、ここに徹底抗戦を主張する旧幕勢力が集まって彰義隊と名乗り、新政府軍と激しい戦闘に及んだことは記憶に新しい。戦いはわずか一日で新政府軍の勝利に終わったが、このとき寛永寺の堂塔伽藍《がらん》の多くが炎に包まれた。しかも賊軍の拠点となった寛永寺に対する新政府の怒りは解けず、正式な再建はいまもなされていない。

今年、寺領を大きく削る形で公園として整備する方針が示されたが、まだ事業は端緒についたばかり。広小路にはこの時間でも官許を得た屋台が並び、次第に活況を呈するようにはなっていた。しかし上野の山中は夜ともなれば、いまだに彰義隊の亡霊が敵を求めてさまよっているると噂されるような、物寂しい林に成り果てていたのである。

佐奈は、その屋台の放つ光で埋め尽くされた広小路を、かげろうのように駆け抜けた。目の前に崩れかけた冠木門が見えてくると、佐奈はようやく足を緩め、息を整えながら背中の刀を外し、小刀の上から帯に差し込んだ。ここはかつての上野山の正門とも言うべき黒門である。

門の向こうにゆらめく炎が見えた。近づけば誰かが松明《たいまつ》を焚いている。佐奈が冠木門をすり抜けようとすると、突然その松明の陰から、絣の着物に袴を穿き、腰に幅広の大小を差した小柄な男が現われて呼び止めた。

「おはん、こげな時刻にどこへ行く」

「知り合いを探しに参りました」

「はぁん？　ここは誰も通ってなどおらんぞ。そいはお門違いというもんじゃろ」

「いえ。確かに今宵、この山に行くと」

背後に闇の中からもう一人、男が現われたことを、佐奈はその気配で知った。

「おはん、おなごのくせして帯刀なぞしとるのか。物騒なこつじゃ。そげなもん振り回して怪我などせんうちに去《い》ね、去《い》ね」

小柄な男は犬でも払うように、右手の甲をしっしっと振る。

「いえ、私の知り合いは必ずここを通ったはずです。名はおりょうと申し、こちらで西郷隆盛公にお会いすると申しておりましたから」

「なにっ？」

男は顔色を変え、佐奈の背後に目配せした。が、後ろの男が飛びかかるより早く、気配を察した佐奈は刀の柄を握り、鞘尻を思い切り後方に押し出した。

「うっ！」

背後の男は鳩尾《みぞおち》を突かれ、息が止まって膝をつきかける。寸前、体を反転させた佐奈は左手を男の首筋に叩き込み、男がその場に崩れるのを待たずに前方に体を戻すと、いい、じゃっと抜いた刀の物打を小柄な男の首に当てた。男は己の柄に右手を置いたまま、身動きもできない。

「西郷さんは来てるの？」

「西郷？　……さ、西郷どんは関わりなか」

首に刃を当てられ、脂汗を浮かべた男は必死の形相で答える。

「嘘です。おりょうさんは西郷さんからの手紙で呼び出されたのだから」

「そ、そいは……西郷どんではなか。わしらを連れてきたんは……中村どんじゃ」

「中村？　……半次郎？」

桐野利秋のことだ。気づいた佐奈は刀の峰で、男の側頭部を打った。ひとたまりもなく男は昏倒《こんとう》した。

佐奈は刀を鞘に納め、再び暗闇の中に足を踏み出した。

21

阿部十郎は麻酔に浮かされ、龍馬暗殺の黒幕を西郷と名指したが、佐奈はその言葉を額面通り受け取るかどうか、まだ決めかねている。

もちろん阿部はそう信じて言ったのだろう。が、今回の仕掛けは全貌が明らかになるにつれ、当初見えるはずだった絵図とは異なる、予想もしなかった別の思惑が重なって見えてきた。

考えてみれば、この騒ぎはもともと、りょうの元に届いた一通の手紙から始まった。

りょう自身はその差出人のことはあまり気にしておらず、佐奈も当初は、その真相を知る場所に近い誰かが善意で、あるいは罪の意識に耐えかねてあのような手紙を送ったのだろうと思っていた。だが、それが阿部の差し金だったとすれば話はまったく違ってくる。

りょうは最初からある意図によって東京に呼び寄せられ、誰かが想定した通りの役割を果たしていることになるからだ。彼女の個人的な復讐にぴたりと重ね合わされたその思惑とは、西郷暗殺である。

佐々木や中西の殺害は、この計画を立てた人物にとって恐らく本丸ではない。もちろん維新前夜に薩摩が行なった、数々の非道な謀略を知る人間の口封じと同時に、兵藤数馬に対する生き餌という側面はあったろう。だが、やはり最大の狙いは西郷である。

その西郷に対する餌に選ばれたのがりょうだ。彼女がひそかに西郷を呼び出すように仕向ければ、彼は武器も持たず、護衛もつけずにのこのこ出てくるだろうと、二人の関係と性格をよく知る何者かが絵を描いたのだ。

もちろんそれは、阿部のような下級官吏に描ける絵ではない。内海は阿部について、機を見るに敏な男と評したが、維新前夜、薩摩の間者として桐野利秋の指示を受けていた彼はいま、その桐野が心酔する西郷暗殺の陰謀に手を貸している。

りょうと兵藤数馬を使って、西郷への刺客に立たせる筋書きを書いたのは、相当に頭の切れる人間だろう。阿部はその現場指揮を任されただけで、阿部自身も全貌を知る立場にないのは、桑畑で数馬に刺された一件だけからでも明らかだ。

その計画はこれまでのところ、ほぼ完璧に筋書き通り進んでいる。一つだけ、佐奈が気になるのは、この山に西郷が来ていないかもしれないということだ。

黒門にいた男たちは、ここに人を集めたのは西郷ではなく桐野だと言った。つまり、りょうを呼び出す手紙を書いたのは、西郷本人ではなく、桐野利秋の可能性がある。鉄太郎の話では、桐野は西郷の熱烈な支持者で、西郷のためならどんな汚れ仕事も厭《いと》わない人物とか。その本領は幕末の京で遺憾なく発揮された。

この山で待ち構えているのが西郷ではなく桐野だった場合、そのことを西郷が承知しているかどうかは別として、桐野の意図ははっきりしている。

りょうは西郷にとって、致命的な秘密を握る女なのだ。西郷を守るため、桐野はりょうを実力を使ってでも排除しようと考える。ある意味、西郷と対面するより遥かに危険な相手だ。

りょうはすでに黒門を通過している。佐奈の気は急いた。


かつては黒門を入り、左手の不忍池に沿った参道を進めば、正面に寛永寺の巨大な山門が姿を現わしたものだ。

文殊楼《もんじゅろう》と呼ばれたその山門の向こうには、空中の渡り廊下で繋がる法華堂と常行堂《じょうぎょうどう》が並び立ち、間の支柱越しに根本中堂の朱塗りの中門が見えた。あの頃、上野山の建物はどれも鮮やかな色を放っていて、花見の季節や縁日ともなれば、江戸市中より多くの老若男女が集まる憩いの場となっていた。

闇を走る佐奈は、元気な頃の母に手を引かれ、この山へ参詣に来た日のことをふと思い出した。縁日に並ぶ露店の呼び込み。幼い子どものはしゃぐ声。参道の端では肩が触れたの触れないので諍いを始めた臥煙《がえん》たちの、互いを牽制し合う声も聞こえる。その中に幼い自分の姿……。

ひたと立ち止まった佐奈は一度胴震いし、緩やかに息を吸って呼吸を整えた。

この山は江戸っ子の郷愁をかきたてる、何か特別の気配に満ちているようだ。

だが、これから赴くは死地。余計な感傷を抱いたままでは、咄嗟の反応に後れが出る。

思い出の光景は一瞬で消え、後には森と空の境目が、闇の濃淡でくっきりと分かれていた。

華麗な建物の数々はもはや跡形もなく、名も知らぬ雑草が礎石の上にはびこるのみ。

文殊楼は上野戦争で政府軍の標的となり、不忍池越しに撃ち込まれたアームストロング砲の猛攻によって炎上した。同様に法華堂や常行堂、根本中堂までも灰燼《かいじん》に帰し、全山三十六院が兵火に曝された。

あれから五年も経つというのに、夜露を孕んで、いまだにこのあたりはどこか焦げた臭いが漂う。それはあの戦いで散った者たちの、無念の深さをも連想させた。

文殊楼の跡地を過ぎた佐奈は、周囲の気配に注意を払いながら、直進すれば中堂跡に至る道を、左の脇道に入って歩き始めた。

足下はすぐに、玉砂利が敷き詰められた参道となる。両側に石灯籠が並び、その奥に白い塗壁の築地で仕切られた、切妻屋根の棟門《むなもん》が見えた。その先は上野東照宮の境内。将軍家ゆかりの社ゆえ、町人の立ち入りは禁じられていた場所だ。

もっとも寛永寺の再建がいまだ政府に許されていない現状では、東照宮とて同様の荒れ放題、まして夜ともなれば、狐や狸の外に近寄るものがあろうとは、とても思えぬ場所になっていた。

ところが今夜は様子が違う。石灯籠にはすべて火が入り、その間に置かれた篝火《かがりび》が、参道の上を煌々《こうこう》と照らし出していたのだ。おまけに棟門は開け放たれている。

これは狐狸《こり》の仕業にあらず。すべてりょうを東照宮に呼び込む仕掛けに違いなかった。普通ここまで露骨に仕組まれれば、多少は二の足を踏むものだが、あの女にそういう分別を期待できるはずがない。だがあの中に入れば、門を閉じられただけで袋の鼠になってしまう。しかも、境内にはいったい何人いるのか。

　りょうを無傷で救い出す。その目的に徹した場合、黒門で気絶させた連中も含め、敵が十人以下であれば、隙を衝《つ》いて活路を見いだす可能性も開ける。しかし、あの門の向こうになお大の男が十人以上いれば、いくら佐奈でも条件はかなり厳しい。

　彼女は、灯籠の明かりが滲む参道の中央へ進み出た。

　――いまさら逃げ隠れ無用。堂々と行こう。

　棟門から袴姿の男が五人現われた。彼らは腰の鞘を押さえて中腰になり、頭の高さを一定に保って、つたたと早足で近づくと、佐奈の前で左右に展開した。

「こげな時間に、おなご一人でどこへ行く」

　顎も鼻翼も開いた男が、黒門にいた男と同じことを訊ねてきた。

「人を探しております」

　佐奈も同じ答えを繰り返す。

「こん先には誰もおらん」

「自分で確かめます」

「控えよ。東照宮の御神域じゃっど」

「ではあなた方は何を？　とても神官の方にはお見受けできませんが」

　男は静かに抜刀し、剣先を佐奈に向ける。

「おとなしく立ち去ればよし。さもなくば、女とて容赦はせん」

脅すだけのつもりで抜いたかどうか、佐奈には見極めがつく。

「大の男が五人がかりで女一人を止められなかったとあれば、さぞかし薩摩男児の名折れでしょうな」

佐奈は、ある種の男の理性を吹き飛ばす冷笑を浴びせた。得意技と言っていい。

「こんおなごがっ！」

男はややうわずった声で叫ぶや、一間の距離を一気に縮めた。と同時に、体《たい》を躱《かわ》した佐奈の立っていた位置を正確に、

「ありゃあっ！」

突く。さらに身を退く佐奈の胴めがけ、男は手首を返し、左から右に斬り上げる。

「ちぇいっ！」

だが佐奈の動きが寸秒速い。己の刀の柄を摑み、鯉口を切りながらもう半歩。下がる。

そこへ男の追撃の一刀が振り下ろされた。

ちぴっ。

その剣先は身を沈めた佐奈を捉えず、灯籠の笠を削いだ。こぼれた刃が火花となって散る。

一瞬男がひるむ。すかさず佐奈は灯籠の陰から。

「はっ！」

気を吐いて踏み出す、と同時に刀を抜き上げ、男の後方へ体を進める。

「ぐっ」

佐奈の背後で、男は刀を砂利の上に取り落とした。右の前腕を左手で握りしめ、その指の間からぽたぽたと血が滴る。そのまま膝をついた。仲間が男を呼ぶ。

「久永さんっ？」

「おいに構うなっ！　そんおなごを行かせてはならん！」

叫んで睨むように顔を上げたが、佐奈の方ではもう、この男など見ていない。

「道をあけなさい。私はおりょうさんを無事に連れ戻せたら、それでいいの」

佐奈が一歩踏み出すと、左から男が打ちかかってきた。それを合図に右からも一人。もう遠慮は見えず、佐奈の脳天めがけて刀を振り下ろす。

「ちぇすっ……！」

佐奈は左の男を躱して右の攻撃を刀で払い、再び左の男に体を向けると、その小手を打つ。返す刀で反対側の男がもう一度振りかぶるその二の腕に、下方から剣を突き入れた。

「うわっ」

「ぎっ」

短い悲鳴をあげ、左右の男が体を引くと、白砂利の上に点々と落ちた血の跡と親指一つ。できることなら佐奈は人など斬りたくなかったが、相手の技量によってはそんなことも言っていられない。

「これ以上なされると、指や腕だけではすまなくなりますよ」

「ふざけるな！」

激昂する二人の間をすり抜け、佐奈は体《たい》を変換する。背中側に新たな気配。横目で築地の方を見れば、門の内側からさらに三人の男が現われた。

――まずい。桐野の仲間は十人以上か。

「何をてこずっとるか！」

新手の声にびくっと押され、二人の男はほぼ同時に詰めてきた。が、佐奈も再び間合いに飛び込み、面を打つと見せて右の男が防御の太刀をあげた左腕の腱を斬る。流れるように回転しつつ腰を沈め、左の男の右足甲に切っ先をさくっと突き立てた。

あっという間に五人の男を戦闘不能にした佐奈めがけ、新手は整然と互いの距離を保ちながら参道を駆けてくる。あの連中はいまの男たちよりは使えそうだ。佐奈は剣を背後に引き、軽く腰を落とすと、迎え撃つ態勢に入った。

そのとき。三間ほど先、右の灯籠の脇から、すっと黒い影が現われた。文字通りそれは人ではなく、佐奈と男たちの間を遮る影そのものに見えた。

兵藤数馬と認めた瞬間、佐奈は誰に向けてかわからぬまま、叫んだ。

「逃げて！」

三人の男はこの闖入者《ちんにゅうしゃ》に立ち止まり、戸惑い気味に相手を見定めた。だらしなく前をはだけた着流し姿の数馬は、物憂げな動きで一本差の柄に右手をかけ、土気色の顔とは不釣り合いな白い歯を見せた。

「仲間かあっ！」

先頭の男が踏み込んだ。

「いけないっ！」

佐奈があげた声と、踏み込んだ男の割れた胸から、びゅくっと血が噴き出すのがほぼ同時。

佐奈は駆けだした。残る二人の男は驚愕しながらも、刀を構えたまま、それぞれ数馬を挟み撃ちにしようと移動する。

「やめなさい！　あなたたちでは……」

勝てないと言い終える前に、数馬はまるで泥人形でも相手にするような造作の無さで、前にいる男の胃を串刺し、抜いた剣先を背後から斬りかかろうとした男の喉笛に正確に突き立てた。

佐奈が数馬の背後に立った時、数馬の足下には三人の男が血の海に沈んでいた。

「なぜ、ここまでするの？」

佐奈の声は、怒気に震えていた。

「あなたの復讐には直接関わりない人たちでしょうに」

数馬は佐奈の声なぞ聞こえない様子で、ゆらりと棟門に向かって歩き出す。

「待ちなさい！」

佐奈は右手に刀を摑んだまま灯籠沿いに大回りして、数馬の前に出た。ようやく数馬の瞳が佐奈を認めたらしい。くぼんだ眼窩《がんか》の中で、暗い光が佐奈を捉えた。

「どけ」

「あなたは利用されてる。騙されて誰かの道具になったままでいいの⁉」

東照宮に入れば数馬は、中にいるすべての者の命を絶つだろう。かほどにいまの彼は、全身から死の匂いを放っている。ただし佐奈は、自ら一振りの刃と化したようなこの男を、どこか哀れんでもいた。

内海次郎によれば、数馬は京で再会した兄服部武雄が、かつて仲間だったはずの新選組に惨殺される現場に居合わせ、その後参加した赤報隊では、味方と信じた政府軍に殺されかけるという体験をしている。いわば二度も騙し討ちに遭った。周りの人間がすべて敵に見えても、仕方のない事情はある。

その赤報隊騒動から五年、数馬が忽然と東京に現われるまでの足取りは、阿部十郎が埋めてくれた。どこで紛れ込んだか、彼は旧幕軍と共に転戦しつつ北上し、最後は箱館で捕虜となって、東京へ押送されてきたという。

「騙されている、だと」

まったく期待していなかったが、数馬が返事をした。いい兆候と思いたい。彼の興味を引き続けるのだ。

「あなたは小伝馬町の牢で、御陵衛士にいたという男に声をかけられた。その男に油小路の襲撃も、赤報隊の断罪も、すべては薩摩が仕組んだ策略だったと教えられたのでしょう」

朦朧《もうろう》とした頭で、数馬への工作を嬉々として語った阿部は、他人のしたことと自分のやったことの区別がつかず、すべて己が手柄のように粉飾したので、話半分に聞かねばならなかった。

それでも小伝馬町に収容されていた箱館降伏人の膨大な身上口書の中から、兵藤数馬の名を見つけ出したのは、司法省にいた阿部の功績だったに違いない。

彼は一年前から密かに、剣の腕が確かで新政府に怨みを持つ人間を探していたと言った。その男を刺客に仕立て上げ、君側《くんそく》の奸《かん》を討つのだと。

彼にそう名指された人物こそ西郷隆盛だったが、西郷がなぜ君側の奸になるのか、そう聞いても阿部はまともな答えを返せず、ただ西郷がいかに国家にとって危険な存在であるかを語る口ぶりは、薬でまともな思考力を奪われていることを差し引いても、誇大妄想に囚われた人間のそれであった。その薄っぺらな理屈は、誰かに吹き込まれた内容をそのまま鸚鵡《おうむ》返しにしているとしか思えない。

ともあれ兵藤数馬は阿部の目的にとり、まさにうってつけの人物に見えた。

「藤井会助のことか」

それは阿部が小伝馬町に送り込んだという男の名前だ。佐奈は頷いて見せた。

「会助なら間違いなく御陵衛士だ。親しくはなかったが顔は見知っている。あの男の話が嘘だと?」

「いいえ。恐らく、話の中身は本当」人を騙すには一片の真実が要る。すべて真実で固められた嘘なら、どんな疑り深い人間でも騙せる理屈だ。「嘘は藤井会助自身にあります」

数馬は黙って佐奈を見ている。もう少し話を聞いてやろうという態度なのか。彼女は用心深く、数馬の間合いを外した位置を保持しながら続けた。

「藤井も伊東さんの死後、薩摩麾下《きか》の政府軍に組み入れられた。謀略の話は戊辰戦争の折、本営で薩摩の高官が酔った弾みに口を滑らせたのを聞いたとでも言ったのでしょう。それで藤井は薩摩と共に戦うことに嫌気が差し、旧幕軍に身を投じたと」

佐奈は小さく首を振った。

「それが嘘です。藤井はあなたと気安く話せるよう、あなたに似た経歴をでっちあげた。この人は薩摩こそ憎むべき仇だとあなたに吹き込むため小伝馬町に送り込まれた、政府側の人間だったのよ」

「それが、どうした」

数馬の声に、どこか投げやりな調子が混じった。もう、この会話を打ち切ろうとしている。

佐奈は焦った。

「あなたが意趣を晴らすために人を斬れば、それは別の誰かの思う壺ということ。油小路と同じように」

「俺は俺の都合で斬る。それが他人の思う壺だろうとなかろうと俺には関わりない。それとも」数馬は、やや不思議そうに口をつぼめた。初めてその顔に表情が表われた。「おまえは……西郷を助けたいのか」

「西郷さんが、あなたの仇と決まったわけではないはずです」

「あの頃、薩摩がしたことすべて西郷の指示だ。少なくとも、奴が責任を取る立場にあったことは違いない。ならば彼奴《きやつ》の首で、己が仕遂げたことの責任は取らさねば」

数馬は続けて「人を非業に死なせた者は、非業に死ぬのだ」と口の中で呟いたが、その声は佐奈には届かなかった。

「西郷さんは、ここには来ていません」

「来ているさ。俺にはわかる」

数馬は右手の刀をあげ、切っ先を佐奈に向けた。

「そこどけ。今度は、斬る」

佐奈も柄を両手で握り直し、正眼に構えた。数馬が微かに笑ったように見えた。

「あなたを行かせるわけにはいかない」

「なら、死ね」

言い終わらぬうちに数馬の剣が、佐奈の眼前で下から上へ、風を切ってひょうと唸った。ほんの瞬息、身を退くのが遅れれば、佐奈の胸はさっきの男と同様に割れていた。

が、佐奈の体は考えるより先に、自分を襲う刀の風圧に反応して動き、数馬の剣は二撃三撃と空を切った。しかし翻れば、佐奈にも打つ手がない。

佐奈は、半ば本能的に数馬の剣を受けることの危険を感じ、剣を合わさないように身を躱しながら、半歩ずつ後に下がるが、それにも限界はある。

どう対応していいかわからぬまま、草鞋の踵が何か硬い物にあたる感触があった。気づけば佐奈は、棟門を支える石畳まで追い詰められていた。

数馬は無言のまま、刀を上段に振りかぶる。もちろん誘いだ。

ぶんっ。

振り下ろしてきた。仕方がない。わかっているが、佐奈は下段から斬り上げる。

数馬の振り下ろした剣は佐奈の動きに反応し、突然弧線を描いて下段に向かう。

かしっ。

数馬の剣は佐奈の刀を腰の前で受け止めた。いや、佐奈が受けさせられてしまったのか。

その瞬間、佐奈は戸惑った。

刀を通じて伝わってくる相手の力が、すうっと吸い込まれるように消えてなくなったのだ。

といって、己の剣を自在にできるわけではない。押せば砂の中に突き入れるようなもったりした抵抗感。引けばねっとりした樹液に絡みつかれたように、数馬の剣がぴたりと佐奈の刀に吸い付いている。

なんだ、これは⁉

佐奈は戸惑いを過ぎて、混乱を始めた。

突きも引きもままならず、無理に離そうとすれば、体中に隙を作ることになる。

数馬は佐奈が刀をどのように動かそうと、その力と角度に対し、正確に相対する力を返してきていたのだ。ゆえに佐奈は刀に伝える力をすべて相殺され、いま自分がどこに力を入れているのか、いや、どうかするといま刀を握っているこの感覚さえ、頼りないあやふやなものになっていきそうだった。

と、佐奈の刀の峰にぴたりと張り付いていた数馬の刀の切っ先が、ゆっくりと小さく、上下に動き始めた。やがてそれは左右にゆらゆらと揺れながら、佐奈の手元に近づいてくる。まるで峰の上を堂々と移動する、一匹の白蛇のように。

これか。くちなわ！

白蛇がくいっと鎌首をもたげた。

刹那。数馬は佐奈の刀の根元めがけ、目にも留まらぬ渾身の突き。

が、その突きは何の手応えも数馬の剣に伝えてこなかった。目の前には確かに佐奈の刀がある。ただし、その刀は空中に静止し、持ち手の姿はそこにない。

数馬は首を左に回した。佐奈の白いうなじがそこに見えた。

がしゃっ。

佐奈の刀が石畳の上に落ちた。

数馬は自分の左脇から生温かい液体が、拍動に合わせて着流しの内側に広がっていく感触を感じていた。

佐奈は数馬が突きに入る寸前、柄を握る両手を離して数馬の剣を左方に躱し、踏み込んできた数馬の脇を、大刀に添えていた脇差で割り裂いたのだ。

「ぐ……」

くぐもった呻きをあげ、数馬はその場にがくっと膝をついた。うなだれて咳を一つ。

直後、己がいま吐いた血の上に、顔面から突っ伏した。

見下ろす佐奈は、初めて人を斬った昂揚も脅えも湧いてはこなかった。

この男がもっと弱ければ、自分はこの男を斬らずにすんだ。この男がもっと強ければ、自分が斬られていた。それだけの話である。

数馬が動かなくなったことを確かめると、佐奈は大刀を拾い、棟門に飛び込んだ。

22

門をくぐれば参道は、石灯籠の列と一緒に左へと大きく曲がりながら延びている。その突き当たりに見える霊廟《れいびょう》は透かし塀に囲まれ、勅額門《ちょくがくもん》で境内と神域が区切られていた。

近づくと、勅額門の手前で右方を指さしながら叫ぶ男がいる。

四隅に置かれた篝火が、黒の詰襟に身を包んだ上背のある全身を照らし出していた。よほど激昂しているのか、佐奈が境内に入ってきたことにもまだ気づいていないらしい。

男は通る声で「そいつを黙らせろ！」と怒鳴っていた。その言葉で佐奈は心底から安堵した。

他人の癇《かん》に障る人間が、そんじょそこらに何人もいてはたまらない。

あの女は、まだ無事だ。

男の指先を追うと、戦火をくぐり抜けた五重塔が、漆黒の空を背景にくっきりそびえていた。

その一層目の回廊に、怒声とともに揉み合う人影。目を凝らせば両脇に二人、前に一人の男に挟まれて、自分を摑もうとする腕を振り払うりょうの姿。全員、濃紺の絣に裁着袴《たっつけばかま》、腰に二刀を差してはいたが、まだ誰も抜刀はしていない。

「おりょうさんっ！」

佐奈の声に境内から息を呑む気配が返ってきた。どうやら佐奈の登場は予想外だったようだ。

「わりゃあ？」

最初に反応したのは黒い詰襟。彼は顎でゆっくり半円を描きながら、佐奈に顔を向けた。

ただしこの男、当惑はしても動じた様子がなく、その眼は爛々《らんらん》と射るが如き光を放っている。

ああ、この男が桐野利秋だ。佐奈の剣士としての部分が、一瞬で判別した。

「こいは、たまげた」桐野は心底から感嘆の声をあげた。「一人であの連中を抜いてきたとか。なんとぼっけなおなごか」

桐野は足の位置を変え、佐奈に相対する。その左手に白鞘を摑み持っていた。

「おりょうさんは、連れて帰ります」

その言葉を聞いても桐野は表情を変えず、顔の前で白鞘を水平に構えた。

「かくなる上はいけんしよもね」ぼそりと呟いて鯉口を切る。「あの口を塞ぐ手だてがないなら」桐野は塔に首を回し、よく通る声で一言。

「斬れ」

佐奈はいきなり塔に向かって駆け出した。白鞘から刀を抜き放った桐野が一足早く動き、その鼻先を白刃で遮る。佐奈の足はぴたりと止まった。

「じゃっどん桐野先生、こいはおなごでごあんど」

塔の方から返ってきた声。幸いだ。彼らは桐野ほど果断ではない。

「西郷先生を滅ぼすおなごじゃ。今宵、先生の禍根は一つ残らず断っていかねばならん」桐野は油断のない視線を佐奈に向け、ひときわ声を張り上げた。「おいが斬れ言うたら、とっとと斬らんか！」

りょうの前にいた男が、なにやら口の中で唸りながら、刀を抜いた。

「やめなさい！」

「邪魔すなっ！」

踏み出そうとした佐奈の左耳に、ごうと風を割る音。即時に体が反応し、真一文字に振り下ろされてきた桐野の刀身を、かろうじて眼前で受けた。

がちっ。

柄《つか》を握る佐奈の右手甲が、鍔《つば》ごと佐奈の左頬骨にめり込む勢いで当たった。実際に折れたかもしれない。激痛のはずだが感じている余裕はなかった。何とか止めたものの、この剣をまともに受ければ刀を折られるか、でなければ刀ごと頭骨を両断されそうだ。どちらを選べと言われてもぞっとしない。

「おはんさえいらん首を突っ込んでこねば、あの女も無事に帰れた」

引いた刀を八双に構え、桐野は吐き捨てる。佐奈は手の痺《しび》れを隠しながら、言い返した。

「桐野利秋ともあろう御仁がいまさら見え透いたことを。薩摩のやり口はもうわかっています。どのみち、あの人を無事に返すつもりなどなかったくせに」

「せからしかっ！」

桐野は刀を頭上に高々と構え、再び振り下ろす。

ばしっ。

まるで掛矢《かけや》で一撃を受けたような衝撃。佐奈はたまらず体勢を崩し、二歩ばかり背後によろめいた。その隙を逃さず、桐野は三たび、剣に渾身の力を込めて頭上から。

速い。

「ずりゃあああっ」

――斬られる。

脳裏にその言葉が浮かぶと、すべての動きが急に緩やかになった。周囲の光量が一気に増して鮮やかとなり、顔面に下りてくる刀身の刃文までが、佐奈の目に焼き付いた。

せめて最後まで目を閉じるものか。そう意識した時。視界の端から黒く細長い棒状のものが、頭上にぬうっと伸びてきた。

きんっ。と、金属同士がぶつかる音。それをきっかけに佐奈の意識は正常に戻る。

「山岡さまっ!?」

佐奈は横手から現われた鉄太郎に気づいて、思わずうわずった声をあげた。鉄太郎は桐野の剣が佐奈に届く寸前で己が刀身を伸ばし切り、その剣を受けたのだ。

「何とか間に合《お》うたわ！」

鉄太郎は笑顔を見せた。桐野も相当に怪物的だが、その剣を片手で受けてしまう鉄太郎も、どこか化け物じみている。

「ここは任せろ。あんたはおりょうさんを」

「はいっ」

佐奈は鉄太郎の背後に回り、それから五重塔に駆け出した。追おうとした桐野の前に、今度は鉄太郎が立ちはだかる。

「山岡ぁ」桐野は修羅の形相で、歯間から声を出した。「やはり貴様《きさん》を駿府で斬っておくべきじゃった」

「江戸っ子は生まれつき逃げ足だけは速《はえ》えんだ。薩摩の田舎侍なぞに追いつけるかよ」

気合いを吐いて桐野は、鉄太郎の顔面を横薙ぎに払ってきた。鉄太郎、体幹を動じず、剣を立てて受ける。

ぎゃんっ。

篝火があるとはいえ薄闇の中。二人が剣を合わせると、その周囲に文字通り、火花が散った。


「はよせいっ！　新手が現われた」

りょうの右方で鬢《びん》に古い傷のある男が、抜刀した男をせかした。

「そいどん、こんおなごが何したというんか」

刀は抜いたが、その男はまだ迷っている。古傷の男は、苛立たしげに自分の刀を抜いた。

「もうよか。おいがやる！」

駆けながら二人目の男が抜刀するのを見た瞬間、佐奈はまずいと思った。あの男にはためらいがない。本気で斬る気だ。

だが五重塔まであと四間。羽でもなければ間に合わない。

「やめなさい！」

叫んだが男は聞こうとする気配もない。刀身を頭上に振りかぶる。りょうはその男を睨みつけたまま、視線を逸らさない。

一瞬でいい。一瞬でもあの男の剣をためらわせる時間稼ぎができれば。

何と言えばいい。どう言えばあの男は、動きを止める⁉

「斬ってはなりません！」

走りながら、声を振り絞った。

「その女は土佐脱藩浪士、坂本龍馬の奥方です！」


「聞いたか⁉」

りょうの正面にいた男は、剣を振り上げた朋輩の腕を摑んだ。

「何を」

「あの女がいま言うた。坂本とは、京で藩邸に出入りしとったあの男やなかか」

「知らん。どうせ時を稼ぐ手じゃ。離せ」

「もしまことなら、坂本は西郷先生が信を置いた男じゃっど。万一の時は知らんではすまされん」正面の男は摑んだ手をそのまま、りょうに訊ねた。「あの女の言うとるんは、まことのこつか？」

「まことの、こつやあ」

りょうは間延びした口調で答えた。

「何と」

聞いた男は、りょうの答えにひるんだ。

「わかったら、さっさと離れなさい！」

鋭い声の飛んできた方を見れば、回廊に上がる階段に左足をかけた佐奈が、さすがに肩を上下させ、剣先を男たちに向けていた。

「そや。早《は》よ離れい」りょうは舐め上げるように男たちの顔を順に見回した。「あの女は気ぃ短いさかい、怒らしたら腕の一本や二本、もってかれるで」

「おりょうさん、こっちに来て」

「あんたらかて、龍馬が走り回って薩長連衡《れんこう》が成ったことくらい知ってるやろ。あれがなかったら薩摩は幕府を潰すどころか、逆に幕府に追い詰められてたかもしれん。いまあんたらが偉そうな顔でこの町を歩けるんも、言うたら龍馬のおかげや」

「もういいから、黙ってこっちに！」

男たちに向き合ったまま、後じさりながら近づくりょうに、佐奈は無用な挑発をさせまいとしたが、この女、気にする気配がない。

「西郷はんは龍馬に足を向けて寝れんはずや。うちはその西郷はんに呼ばれたんやで。それをあんたらはうちを斬って、塔の裏にでも埋めよ思てたか⁉　これは西郷はんの指図か。ほな西郷は卑怯の卑怯、大卑怯もんや」

「言わせておけばっ」傷の男が刀を振りかぶり、回廊をだだっと踏み込んできた。りょうは後ろに飛び退き、佐奈の背後に隠れる。

「えっ⁉」佐奈の目に、りょうの体で隠れていた男の姿が、突然露わになった。振り下ろされた剣を咄嗟に自分の刀で払う。「馬鹿っ、危ないじゃないの！」とはもちろん、背後のりょうに言った言葉。

佐奈は階段から地面に飛び降り、りょうの袖を摑むと引きずるように境内中央の方へ。

「入ってきた門から出れば逃げられる。いますぐここを離れて！」

「嫌や！」

参道の上でりょうは佐奈を振り払った。霊廟の前では鉄太郎と桐野が睨み合っている。塔の方からは追ってくる男たち。

逃げる気なら、いまを逃せば万事は休する。なのにりょうは、まったく思うように動いてくれない。

「嫌って、あなた」

「うちは西郷はんに会わなあかん」

「西郷さんは来ていない。これは桐野が仕掛けた罠よ。とにかくあなたが逃げなきゃ……」

佐奈はもう、ここで薩摩の壮士三人を同時に相手にする体力が、自分にほとんど残されていないことを悟っていた。

このままりょうをかばって彼らと対せば、後れを取る可能性は高い。そうなったら鉄太郎は、まず二人を助けようとするだろう。しかし、いま彼と互角に戦う桐野利秋が、その隙を見逃すはずはない。つまりりょうの行動には、佐奈と鉄太郎の死活もかかっている。

男たちが追いつき、二人は前後を挟まれた。

「逃げても無駄じゃ。ぐらしかこつじゃが、おはんら二人、ここで命を申し受ける」

古傷の男が正眼で剣先を佐奈に向け、それから頭上に上げていく。あの傷は刃こぼれを受けた痕か。三人の中で最も真剣を扱い慣れている。であれば、この男を一番最初に片付ける。佐奈は右足と刀を後方に引き、脇構えに移りながら背後に声をかけた。

「おりょうさん、私の背中から離れないで」

「うちは西郷はんを探すさかい、ここはあんたに任す……」

「離れたら、あなたから斬るからね」

男の右足が砂利を擦った。ほぼ同時に、背後からも足が地を滑る音。前は威嚇で背後が先か。集中に微かな乱れが生じた途端、前の男が気合いを発した。さすがに佐奈の神経も振り切れそうになる。背後の男がさらに詰めてきた。もう半歩近づけば、佐奈の前後斬りの間合いに入る。ただしこれで二人を倒せても、三人目の剣を避《よ》ける術《すべ》がない。

佐奈の脳裏を、ふと慎八郎の顔がよぎった。

そうか。自分が生きようと思うから手がないのだ。三人目とは相討ちで上等。悪くても、りょうが安全な場所まで逃れる間、敵の足を止められればそれでいい。

決意した佐奈は丹田に気を溜める。もう半歩だ。もう半歩、どちらかが動けば、一息で勝負を決める。古傷の男が右足の踵を、ゆっくりと回し始めた。よし。

佐奈が踏み出そうとした寸前。

「双方、刀を引きやんせっ！」

境内に太い声が轟《とどろ》いた。それを聞いた薩摩の男たちは、桐野までが雷に打たれた如く、びくんと大きく身を震わせた。

それは魔法と呼ぶべき光景だった。男たちは同じ位置と姿勢を保ったまま、凍り付いたように動きを止めた。たったいままで境内に満ちていた荒々しい殺気は嘘のように引き、清涼な神殿の空気に置き換わっていた。

佐奈の背後からりょうが身を乗り出し、その名を呼んだ。

「西郷はん……」

参道の真ん中に、小山のような男の影。一瞬そう見えたのは、男の向こうに置かれた篝火一つ、そこより放たれた逆光が、男の輪郭を実際よりも膨らませていたためか。

「おお」安堵とも吐息ともとれる声が、返ってきた。

もとより西郷隆盛は大兵である。しかしいまは、薩摩絣の袷《あわせ》に藁草履を履いただけという、ふらっと散歩にでも出かけたような格好で現われ、猫背気味の背中は、なぜか身を縮こまらせている風にも見えた。

「おりょうさん。こいは一別以来じゃっど、息災でおいやしたか」

「見ての通り、大息災や」

りょうは西郷の前に立ち、胸を反らせてその顔を見上げた。

「うちはぴんぴんしてる。ほんまはもう龍馬のそばに行った頃やと見計ろうて、出て来はったか」

「おりょうさん、そいは」

「無礼な口を利くな！」

鉄太郎に刀を向けられたまま、構えを解いた桐野が怒鳴る。西郷はその桐野をぎょろりと睨みつけ、しかし声はどこかなだめるようであった。

「半次郎どん、無用じゃ。この先、一切の口出し無用」

「なしてじゃ、西郷先生」

「半次郎どん、いざちゅうときは後のこと、一切おはんに頼みもす。じゃっどこの場の顚末、おはんはただ見届けてくいやい」

「先生？」

西郷はりょうに視線を戻した。

「おりょうさん。おいもおはんが東京に出てきやったと聞いて、一刻も早《はよ》う会いたいと願うちょった。そいが、ちょっとした手違いがありもして。おいがおはんに出したはずの言付けを、あの桐野が勝手に手を加えて伝えたらしい。おはんに恐ろしか思いをさせてしもたんは、この西郷の不徳でごあんど」

そう言うと西郷は石畳の上に両膝をつき、大きな体を折り曲げて正座した。

「おはんの用件はわかっちょりもす。もはや覚悟はしてきもした」

西郷は両手の指を襟にかけ、ざっと下ろして左右に開いた。篝火に照らされて、意外と白い胸が露わになった。

「さ、撃つがよか。残りの弾を胸と頭に一発ずつ、それで止めは刺せもんそ」

鉄太郎と桐野がほぼ同時に声をあげたが、重なり合った声は、よく聞き取れなかった。

23

「さすが西郷はん、やっぱり思てた通りのお人やった」

りょうは鷹揚な動きで、懐から拳銃を取り出した。

「せやけどどんな風におまえさまを撃つかは、おまえさまの返事で決めさせてもらう。一発で死ねるように撃つか、息の止まる最期の時まで、悶《もだ》え苦しんで狂い死ぬように撃つか。そやから西郷はん、よう考えて答えいや」

りょうは右腕を伸ばし、西郷の胸に銃口を向けた。

「なんでうちの人を……坂本龍馬を殺した?」

西郷は岩でも突き通しそうな大きな目で、しっかとりょうを見つめている。りょうは、声を荒らげて繰り返した。

「おまえさまを同志と信じ、共に維新回天の世を夢見た龍馬を、なんで殺したんやっ⁉」

「そいは西郷先生やなか!」たまらず桐野が叫んだ。「坂本は裏切った。あれはあやつが自ら招き寄せたことじゃ」

「裏切ったとは？」

山岡が問うたが、桐野はりょうに向かって続けた。

「過ぐる慶応三年、我らは完全に幕府を追い詰めちょった。この経緯《いきさつ》には無論、坂本も絡んでおる。じゃっどん、幕府の息の根を止めるあと一歩で、慶喜は大政奉還の挙に出た。これがいけなこつかわかっか。うかとすれば我らは挙兵の名分を失い、危うく足をすくわれるところであったのじゃ。慶喜にいらぬ知恵をつけたは土佐の容堂公だが、その陰に坂本がおったと聞いて、我らは耳を疑《うたご》うた。だが、そいはほんのこてじゃった」

「そんな理由で？　あなたたちは坂本さまが戦を避けようとしたことを裏切ったと⁉」

佐奈の声に、桐野は唾を飛ばして首を振る。

「百の言葉より慶喜の首一つあれば、維新の意味が三つの子にもわかる。徳川を残すか滅するか、それまでさんざん議を尽くした上で、維新成就には幕府の討伐よりほかになしと決したどん。こいは坂本も確かに同心しとったこつ。そいどん我らが兵を整え、慶喜追討の号令をいまや遅しと待ち構える中、坂本は土壇場でその慶喜に逃げ道を与えたばかりか、新政府の盟主に祭り上げようとまで企んだ。こいを裏切りと言わず何ちゅうか。坂本も己の仕業を承知しとったからこそ、あんときは我らを警戒して居場所をくらませたんじゃ」

「それで中西昇を通じて伊東甲子太郎をたきつけ、坂本さまを襲わせた。新選組が疑われるよう仕向けたのもあなたの入れ知恵ね。伊東がまんまとその策に乗ると、あなたは再び中西を使い、御陵衛士に潜入していた新選組の密偵にその計画を教えた」

「京の勤王派には坂本の支持者も多かったどん、何より慶喜を雄藩会議に加えるちゅう、公議政体論にふらつきかけた土佐を離反させぬためにも、あの男は断じて幕府側に斬られたのでなければならんかった。御陵衛士を新選組に始末させる手は、我ながらうまく運んだわ。伊東が新選組に下手な濡れ衣を着せようとしたちゅうて、近藤は怒り心頭に発し、土佐では再び討幕の藩論が強まり、一石二鳥、いや三鳥も獲れたこっじゃ」

佐奈の胸中に、吐き気を交えた怒りが滾《たぎ》り始めていた。しかし再びりょうに呼びかける桐野の声には、どこか必死の色が見えた。もしかすると桐野は、りょうの怒りをすべて自分に向けようとしているのではないか。

「おりょう、この一件に西郷先生は関わりなか。責めはすべてこのおいにある。撃ちたいなら、このおいを撃て！」

桐野の話は、少なからずりょうを動揺させたのか。西郷に向けた銃口が細かくぶれ始めた、そのとき。

「いんや。そいは違う」

静かではあるが有無を言わせぬ声調で、西郷がりょうの意識を自分に引き戻した。

「坂本さんを除けと命じたんは、間違いなくおいじゃ。半次郎どんはおいが命じたこととしかもはんで。おいが坂本さんの居場所を半次郎どんに伝え、それを合図に半次郎どんは伊東らを動かした次第でごわんど」

「西郷先生、そいは」

「おはんは黙っとれ」

　桐野を一喝した西郷は、胸を反らせてりょうを見た。

「まこて、おりょうさんの仇はおいじゃ。坂本龍馬を殺したんは、この西郷吉之助のほかにあいもはん」

「せやからうちは」りょうは軽く肘を曲げ、銃を持つ右手の甲を顔にこすりつけると、ついに親指で撃鉄を起こした。「よりによって、なんでおまえさまがあの人を殺したんか、そのわけを聞きたい言うてんのや！」

　西郷は眉根を寄せて宙を見た。やがて、どう切り出すか決めたのだろう。記憶を嚙みしめるように、話し始めた。

「あれはあの年の十一月頭のこつ、戦《ゆっさ》の備えで国元に戻るおいを、坂本さんが大坂の藩邸に訪ねてきもした。京で認《したた》めたちゅう、新政府の綱領と人事の素案を持参してのことでごわしたが、相変わらずの胆力には驚きもしたな。前月に大政奉還が為《な》され、半次郎どんを始めとする激派が、坂本さんの首を取ると息巻いとることは、重々承知されとったはずじゃが」

「それは、うちの人がおまえさまだけは信用してたさかいや。頭の悪い木っ端には通じんでも、西郷はんならわかるやろと」

　西郷はゆるりと頷いた。

「確かに、わかりもした。坂本さんの気持ちも、坂本さんがどんな国を作りたいと思うてるのかも。八条から成る綱領は簡潔でわかりやすく、また今後は諍いを止め、敵も味方も一体で国作りに関わらねばならんという訴えは、実にもっともなことであいもした」

西郷はそこで言葉を切り、唇をへの字に結んで目を閉じた。

「そんならなんで龍馬を殺した？　おまえさまも、龍馬は裏切ったと思たんか⁉」

「新政府で合議を催す盟主の座に、慶喜をつけるつもりじゃった！」

またも抑えきれずに桐野が口を挟んだ。

「坂本が持ってきおった案では、その名を丸印で伏せるちゅう見え透いた真似をしとったが、意味するところは誰の目にも明白！」

「おはんは黙っとれと言うた」

西郷の一声で、あの桐野が瞬時に意気阻喪した。

「そいは大した問題やなか。どうしても慶喜を盟主にしとうなかなら、刺せばよいだけの話じゃっで」

声色は穏やかだが、佐奈はいまさらながら西郷を怖い男だと思った。戦をする男というのは、誰もこんな風に他人の生き死にを平気で語れるものだろうか。しかし西郷は淡々と、龍馬と会話を交わした最後の日の出来事を、語り始めた。

人事案に一通り目を通した西郷は、その中に龍馬自身の名がないことを不審に思った。

「ああ、入れちょらん」訝《いぶか》る西郷に、龍馬はこともなげに答えた。「なんち、まずかったやろか」

「まずいも何も」

最初、西郷は呆れた。何と欲のない男かと思ったのだ。新政府の顕官と言えば責任も大きいが、権力もまた自在。その気になればどれほどの財を築くことだってできよう。

ましてや維新の中心には、昨日まで郷士の倅《せがれ》と蔑《さげす》まれ、下級藩士の悲哀を味わってきた者たちが何人もいる。自分たちが権力を握る立場になれば、ある程度はその意趣返しをしたくなるのも仕方ないと、西郷は見ていた。

ところが龍馬は、新政府からは距離を置くという。西郷としては維新後、この国が諸外国と対等に伍していくためには、是非とも龍馬のような交渉能力を持つ男が必要であった。だが、龍馬は頑なに出仕を断った。

「とにかく少し休みたいがじゃ。のう西郷さん、わがまま言うてすまんが、しばらく休ませてくれんかの」

「休むとは、いかほどの」

「そやな、五年か、あるいは十年か」

「十年なぞとても待てん。五年でも無理じゃ。坂本さん、おはんはせっかく産み出した赤子を、野辺に置いたまま立ち去っとな」

「産婆はようけおったが、生まれた子にはもう必要ないもんぜ。西郷さん、こっからはおまんさらが育ててくれると信じちょるき」

「ほいなら、おはんはこれから何をするつもりじゃ。商いでもしよっとか」

龍馬は腕を組み、やや俯いて畳を睨むと、

「うむぅ、いずれそうなるやろとは思うがの」

再び顔を上げ、西郷が初対面の時に引き込まれてしまった、あの笑顔を見せた。

「まずはおりょうじゃ」

「おりょう、さん？」

「おりょうには一緒になって以来、空約束ばっか言うてきたき、そろそろ堪忍袋の緒も切れかかっちゅう。そいでこの切りに、あいつを船に乗せてやろうと思うてな」

「船に？」

「約束したんよ。今度京から戻ったら一緒に船に乗り、あいつが見たこともない世界をこじゃんと見せてやるち、五年かかるか十年かかるか、そらわからんが」


石畳の上で正座した西郷は、背筋を伸ばして前を見つめていた。その視線上には銃口を向けるりょうの姿があったが、彼の焦点はさらに遠い先に結ばれていた。

「それを聞いたとき、おいは体中の力が抜け、坂本さんへの気持ちも何もかも、一切崩れていく思いでありもした……もしあれが違う時節であったなら、おいももちっと穏やかな心で聞けたかもしれもはん。じゃっどん、あの折は」

話す西郷の体からは、次第に熱と激しさが放射されてきた。

「これから幕府を攻め滅ぼすちゅう、まさにその号令が下りる前夜のこつ。薩摩は一兵卒に至るまで、上下を問わずいきり立っておる。維新は伊達や酔狂じゃあなか。我らが薩摩の片隅で発起して以来、薩摩で、長州で、無論土佐でも、いったい幾人の血が流れてきたと思うとっとか。その総仕上げもこれからのごたるときに、己だけ女と物見遊山に出かけるつもりでおっとかと」

西郷は篝火に照らされた逆光の中でもはっきりとわかるほど、目を見開いた。

「我らは皆、大義のために己が命などはなから捨てて盟約を交わした者同士、いまさら私情で一人脱けるなぞ、通るもんでなかとは、坂本さんもよう承知のはず。また、その覚悟なくば、我らとともに国事をなしとげられるはずもあいもはん」

「それで殺したんか！」

西郷に向けられた銃口が、大きく上下に揺れ始めた。

「そんなこと……そんなことのために……あの人は」

「殺した」

西郷の言葉には迷いがなかった。

「そう、命じた。おりょうさん、おなごのおはんにはわからんかもしれんが」

「ああ、わからん！　西郷はん、あんたの言う大義って何や⁉」

りょうの肩も、呼吸に合わせてはっきりと上下している。おかげで西郷に狙いを付けた銃口は、ますます揺れが激しくなっていく。

「うちは龍馬に聞いたことがある。あの人が教えてくれた大義とは、言うたらこの国に住むすべての人の暮らしが、あんじょういくよう許らうことやて。うちはそれでようわかったわ。そんなら大義って、すべての人の私情の塊ちゅうことやないか。となると西郷はん、あんたが龍馬の私情を虫けらみたいに押し潰して守りたかった大義って、何やねん」

りょうはそこで小さく深呼吸した。彼女の声がやや落ち着きを取り戻し、手にした銃口の震えも、ぴたりと止まった。

「あんたの底知れん私情一つ、ってことやないのか！」

西郷は目を閉じた。

引金にかけたりょうの人差し指が、微かに動こうとした。寸前、

「やめなさい」西郷とりょうの間に、佐奈が割って入った。

「おりょうさん、もういい。もう、ここまでにしよう」

「何がええねん！　いまあんたも聞いたやろ。うちの人を殺せ言うたんは、この男やった！」

「ええ、聞いた。でも西郷さんを殺しても、坂本さまは戻ってこない」

「わかってるわ！　そんなことくらい重々わかってる。うちが龍馬を殺した男を殺すんは、うちが生き返るためや！」

佐奈はりょうに向かって両手を開く。

「だったらずっと死んでなさい！」

「なんやて⁉」

「本懐遂げて、晴々とした気分で龍馬のあとを追おうなんて、そんな四十七士みたいな真似さ

せてたまるか！　あなたは人に嫌われ、陰口たたかれながら、だらだら長生きするのが似合ってる！」

佐奈は左足を軽く引き、刀の柄に手を掛けて構えに入った。

再びりょうの息は荒くなり、それにつれて銃口の揺れも大きくなってきた。

「本気で撃つで」

「やってごらんな」

野獣のような雄叫《おたけ》びをあげたりょうの目に、確かに涙を認めたと佐奈は思った。が、その佐奈の顔めがけ、りょうは両手で支えた銃口をぐいっとあげた。

咄嗟に佐奈は身を屈め、鯉口を切る。このまま抜けば、本当にりょうを傷つけてしまう。

――りょうを助けに来て、りょうを斬るのか？

彼女が引金を引けばそうなる。佐奈の思考とは関係なく、身の危険を察した佐奈の体が恐らく反射的に動いてしまうだろう。

突然、耳の裏からうなじにかけ、ぞぞっと粟立つ冷気を感じた。

――まさか！

ぱあんっ。

放たれた銃声。

同時に佐奈は体を反転。その目に、西郷の背後からいままさに刀を振り下ろさんとしていた、幽鬼のような男の影。

「うっ」

数馬はりょうに撃たれた右肩を摑み、一瞬ひるんだ。が、なおも後ろ足を踏ん張った彼は、右手の刀をもう一度頭上に振りかぶる。その脇を、体を反転させた勢いそのままに、佐奈の抜いた大刀がざくっと薙いだ。さっき与えた脇差の一太刀よりさらに深く、剣先は数馬の心臓を断ち割った。

「ぶぐっふ……ぴ……」

断末魔の一声を残し、数馬は仰向けにどうと倒れた。即死であった。

数馬の血を頭から浴びた西郷はこの間、微動だにせず目を閉じて動かなかったが、あたりに静寂が戻ると目を開き、膝の上に開いた血まみれの両手を凝視した。

そして、慟哭《どうこく》し始めたのである。

「うおおおおお――っ！」

刀を鞘に納めた佐奈は、もはやすべての力が抜けたように地べたにへたりこむりょうを、見下ろした。

「立ちなさい」

りょうは目の焦点が合っていないらしく、ぼんやりとした表情をしている。

「そんなに凄まじく気の抜けた顔、見せないでよ。さあ立って。弾は残り一発。でもそれは、自分に使うためにとっといたんでしょ。ここでやり残したことはもうないはずよ」

りょうは、呟きにも似た声で、

「ほなかて……西郷はんは」

「西郷さんはね、もう死んだも同じ」

佐奈は後方の西郷を一瞥《いちべつ》して、言った。ここに現われた西郷の姿を見、西郷の告白を聞いて確信した。

西郷は龍馬暗殺を指示した後、自分の中から、何か取り返しのつかないものも失ってしまったのだ。

彼はりょうに殺されるためにここへ来た。でなければ桐野に指図して、もっと確実にりょうを阻止することができたはず。恐らくこれからこの男は、きっと自分の骸《むくろ》を望む者に投げ与えるような生き方しかできないだろう。

「私たちの仇だった西郷隆盛は、とうにいなくなっていたのよ」

佐奈はりょうに手を差し伸べてから、そんな動作をしてしまった自分に自分で軽く驚いた。

「帰ろう、おりょうさん」

意外なことに、その手をりょうが掴んだ。白く細く、雪のように柔らかい手であった。

木刀の振り過ぎで、岩のように固くなった佐奈の手が、りょうの手を握りかえした。

りょうは一瞬、小さく悲鳴をあげた。

その日の深更、暦では日付が翌日に切り替わる頃である。

霞ヶ関にある洋風の屋敷の敷地内へ、一台の馬車が入っていった。玄関で馬車から降りた洋装の男は、家令の案内ですぐに書斎へと通された。何とこの屋敷の主は、こんな時間でも仕事をしていた。

欧州視察の際に購入した、大きな黒檀の机の向こうで、書類の束に目を通していた男は、入ってきた人物に顔を上げると、その表情を読んだ。

「不首尾か」

「面目次第も、あいもはん」

広い額の上で柔らかい髪を横分けにした丸顔の男は、悔しそうに唇を噛みしめた。

「もう、よか」

机の上のランプに照らし出された主の見事な頬髭が、小さく揺れて見えた。

「じゃっどん、大久保卿」男は深刻な表情で主を見つめた。普段から低い声がいっそう低く、かすれている。

「みすみす虎を野に放つようなもんでごあんど。本官とて西郷先生に仇なすは断腸の思いもんどん、先生がこのまま帰国さるるは、必ずこの国に大厄をもたらすこととないもはん。大恩ある西郷先生が、いつか賊呼ばわりされる日を見るくらいなら、いっそいま……いまなら先生は英雄として、その名を後世にも残されもんそ」

訪問者を見返す主の目が、異様なほど強い光を孕んだ。大久保利通。西郷と並ぶ維新の立役者であり、この政変が起きるまでは大蔵卿の立場にあった人物である。

「大警視の言は正しか。おいも西郷《せご》どんが帰国するとはどげなこつかくらい、肝に銘じておる」

「なら、ないごて」

「のう、川路よ」大久保は訪問者の名を呼んで溜息をついた。

「西郷どんを参議から引きずり下ろしたはおいじゃ。この上、あん人を追い詰める真似はしとうなか。こたびは不首尾で幸いじゃっど。おはんの策が成功しとればおいもおはんも、もはや二度とまともに眠れる夜は、迎えられんかったろう」

欧米の警察制度を視察し、治安維持と国体護持に、警察の威力甚だ大なるを痛感して帰国した大警視川路利良は黙り込んだ。

先が読め過ぎるこの男は、西郷が薩摩に戻って無事で済むはずがないと確信していた。薩摩はいま火薬庫なのだ。そこに火打ち石を放り込めばどうなるか。

火打ち石自身に火を放つ意思などなくとも、誰かが叩けば火花が散る。その火花は全国の、新政府に不平不満を持つ連中の心に火をつけて、十中八九、西郷は反政府勢力の象徴として担ぎ出されるに違いない。そのとき母国薩摩は、あの美しい山や河はすべて賊砦《ぞくさい》となる。

川路は国元に戻った西郷の監視を、己の胸先で行なわねばなるまいと臍を決めていた。それはこの東京で行なおうとしたことに比べれば、遥かに危険で厄介な策になりそうだった。

佐奈はいつもと同じように目を覚まし、道場と庭の掃除を一通り済ませ、朝餉《あさげ》の支度にとりかかった。

米が炊きあがったところで、佐奈はいつまでも起きてこないりょうの部屋に向かった。もうあの女に甘い顔などしない。ここで生活する限り、りょうにもそれなりの仕事はしてもらう。まずは雪隠《せっちん》でも掃除させてやるか。

どこかほくそ笑む思いで廊下から声をかけたが返事はない。二度声をかけて業を煮やした佐奈は、力任せに障子を開けた。

部屋の中は手前の隅に夜具のふとんが畳んで重ねられ、りょうの姿はどこにもなかった。柳行李も消えている。

「なんだ」

佐奈は呟いた。特に驚きもしなかった。何となく、こんな別れになるんじゃないかとは、予想していた。

ふと、奥の文机の上に置かれた白い半紙が目についた。その前で膝をついて見れば、半紙の中央に人差し指の先ほどしかない丸薬のようなものが置いてあった。

「なんだ」

佐奈はもう一度、呟いた。

「もう、死ぬ気は失せたか」

勝手口の方から久蔵の声が聞こえてきた。立ち上がって台所に向かう佐奈は、その途中で仏間に入ると、仏壇の前に置かれた鈴《りん》の上で、握っていた手を開いた。

鈴の中に落ちた銃弾が、ちいんと鮮やかな音色を響かせた。

この日、西郷隆盛は品川から船に乗り、廃藩置県で鹿児島と名を変えた故郷、薩摩に戻っていった。隆盛を首魁《しゅかい》とする騒乱が薩摩で起こり、日本を二分する最後の戦いとなるのは、この四年後。世に言う西南戦争である。

りょうはこれよりほどなく東京を離れ、横須賀で近江出身の西村某と再婚したが、長年の飲酒癖が祟《たた》ってか、老いては、ほぼ酒に毒された日々であったという。酔うと二言目には、自分は坂本龍馬の妻だったと言って周りにいるもの誰彼なく絡み、再婚相手を含むすべての人間関係を壊していった。

一方、佐奈は学習院の舎監などを務めた後、晩年は千住に住み、鍼灸療治で生計を立てていた。こちらは生涯独身であったという。

一見対照的な人生を送ったように見える二人だが、どちらも子はなく、裕福とは縁遠いひっそりした暮らしで、晩年は家族の縁にも薄かった。

明治二十九年、千住で没した佐奈は谷中の墓地に埋葬され、そのままでは無縁仏になるところを、生前親交があった山梨の民権家の家族によって、甲府の寺に分骨された。その墓碑には、裏に回ると確かにこう読める文字が彫られている。

――坂本龍馬室。

彼女は死んでようやく、自分より三十年も先に逝った男の妻を名乗ったのである。

終章

桶町を出るとき中天にあった太陽は、気がつけばもう、西に向かって傾き始めている。

釣瓶落《つるべおと》しとはよく言ったものだ。足を速めた佐奈の顔に不意に冷たい風が吹きつけ、頭の後ろで髪を揺らした。

目の前に氷川の杜《もり》が近づいていた。

取次に現われたのは三日前とは違う女中だったが、佐奈が名乗ると、主は庭にいるので外から回るようにと言い残し、さっさと奥へ引っ込んだ。

高窓のある板壁に沿って進むと、壁は途切れて渡り廊下となり、その先の離れの角から、白い煙が棚引くのに気がついた。

離れを曲がって目に入ったのは、濡れ縁の前で人の背丈ほども茂った椿。その木を背に、着流し姿の海舟がしゃがみこんでいた。

その横顔は、地面に盛った落葉を燃やす炎で赤く照らされている。佐奈の出現を気に留める風もなく、傍らに置いた手文庫から半切紙の束を摑みだし、焚火に投げ入れると右手に持った木枝でかき混ぜた。

「そろそろ、来る頃だと思ってたよ」

火を見つめたまま、海舟が口を開いた。

「お部屋の方にいらっしゃるかと」

「屋敷に上げたらおまえさん」海舟は無腰の帯を左手でぽんと叩き、苦笑した。「腰の物を預けなきゃならんだろ」

「どういう意味でしょう」

海舟の笑みにも反応せず、静かに聞き返した佐奈は、昨夜と同じく袴に大小二刀を差し、髪を後ろで束ねた姿であった。

「鉄つぁんはおまえさんの勘の鋭さを、えらく感心していたよ。もっとも剣は膂力《りょりょく》で振るもんじゃない。先んじて相手の動きを読める者こそ、達人となり得る」

海舟は、また数枚の切紙を火にくべた。

「上野の顚末《てんまつ》も聞いた。えれえ目に遭ったようだが、ともあれ無事でよかったな」

「おりょうさんが無傷だったのは、先生には目算違いであったのじゃございませんか」

「あん？」

海舟は手を止め、細めた目を佐奈に向けた。

「あの人は今朝早く出て行きました。行方はもう、私にもわかりません」

「どういう意味だい。まさかおいらがおりょうを罠に嵌《は》めたとでも？」

「おりょうさんが桶町の道場にいることを西郷さんに報せたのは先生じゃありませんか」

「俺じゃねえよ」勝は即座に返した。

「おりょうをつけていたのは、例の人斬りだけとは限るめえ。吉井友実だってそれほど抜けちゃいねえぜ。自分の屋敷を飛び出したおりょうを、果たしてそのまま放っておいただろうか」

「なるほど」佐奈は相槌だけ打った。「では、それはそういうことでも結構です」

「ずいぶん奥歯に物の挟まった言い方をするじゃねえか」

勝の顔からも笑みは消えていた。

「言いたいことがあるなら、いまここで全部吐きだしちまいな」

「では二、三、確かめておきたいことが」

佐奈はそう断ってから、核心に切り込んだ。

「坂本さまは最後の入京で、幾度か隠れ場所を変えています。それはあのときの坂本さまが極めて危うい立場に立たれていたからで」

「知ってるよ。土佐藩を通じて大政奉還を建白したってんで、あいつは幕府方はおろか、薩長まで敵に回したってんだろ」

「その事情は西郷さまから伺いました。今日、私が知りたいのは、その西郷さまに坂本さまの居場所を教えたのは誰かということ」

「さて……誰なんだい？」

海舟は焚火を見つめたまま、木枝で火の中を数度、かき回す。

「あのとき坂本さまはごく限られた方にしか居場所を教えず、薩摩には距離を置いていた。なのに伊東甲子太郎は、薩摩の間者経由で近江屋の名を知った。そのとき大坂の藩邸で帰国準備をしていたはずの西郷さまが、どうして坂本さまの居場所を知ったのか」

佐奈はここで言葉を切り、一度腹の底に気を入れた。そして一息。

「先生が西郷さまに教えたのですね」

海舟の横顔には何の変化も現われない。

「坂本さまは日本各地を回り、いつどこにいるか、おりょうさんでさえよく知らないことがあった。ただ一人、坂本さまの動きをすべてご存じだったのは先生です。坂本さまは必ず行く先々で先生に手紙を書き、自分がしていることを報告していたから」

「……続けてみな」

「だから京でも、先生との手紙の仲立ちに必要な場所として、近江屋の名前は知っておられたはず。そして先生は大坂薩摩藩邸の西郷さんに教えた。坂本さまはいまここにいると」

「どうして」火に照らされた海舟の顔が、いっそう赤くなったようだった。

「どうしておいらが、西郷と手紙のやりとりなんかするかね。幕臣のおいらにとっちゃ、奴は敵だぜ」

「そう。私も昔のお二人の立場にとらわれて、気づくのに遅れました。でも今回、おりょうさんの件を西郷さんに報せたのが先生と考えたなら、遡ってみても実に辻褄が合ってくるのです。ええ、先生と西郷さんは維新前から同じ目的で繋がっていた。坂本さまが倒幕の思いを強くし、西郷さんに近づいたのも、先生が仕向けたことでしょう。でも、その坂本さまが先生の支配から離れ、徳川将軍家と共存する道を探り出そうとしたとき、先生はあの方を除く必要を痛感された」

「おりょうのことなんか、西郷に報せちゃいねえと言ったはずだ」

海舟は、少しむっとした顔を佐奈に向けた。

「でもおりょうさんが短筒を持っていることを、西郷さんに教えたでしょ。西郷さんはおりょうさんが短筒を出す前に、自分を撃てと言われたんですよ」

「それは……西郷なら、龍馬が短筒を持ち歩いてたことも十分承知してたろう。おりょうが自分を殺すつもりで会いに来ていると知れば、女の身だ、その短筒くらい持っていると考えて不思議はねえ」

「そうね、そこまでなら私も想像するかも」佐奈は初めて、目を細めた。

「でも、弾が二発しか残ってなかったことまで、わかるはずない」

海舟は一瞬、目を閉じた。それからゆっくり開き、まっすぐに佐奈を見た。

「おりょうを害そうなんてとんでもねえ。おまえさんたちがここに来たあと、おりょうのことを西郷に報せたのは、あの娘を守りたかったからだ。だが西郷は急遽帰国が決まって、力になれねえと返事してきた。それでおいらは鉄つぁんに頼み、おまえさんたちの回りでいったい何が起きているのか、調べてもらおうと思った」

「おりょうさんは、危うく桐野一派に殺されるところでした」

「西郷がおりょうに会おうとしなかったのは、それがおりょうのためにも最善とわかってたからだ。これは本当だが、三日前のおいらは西郷の立場をほとんど知らなかったんだよ。あの男は己に仕掛けられた罠の狭まる気配を感じ、一刻も早く薩摩に帰ろうとしていた。そうはさせじと考える連中が、桐野におりょうを襲わせるよう仕向け、直後に桐野の動きが西郷の耳に入るようにした。西郷としてはおりょうを救うため、動かざるを得なくなったのさ」

「連中……って？」

「おりょうを東京に呼び寄せた連中。兵藤数馬なる男に、すべての仇は西郷だと吹き込んだ連中。桐野におりょうは西郷の命取りだと唆《そその》かした連中。そして西郷に、おりょうが危ないと教えた連中も。こいつらは皆、同じ根っこから生えている」

「阿部十郎」佐奈が呟いた名前に、海舟は首を振った。

「阿部なんざ小物だ」

「わかってます。でもそれなら誰です？　数馬を使って西郷さんを狙うにしても、こんな手の込んだ……」

「手の込んだ細工は昔から得意さ。相手は疑心の塊になった手負いの獣。こんな男を操るのは国学者崩れや士道好みを動かすより骨だったかもしれぬが、連中は見事にしてのけた」

海舟は兵藤数馬の名を手がかりに、いったい何を調べだしたのか。国学者崩れや士道好みを操る？　甲子太郎や近藤と同じ手法!?

「そうとも。直に手を下さず、他人を以て邪魔者を除く調略は、幕末に幾度も使われた」

「けど、それは西郷さんや桐野が使った……」

「というより、これは島津家累代の御庭番が得意とした離間《りかん》の術でな、言わば薩摩のお家芸なのさ。知ってるか。西郷が出世するきっかけは、島津斉彬の御庭番からだ」

「西郷さんは薩摩人に狙われたと⁉」

海舟は火の中をざくっと一度、かき回した。佐奈もまた、同じ火を見つめた。

「西郷は今朝早く、鹿児島に発ったよ」

立ち上がった海舟は、左手に切紙を一枚持っていた。

「日の昇る前においらと鉄つぁんで見送りを済ませてきた。これで東京は当分静かになる。おりょうの一件も、落着さあね」

「先生には、まだ半分のご事情しか伺っておりません」

「ああ」海舟は右手で、耳の後ろを軽くかいた。「おまえさんはそっちの話をしに来ると思ってたんだ。おりょうのことを言われて、ちょいと調子が狂っちまったが」

「先生が坂本さまの暗殺に手を貸した理由を、お聞かせください」

海舟は小首を傾げ、苦笑を浮かべた。

「どう言おうと言い訳さね。確かに龍馬は邪魔だった。あのまま京での龍馬の動きを許せば、土佐藩あたりから幕府寛恕《かんじょ》論が広がり、もしかすりゃ幕府が生き長らえてしまうことさえあり得た」

「それのどこがいけないのです。先生は幕臣ではありませんか」

「幕臣さ。だが幕臣である前に、おいらは日本人だ」

心なし海舟の目が赤く見えた。焚火のせいかもしれなかった。

「一度でも国の外へ出ると、この国のことがよく見えるようになる。あの時、幕府ではもうこの国はもたねえと、つくづく骨身に沁みた。誰が何度改革を叫ぼうが、幕府が政《まつりごと》を行なう限り、事態の改善などとうてい無理だってな。なのに海の向こうからはアメリカが、ロシアが、フランス、イギリスが押し寄せてくる。おいらが自ら幕府の瓦解を望んだと思うか。しかし下手に幕府を延命させれば、国そのものを失いかねないってところまでこの国は追い詰められていたんだよ。国を失えばどういうことになるか。あのとき立ち上がった連中は、皆そのことを知っていた」

「坂本さまも」

「無論だ。だが大政奉還の後、あいつは独自に幕府と停戦講和の道を探り始めた。おいらが何度、ここは是が非でも戦で黒白《こくびゃく》をつけねばならんと手紙を書いても聞かなくてな」

海舟は、佐奈にちらと目を走らせた。その表情が、どことなく自信なげに見えた。

「おまえさんが納得できない気持ちはわかる。だが、あの維新は革命だった。革命の値打ちは流れた血の量で決まるのさ。その苦しみと痛みが大きいほど人は多くのことを学び、二度としくじらないよう心を配る。そのためには決して中途半端なことをしちゃならねえ。だからおいらは、徳川三百年の歴史を閉じるに相応《ふさわ》しい幕引きを用意していた。もちろん西郷だって本気でかかってくる。大江戸は一町残らず焼き尽くされ、慶喜公始めおいらや旧幕臣たちは、一人残らずその捨て石となるだろう。その血と灰の中から立ち上がって初めて、列強が束になってかかってもびくともしねえ、強固な国家が完成したはずだった」

佐奈は軽くめまいを覚える気分になった。海舟ほどの男でさえ、革命や維新という言葉が出ると、どこか酔ったような話しぶりになる。幕末の兄がまさにそうだった。

「それゆえ坂本さまの動きを看過できなかったというなら、納得のいかないことが一つ」

佐奈は射竦《いすく》める視線を海舟に向けた。と、海舟の目が小さく揺れた。

「そうまでして、先生は愛弟子《まなでし》の命を奪ってまで江戸決戦に備えられたのに、なぜ西郷さんと交渉を始めたのです。どうして誰も城を枕に討ち死にしなかったのか。これでは、坂本さまは殺され損ではありませんか」

海舟は焚火に目を落とし、小さく溜息を吐《つ》いた。

「龍馬が行く先々で手紙を送ってきたのは、おまえさんの言う通りだ。あいつは、おいらにとっちゃ薩摩との連絡役であり、列藩の動静を探るおいらの目でもあった」

目を上げた海舟は、すっかり老け込んで見えた。

「おいらが死んで世間に出回ると、迷惑のかかる者もいるんでな、手元にある龍馬からの手紙はほとんど燃やした。何とかおまえさんの来る前に間に合ってよかった」

「え？」

海舟は左手の切紙を、佐奈に差し出した。

「最後に届いた手紙だ。土壇場でおいらたちを講和に切り替えさせた決め手はこれさ。もちろん西郷には西郷なりの立場や思惑もあったろうが、奴は龍馬を二度も殺したくなかった。おいらは、そうだと信じてる」

佐奈は受け取った切紙を開いてみた。みみずののたくったような、勢いある太い文字が、紙の上で躍っていた。

「龍馬が江戸を焼け野にするなぞとんでもねえとあんまり言い張るんでな。江戸は煮ようが焼こうが江戸っ子の勝手、土佐人のおめえにゃ関係ねえと捨て台詞を書いてやったらあいつ、そんな返事を寄越しやがった」

手紙を読み始めた佐奈の脳裏に、懐しい声が蘇ってきた。

「だが、これが届いたのは、おいらが西郷に龍馬の居場所を報せた後でな」

海舟は目を閉じると深い息を吐き、背後の椿に体を向けた。

——恥ずかしながら、江戸には大事な女が住んでおるのです。

佐奈の目は、そう書かれた箇所で吸い付いたように動かなくなった。

——まったくひどい約束破りをしてしまった女で、私は二度とこの女に合わせる顔がありません。ですが、私にとって生涯大事な女であることに変わりないのです。

手紙を持つ手が、微かに震え、

——されば、その女の住む江戸の町を焼くなど、先生とも思えぬ暴論愚策。先生が武士のつまらぬ意地であくまで戦にこだわると申されるのであれば……。

佐奈の息が、ふっと止まった。

――私はいま一度、先生を斬りに参る覚悟です。

そういえば昔、重太郎が冗談めかして話したことがある。もともと海舟に会いたがったのは龍馬で、そのとき彼は、海舟が奸臣だという世間の無責任な評判を鵜呑《うの》みにし、海舟を斬るつもりでいたというのだ。

それにしても……。

いまさらながらいったい何だ⁉

死んで六年も経つのになぜ、いまだに人の心をざわつかせる真似をするのだ、あいつは！

すべてに整理をつけ、心を決めて家を出てきたはずなのに、この期に及んで佐奈の覚悟は混乱の極みに達していた。

海舟は佐奈に背中を向けてしゃがみ、ゆっくり椿の根元の雑草をむしっている。

佐奈は乱れかけた息を整えると、刀の柄を握り、鯉口を切った。

「勝先生」

呼びかけたが応えない。佐奈は抜いた刀を上段に振りかぶる。一言。

「女の一分《いちぶん》、立たせていただく」

ふんっと風の鳴る音が、海舟の頭上で聞こえた。

海舟は、動きを止めた。

佐奈が刀を鞘に戻すと、海舟の膝の上に形のいい椿の枝が、ぽとっと落ちた。

「な…ぜ…」

海舟は押し殺した声で口を開き、それから背後を振り向いた。

「どうして斬らねえっ!」

その海舟の目には、離れの角を曲がっていく、佐奈の背中が見えただけである。

焚火の中で龍馬から届いた最後の手紙が、あかあかと燃え上がっていた。


(了)

坂本龍馬関連年表

〈旧暦〉

一八三六（天保六）年	一一月	坂本龍馬、土佐で生まれる
一八三八（天保九）年	三月	千葉さな、江戸で生まれる
一八四一（天保一二）年	六月	楢崎りょう、京都で生まれる
一八五三（嘉永六）年	四月	龍馬、剣術修行のため江戸遊学。桶町千葉道場に入門
	七月	米軍人ペリー、浦賀に来航し、開国を要求
一八五四（嘉永七）年	六月	龍馬、修行を終えて帰国
一八五六（安政三）年	九月	龍馬、二度目の江戸遊学
一八五八（安政五）年	九月	龍馬、帰国
一八六二（文久二）年	八月	脱藩した龍馬が桶町千葉道場に寄宿する
	一二月	龍馬、千葉重太郎と共に勝海舟と出会う
一八六三（文久三）年	二月	龍馬、海舟と大坂へ向かう
	同月	山岡鉄太郎らが取締役となり浪士組結成
	八月	近藤勇ら、京都で新選組を結成
一八六四（元治元）年	四月	龍馬、京都でりょうと会う
	八月	龍馬とりょうが内祝言をあげる
	一二月	龍馬、桶町千葉道場に現れる
一八六六（慶応二）年	一月	薩長同盟成立

一八六七（慶応三）年　同月　龍馬、伏見寺田屋で幕吏に襲われるが逃走
三月　龍馬、りょうと共に薩摩へ
三月　伊東甲子太郎と同志、新選組から離脱。御陵衛士を結成
一一月　龍馬、京都近江屋にて暗殺される
同月　伊東甲子太郎、京都油小路で暗殺される
一八六八（慶応四）年　一月　鳥羽伏見の戦い
三月　鉄太郎、海舟の手紙を駿府で西郷隆盛に渡す
四月　江戸開城
七月　江戸を東京と改称
一八六八（明治元）年　九月　慶応から明治に改元
一八六九（明治二）年　五月　箱館五稜郭陥落（戊辰戦争終結）
一八七一（明治四）年　六月　隆盛、参議就任

〈新暦〉

一八七三（明治六）年　一〇月　隆盛、参議を辞任し鹿児島へ帰郷（明治六年政変）
一八七七（明治一〇）年　二月　西南戦争勃発
九月　隆盛、鹿児島で自刃（西南戦争終結）
一八九六（明治二九）年　一〇月　さな、千住で死す
一九〇六（明治三九）年　一月　りょう、横須賀で死す

谷 治宇　たに・はるたか
一九五六年滋賀県生まれ。日本大学法学部卒業後、数年の編集者生活を経て漫画原作者へ転身。本書がはじめての時代小説である。

さなとりょう

二〇一七年三月一三日　第一刷発行

著者　谷《たに》 治宇《はるたか》
編集発行人　穂原俊二
営業担当　森 一暁
発行所　株式会社太田出版
〒一六〇-八五七一 東京都新宿区愛住町二二 第三山田ビル四階
電話〇三-三三五九-六二六二 FAX〇三-三三五九-〇〇四〇
振替〇〇一二〇-六-一六二一六六
ホームページ http://www.ohtabooks.com/
印刷・製本　中央精版印刷株式会社
ISBN978-4-7783-1559-7 C0093